22th

1998-2019

太阳鸟文学年选

2019
中国最佳
中篇
小说

主　编｜王　蒙
分卷主编｜林建法
林　源

辽宁人民出版社

© 林建法　林源　2020

图书在版编目（CIP）数据

2019中国最佳中篇小说 / 林建法，林源主编 . —沈阳：辽宁人民出版社，2020.1
（太阳鸟文学年选 / 王蒙主编）
ISBN 978-7-205-09787-5

Ⅰ . ①2… Ⅱ . ①林… ②林… Ⅲ . ①中篇小说—小说集—中国—当代 Ⅳ . ①I247.5

中国版本图书馆CIP数据核字（2019）第270295号

出版发行：辽宁人民出版社
地址：沈阳市和平区十一纬路25号　邮编：110003
电话：024-23284321（邮　购）　024-23284324（发行部）
传真：024-23284191（发行部）　024-23284304（办公室）
http://www.lnpph.com.cn
印　　刷：辽宁新华印务有限公司
幅面尺寸：170mm×240mm
印　　张：14.25
字　　数：225千字
出版时间：2020年1月第1版
印刷时间：2020年1月第1次印刷
责任编辑：高　丹
装帧设计：丁末末
责任校对：耿　珺　郑　佳
书　　号：ISBN 978-7-205-09787-5

定　　价：58.00元

序

王 尧

在许多年前的一篇文章中，我称建法兄的年度文学选本为"林本"。年复一年，建法兄编选的各种选本可能有几十种，成为他一个人的"年度文学排行榜"。我们现在读到的是他编选的《2019中国最佳中篇小说》，他在病中仍然以独特的方式表达他对文学的信仰。

总体来看，2019年的中篇小说展现出了非常丰富的面向。一大批优秀的中篇小说聚焦于现实人生的困顿迷茫，不同程度上呈现了当代人在当下的精神危机，以及应对这些精神危机的突围和再生。还有相当一部分中篇小说将目光前溯，钩沉出历史无意识的层层堆积。"五〇"到"八〇后"的作家依然是中篇小说的中坚力量，但是在这一年中，许多大型文学刊物登出了"九〇后"作家的优秀中篇作品。我们欣喜地发现，新的文学力量正在崛起，新的审美因子也渐渐浮出历史地表。这一年还有许多充满异质性的力量进入了文学现场，很多的导演、学者也纷纷拿出了较为成熟的中篇佳作，这些不同类型、风格的作品共同丰富了中篇小说的世界。在这里，我想就建法兄所选的这几部中篇小说谈些自己的理解，和读者朋友们交流。

尤凤伟的写作始终关注当代人的"历史失忆症"，他总是试图写出日常生活冰山下的幽暗渊薮。《遗忘》写的依然是当代人的历史梦魇。刑警大队接到报案，有村民在离市区十几公里处的山中柴屋发现一具陈年死尸。一开始警员们无法推测出死者的死亡信息及其确切身份，警员范强等人在老警员尚队的启迪下一步步揭开了死者的真实身份。经过一番推测和调查，初步锁定犯罪嫌疑人为副市长初永新。这使得年轻的警员们陷入了困境。一来碍于退休副市长的身份，二来在和初永新的谈话中，初闪烁其词始终不肯说出真相。最后警员们查出了初永新在任职期间的不法行为，以此胁迫初永新说出事实的真相，条件是他们也不会将初永新任职期间的不法行为公之于众。事情看似"水落石出"，初永新在他的自首书中的交代，证明自己只是由于"文革"时期的一次无心之失间接造成了常宗宝的死亡。但是范强却始终觉得隐隐不安。小说就这样戛然而止。就像小说的题目显示的那样，日常生活表面风平浪静，其实内里却充满着惶恐和骚动。如果不是通过书写将那些"遗忘""汇总"起来，恐怕历史、真相也就淹没在日常生活的滔滔洪流之中了。整篇小说采用了侦探/悬疑小说的结构模式，叙事的动力就在于向着真相的不断迫近。但是尤凤伟显然意识到了真相可能早已经随着岁月的流逝被瓦解了，书写也只能是给出一个逻辑周全的"故事"版本，就像初永新的自首书那样，整篇小说也不过就是对于真相的一次讲述，一次竭尽全力的"还原"。真相只存在于发生的一瞬间，年深日久得到的仅仅是小说中那具无法辨认的尸骸——一具真相的骸骨。尤凤伟不甘心真相的失落，他用叙事/故事去撬开圆全光洁的生活表面，暴露出幽幽的黑暗之心。他相信，纵使"真相"无法还原，但是通过一次次的讲述，一次次搅动那团黑暗，终究能将历史的些许消息带到当代人的意识之中。书写于他而言，就是不断还原失落的故事。小说写出了层累的失忆堆砌，有些可能是消融在无意识之中的，而有些则是一种主动的遗忘。小说中警员们最终还是"妥协"了，为了得到一个真相而牺牲了另一个真相。历史也正是在这种此起彼落的遗忘中被遗失的。

李频这几年的创作引人注目。《鲛在水中央》中有一具尸体，这具尸体沉在湖底，被压在石头底下。经年的水流冲刷着，鱼虾啄食着。他像是一个晦暗幽深的黑洞，不断召唤着破解者给他"验明正身"。小说开篇写的是"无人之境"，有的是草木葳蕤、荒山野物，和一个孤独的、似乎被"非社会化"的"我"。"我"在这座废弃的铅矿里已经住了四年了。在这里，几乎听不到来自社会、来自人世间的任何声息，只能让人想起"天地玄黄，宇宙洪荒"一类的荒蛮。小说的开篇展示的完全就是一幅自然史图景。这个自然史图景有两个豁口，一个是"我"开在半山腰的一家饭店，还有就是"我"从范听寒那里借来的书。经由这两处过渡性的"豁口"，小说引入了"故事"。毕竟，小说的本体是需要叙事来滋养的，如果仅仅是自然史的描摹，小说很快就会耗空自身。这间小小的饭店实质上就是一个历史的汇合点，通过"我"在不同阶段的朋友的来访，我们得以勾勒出叙事者"我"的过去。经由一次次的聚会、聊天，我们看到了作为"社会人"的"我"是如何一步步走入"自然史"之中的。概括来说，"我"的身上重重叠叠刻满了历史的纹路。小的时候跟着父母从海边来到这座位于内陆的"铅矿"。第一次参加高考，落榜。严打时期因一个莫须有的罪名被判入狱。无罪释放之后南下广州贩卖小商品，之后回到铅矿顶替父亲的职位。铅矿倒闭后被安排到了太钢。1998年下岗做起了个体户。粗粗勾勒即可看出，"我"的每一步都是踏在历史的阴影里的，没有一次能够自外于强大的历史重力。可以这么说，"我"就是那团混沌的历史重力的指示物，身体上镂刻着"伤痕"（瘸腿）。"我"像是一团浓重的阴影，内里是历史的层层沉积。像是为了逃避历史反反复复的追踪，"我"由"社会史"一跃而入"自然史"，躲到了早已颓败不堪的铅矿。从此看起来似乎与历史无关了，但是即使是那个仿佛乌托邦一般的广大自然，也早已经是被过度开发枯竭的"原始自然"的遗迹/废墟。那片原本昭示光亮/生命的荒山湖水，也因为一具死尸的存在而蒙上了一层厚重的阴翳。由这具死尸，小说牵出了另一条线索。范听寒原本是个读书人，后来被下放到了落雪堂，反右斗争时期被打成驼背。从此，似乎一直都活在黑暗之中。驼背在这里与"我"的瘸腿形成了一重呼应，坐实了"我"与范听寒都是被历史重力重击的"被损害者"。我们之间由于分享着这一个共同的原始创伤而变成了"天涯沦落人"。"我"在回到铅矿之后经常来范听寒这里借书读，无形之间和落雪堂的范家有了牵绊。这个牵绊仿佛又是另外一个更为本质的牵绊的象征，随着小说的一步步推进，那个最本质的牵绊才显示出来——湖底的那具死尸就是范听寒的儿子，而"我"是杀死他的凶手之一。小说自始至终都笼罩在一团浓得化不开的黑暗之中，这种黑暗因历史的重负而显得沉滞浓烈，小说中每一个人物都被黑暗充斥裹挟，无法自外于黑暗。范听寒的驼背在小说中成了历史重力最显豁的表征，他无法移动，被内耗、形塑，径自变得像是海龟一样。就是在这样层层的剥蚀和重压之中，范听寒也自社会史逃逸而出，脱离了历史的轨道，与他的衰老一同沉入自然的物质性荒原之中。"我"和范听寒都同样喜欢读古典诗词，在小说中古典的文本不断渗入那个暴力、蛮荒的故事体系，在一定程度上稀释了历史的奔流带来的重击和颓败。古典诗词的语句像是溃散的图谱，星散在小说的裂缝之中，将整个黑暗的整体擦拭出熹微光亮。

几年前，我在纽约邂逅柳营，知道她没有在唐人街迷失，还在写作状态中。柳营的《辣与蜜糖》写的是在中国的北方小镇长大，之后去了美国读书并留在美国工作、生活的林姣的故事。这与她的经历有些关系。小说用一种非常诗意的笔触写出了林姣内心世界的斑驳和幽微。整篇小说很少平铺直叙，而是纤描出林姣一路走来的心路历程。这些低语和梦呓让我们很自然地联想到了现代文学史上的萧红和丁玲，柳营也像她们一样，写出了新的时代——一个离散、迁移的时代之中，女性新的困境及突围。林姣内心不甘平庸，她极端地恐惧匮乏和贫瘠，这种匮乏和贫瘠是非常本质性的，像阴影一样附着在林姣的肉身和心灵之中。所以她的内部不断地滋长出某种葱茏的欲望和野心，她觉得她的身体里有一个"宝宝"，这个宝宝不是一个实实在在的孩子而是那种欲望和野心的结晶。林姣像是怀着一个秘密一样不断地哺育这个无形的"宝宝"，白天消耗于工作和琐事之中，无人时分才与这个内部的空间交流。林姣用这个内部野蛮生长的空间对峙肉身的空耗，在林姣的记忆中似乎挤满了女性的死亡和创伤，那些横陈的尸身来自身边的女性。像是丁玲笔下的莎菲女士，林姣不断"向内转"，甚至在面对自己爱人的时候，她也要维护这种内部的自足和完整。当她的丈夫提出生一个孩子的时候，她退却了。这里有一种非常吊诡的逻辑，林姣似乎更需要一个无形的宝宝而不是一个真实存在的肉身的宝宝，她的空漠始终被这种热望占据而无法腾出任何空间给真正的世界——那个外部世界代表着侵蚀、威胁、消耗。终于，她失去了自己的爱人，再次陷入了内空间的无尽繁殖和增长之中。柳营已经意识到这样一种内部无限增长带来的虚无和空洞，就在小说接近尾声的时候，叙事者让林姣遭遇了一次"顿悟"：她在教堂遇到了一位九十多岁的老太太，这个老太太启示林姣要享受生活的时时刻刻，不必挂心于未来。这似乎给了充满时间焦虑的林姣一个莫大的启迪，就在小说的结尾林姣将这种启迪化成了实际，她找到了新的爱人，从此之后她踏入了真实的世界，她开始享受感官的乐趣，她像自己的四川老公一样尽情地享受辣的味觉刺激。并且，她最终拥有了自己的孩子——而不是那个幻想的空间。林姣在这样与生活的象征交换中悟出了"辣与蜜糖"的辩证法，不过仍然拖曳出一个神秘悠长的困惑滞留在读者的心中：这种顿悟有几分是切实的而非幻想？真实世界的诞生与内空间的持存如何保持一种微妙的平衡？

我一直觉得我们的批评界低估了林那北的小说。林那北的《张飞老师》将视线聚焦于自媒体时代人与人之间关系形式的嬗变。原本潜隐在生活深处的欲望、幻想经由新的媒介形式源源不断地浮出水面，引起一波又一波的骚动和不安。小说中流动、泛滥着各式各样的符号，最显而易见的就是"张飞老师"的面孔——原本"真实"的面孔在商品的逻辑之下扭曲成为一种新的"符号"，这个符号可以自由流通，并且通过微博这样的自媒体无限增值和分裂。流动泛滥的符号径直侵入真实的世界，搅乱了原本清晰的认知图景，一切坚固的全都溃散了，作家头上的光环坠入了泥淖之中，作家/商家/网红这些身份可以彼此置换，互相兼容。在这样一种混乱、不纯的体系中，伦理—道德的坚固秩序也悄然瓦解。在弟弟杜奇眼中原本高傲强势的姐姐，为了钱跟杜奇的老板关系暧昧；作家于大童收了红包帮张飞猪肉脯宣传、写东西；雅玲在店里偷偷装了监控器，拍下了杜奇姐姐和老板常天兵的暧昧视频，并准备以此来要挟常天兵娶自己。如果说曾经的小镇象征着一种稳定、坚固的生活模式，那么被开发为旅游景点之后的小镇就撑破了原本的认知框架。曾经杜奇的母亲希望把杜奇留在身边安稳地过一辈子，可是杜奇再也无法忍受整个伦理—道德体系分崩离析的小镇。在小说的结尾，他选择出门闯闯。在整篇小说之中，我们可以很清晰地看出"真实"的失落，识别"真实"的一切支点都被击碎了。小说中一切事物都处在永不停止的流通状态，作家的声望在流通（加了 V 的认证使得这个身份本身成为可以流通之物）；人与人之间的感情在流通（杜薇借此从常天兵那里获得金钱利益）；人的外貌在流通（所谓的张飞老师的高颜值本身成为了流通物）。正是在这样膨胀的、不间断的流通之中，"真实"脱逸而出。小说的结尾，叙事者不无讽刺意味地写到杜奇出门闯荡时的想法，他想看看自己是否还能像一张白得一点杂质都没有的 A4 纸——一种没有被流通、卸下张飞面具的真实状态。

鬼金我不熟悉，看过他的几篇小说，知道他曾经是吊车司机。建法兄选鬼金的《失路之人》颇有眼光。小说写的是在外漂泊的赵挺弋的归家之旅。漫漫归家路，无限的延宕，漫天的大雪，让赵挺弋的归家显得像是奥德修斯返乡那样充满象征意味。在茫茫风雪之中，这条归家路看上去也显出了一丝超现实的意味。毋宁说这次旅程更像是一次大型的招魂，空气中挤满了那些逝者的喧哗声音和往昔岁月的滔滔回响。在鬼金的笔下，那座东北小城颓败，晦朔，生气寥寥。赵挺弋曾经工作过的轧钢厂是这座城市最好的象征，重工业的流金岁月消逝之后留下的只是满地的疮痕和凄凉。小说里赵挺弋身边的所有人，都是失路之人。二勇的孩子小南被杀，妻子发疯；师傅老古生活无望，在吊车上自杀。这些死者经由小说的叙述还魂归来，与风雪一同鼓荡在赵挺弋的耳边。所有的亡者，生者，所有的失路之人织成了小说里那个广大的人间，所有道路的尽头汇合在一起，形成了一个幽深的黑洞，就是小说中频频出现的"尽头——地狱"。小说里除写了各式各样的死亡和苟活，还写出了生的微弱火苗，这集中表现在故事里的男女情爱之中。赵挺弋在外漂泊，认识了大学老师余薇。曾经的爱人无法理解赵挺弋的写作，甚至嗤之以鼻，而余薇非常理解和支持赵挺弋的写作梦想，用自己的温暖驱散了赵挺弋浓重的绝望情绪。二勇的老婆在小南死去之后精神失常，二勇和之前的同学尹秀走到了一起，类似于搭伙过日子一样互相取暖。这些点滴情爱成为照亮小说绝望浓重黑暗氛围的一星半点光亮，在小说绝对的下沉重力的破压下超拔出一种向上的飞跃和突围。小说因这种点点星散的微光而没有全然坠落在绝望和虚无之中。就像小说中频频征引的《怀疑》和《卡拉马佐夫兄弟》那样，陆沉的黑暗之中，总能孕育出光明的飞扬。小说的结尾，余薇在电话里给赵挺弋朗诵的正是《卡拉马佐夫兄弟》中的经典片段："只要我们愿意明白，天堂会立即美丽地出现在我们面前，我们就将互相拥抱，放声痛哭……"赵挺弋把手机离开耳边，放大声音。那一刻，他想到了众生。小说中显现的绝望的黑暗因为来源于无数的人们，无尽的远方，而显得超拔宏大，与宇宙同生。就像漫天的雪花，坠落即飞扬。

是的，北方已经下雪了，在北方的沈阳已经下雪了。江南这几天天气反常，突然温暖如春，季节失序了。我想象坐在轮椅上的建法兄应该不会出门，他在书房里听落雪的声音。快了，再过些日子，连科兄和我约好了，我们一起和建法听落雪或者积雪在阳光下融化的声音。

2019年12月

遗　忘

◎尤凤伟

一

　　刑警小范开车上班时，走神了，想到夜里做的一个让他兴奋不已的梦。他发现一个毒犯在机场，就在一拨刚下飞机走向出口的旅客流中，他一眼便认定那个漂亮女人的提包里装有毒品，还断定是高纯度的可卡因。他跟在女人后面，一直跟到行李提取处的转盘前，不多会儿，漂亮女人从转盘上取下一个精致的手拖提箱，拖着往大门口走去，面上呈现出一种轻松喜悦的神情。他知道不能再犹豫了，一旦女人上车离去，要再找到就十分困难了，从天而降的奖章奖金也就不翼而飞，这可是每个刑警都梦寐以求的。他赶紧追上前，将刚跨出大门的女人拦住，说句："我是警察！"女人不仅没有惊慌，反冲他嫣然一笑，问句："警察同志，你想帮忙吗？那就把我送到家吧。"一句话竟让他慌乱起来，语无伦次地问："家？你的家在哪里？"女人说："在政府楼啊！"他惊了一跳，梦醒了，随之心情无比沮丧。心想，看来运气一向不佳的自己，所追求的只能出现于梦境啊。

　　嗟叹间，车便停在了分局大门口，下车后碰见刚下了车的顶头上司刑警大队队长宫奇，他搭讪句："宫队来得早啊！"宫奇随口丢句："有案子。"他的心不由得一震，脱口而出："是贩毒案件吗？"宫奇看他一眼没放声，他很快意识到所问不当，奶奶个猴，晚上那一厢情愿的梦仍挥之不去啊。"喳！"

　　案情通报是发现案情的例会，像从一个模子倒出来的警员济济一堂。宫队讲述的情况出人意料：在离市区十几公里处的一山中柴屋发现一具死人骨架，卧姿，手足并拢且被绳索捆绑，应属他杀。发现的村民破门之后惊恐而退，立刻报警。现场没有被破坏。是一桩陈案案发。至于案发时间、死者是谁、作案者是何人，自是破案首先要弄清的，总起来说这个案子难度不小。宫队扫视一下坐在长会议桌四周的二十几名刑侦下属，问句："谁自告奋勇？"

却没人"自告奋勇"，你看看我，我看看你，不吭声。看来大家都心中有数：垃圾案，出力不讨好。这时刻，范强竟想到昨晚做的那个几近抓到毒犯的梦，心想：看来现实总不如做梦接近心愿，弗洛伊德"梦是愿望的达成"名言说得真是透彻。

范强这时还不晓得宫队要点他的将，让他接案，而我们知道，所以要趁机介绍几句。他二十五岁，在队里年龄偏低，属小字辈，大家皆称其小范。警校毕业，高个，面相英俊，嗓音浑厚，都说他应该闯演艺圈，没准能出息个影星歌星。听人这么说，他也动过此心思，只因缺乏机遇，没遇上伯乐，也就断了念头，一心一意干他的刑警，只是从未单独接过案。

见大家没啥反响，宫队笑了一下说："那就按老规矩了，由我点将。"停停又说："这回点个小将。"一听这句话，大家一齐把目光投向范强。

宫队也将目光投向范强，说："大家的眼光已给出答案，由范强接这个案子。范强！"

"到！"范强站起身受命。

宫队说："我也清楚这是块难啃的骨头，事实是全身都是骨头，可唯难才能锻炼人呀，是不是？"范强嘴上说"是"，心里却叫苦连天。

宫队让他自选两名助手，协助他破案，他不假思索，便选定了蔡东方与许宝良。倒没别的考量，只因蔡、许是他打扑克的牌友，曾一起上过电视台《打够级》节目。赢了辆轿车蔡东方至今还开着。别看本职工作平平，在"够"界却是明星。

散会后，范强首先给他的女朋友小艳打电话，告知了此事，随后说句："晚上一起吃个饭！"小艳反问："这事值得庆贺吗？"他说："不是庆贺不庆贺的事。"小艳问："那是什么？"他说："想你！"小艳笑了，说："今天咋狗嘴里吐出象牙来了？"他嘿嘿地笑，他历来不善言辞，更不会甜言蜜语，由此致小艳耿耿于怀。

午饭后，范强一行三人奔赴案发现场，这是破任何一桩案件的第一步，也是至关重要的一步。车出了城，朝北方的山区驶去，虽不是高速公路，路况还算不错，不到二十分钟，便到了报案人所在的村子。这是紧靠山根的一座小村，只有二三十户人家。按套路先要找村头儿，村支书不在家，村主任老国在，问了问情况，他也说不出个究竟，甚至连尸骨也没见到。就让他喊来目击者，也姓国，三十出头年纪，穿一身不知从哪捡来的灰西装，问了问，小国除了看见屋里横在地上的骨架，别的也说不上来。这样，便让他带路去现场。老国主任陪同。案发地在一座叫海青的山上，沿着崎岖小路翻过几道山冈，便看到被树木掩映着的案发地小石屋。老国主任说："石屋多年前便废弃了，先前住着一个看山老人，老人死后屋就空了，不知谁挂上了一把铁锁，再无人打开。"范强问小国："怎么突然想到要打开石屋？"小国说："我要盖新房，想拆了把石料木料运下山用，反正是没主的房子，不犯法。"老国说："怎么没主？集体的国家的，占为己有就是犯法。"小国就不吭声了，当是认可了老国主任的话。

走到跟前，方看到石屋的全貌：低矮残破，屋顶被四周的树木覆盖，看不到由什么材料建构，石墙倒站立未倒，只是上面满是青苔，散发着潮湿的土腥气。

被小国砸开的铁锁虚挂在门上，蔡东方先拍了照，许宝良随后推开了两扇木门。这瞬间所有人都看到了匍匐在地的那具白色骨架。这骇人情状令范强想到"地狱"二字。凝视片刻，范强及蔡、许三人便小心翼翼踏进门，屋内面积很小，骨架几乎占据大半空间。小屋便近乎一口棺椁，被缚着的大活人死在棺椁里渐渐变成一具骨架，这需要多少岁月啊？范强从学到的知识中得知，这起码需要十年以上时间，而从成为骨架到现在，又经历了多少时光那就得用科学手段做结论了。

蔡东方又开始拍照，从各个角度拍，许宝良丈量尸骨的长度，这空当范强环视屋内四周，这便是刑侦所谓的现场勘查了，除了尸骨以及缚尸骨的绳索，别无他物。不见任何可视为线索的线索，端的奇怪，即使真正的棺椁里面也应该有某种随葬品，如女性的项链手镯、男性的烟袋荷包等，而这里空空如也，干净得让人惊心。

范强他们并不甘心，退出去后又搜寻木门上是否留有手印，门前地面是否有足迹（这些在屋内皆无发现），结果同样让人失望。

告别无名尸骨，下山，可谓空手而归。

二

请小艳吃了晚饭，没按惯例去她的租住屋亲密一番。此一时彼一时也，虽说宫队没给他规定破案时限，可范强仍备感压力，毕竟是头遭领命破案，无论如何要圆满完成，说严重些这也是仕途中一重要台阶。对此，小艳也能领悟，笑怼句："好啊，你开始进步了，知道什么是主什么是次了。祝贺！祝贺！"

争分夺秒，与小艳告别后，范强与蔡、许二人来到分局旁边的一座茶楼，一起探讨。

蔡东方分析说："案发地点很偏僻，知道小石屋所在，说明案犯是本地人，其以强制或诱骗方式将被害人带到石屋，将其捆绑，然后锁门扬长而去，任其在无法自救的情况下饿毙。"

许宝良点头说："应该是这样，只是有一点让人费解，既然目的是致被害人于死地，那为何不在人迹稀少的半山腰实施，而非要带到石屋以这种方式让其慢慢死去？难以理解，莫非其中有什么蹊跷？"

服务小姐端来了他们点的白茶，一一斟上，退去。

蔡东方说："也许是不想担杀人罪责，一经案破，他可以辩解只是绑架，并未实施杀人，罪减一等。"

许宝良摇头，问句："案犯有这么深的城府？杀人前就想到如何脱罪？"

蔡东方说："当然要想，除了激情杀人，每一个杀人犯实施杀人前都会考虑到如何脱罪，以逃脱法律的惩罚。"

许宝良说："这种清醒杀人更加可恶，罪不可赦。"

蔡东方说："而法律的认定只是故意还是非故意，而不是清醒还是不清醒。"

许宝良说："其实故意杀人与清醒杀人是一回事，没什么不同，目的都是置人于死地，都在不赦之列。"

蔡东方转向范强问："小范你在警校系统学过法律，你说说，就目前这个案件，能不能判定是故意杀人。"

范强端杯呷了口茶，放下杯说："回答这个问题有点难度，故意还是非故意得有证据，如果找不到，案犯落网后只要能给出一个非故意理由，且合情合理，恐怕法院很难判处极刑。"

蔡东方说："那我们就赶紧破案，听听案犯能给出一个怎样的说辞，为自己脱罪。"

范强说："这是以后的事了，当务之急是尽快挖出这个杀人犯。"

许宝良附和说："对，对，首先是要破案，破了案才能把案犯移交给法院，我们破不了案，一切都是空话。"

蔡东方点点头说："小范，这案子你挑头，我和许宝良全力配合，你说说你的想法。"

范强说："我的想法是一步一步往前走，第一步是查明被害人的身份，面对一具白骨，别的我不知道，只知道很难，无头案还可从尸身上查找到可用线索，白骨不具这种可能。"

蔡东方问："从骨头可以测出被害人的DNA么？"

范强说："可以的，问题是又怎么进行比对，与山前山后所有的人？这不大可能。"

蔡东方又问："好像还可以测骨龄吧。"

范强说："是可以，只是测出的是被害人遇害时的年龄还是现在的年龄，不清楚。"

蔡东方说："应该是遇害时的年龄。"

范强说："即使测出被害人的年龄，也意义不大，仅凭年龄查不出被害人是张三还是李四。"

蔡东方说："这倒是，现实情况是我们破案的线索来源仅仅是一具骨架，别无其他……"

许宝良拍下脑袋，打断说："不对，除了骨架还有被害人的衣服。"

蔡东方说："是有，可已经腐烂不堪，完全是一堆灰尘，既看不出衣服样式，又看不出颜色，从中找不到有价值的线索。"

许宝良问："小范你的意见是……"

范强说："咱们明天再去一次案发现场，将屋里所有的地方再勘查一遍，哪怕是一道石缝也不放过，直到找到可用的线索。"

"OK！"蔡、许二人举杯以茶代酒齐敬范强："头儿英明！"

三

第二天，范强三人组并没有成行，他们参与了分局一项重要行动：缉拿一涉恶团伙。要收监的嫌犯众多，且非法持有枪械，分局不敢掉以轻心，集中全部警力参与行动，范强他们也包括在内。范强在陈副队长带领的小组前往山海大酒店捉拿涉案头头外号许仙的董事长许鹏举。他们到达酒店时许正在大堂对员工训话，当发现警察向他包抄过来时，下意识从腰间摸枪（该人在部队当兵时为神枪手），这时两名靠前的警察扑过去将其控制住。擒拿了许鹏举队伍又直扑建东置业擒拿其副总关照旭，关同样没得到警方行动信息，悠然自得地在办公室里吸烟，见警察破门而入，明白事发，也明白反抗无益，遂束手就擒。完成既定任务赶回警局，其他执行小组亦陆续奏凯返回，共缉拿嫌犯二十八名。行动圆满完成，可谓大功告成。在走廊上范强与满面绽红的宫队相遇，宫停下脚步问道："小范你们去过现场了？"范强如实报告又讲还要再去。宫队说："一定要将现场勘查好，不能有丝毫马虎，据说任何一桩案件百分之八十以上的线索都留在案发现场。"范强说："我们定要在现场下足功夫。"宫队说："好！"

只是天公不作美，午饭后下起了大雨，电闪雷鸣，现场去不了了。利用这个空当，范强三人组就在小会议室再次讨论案情，如果不考虑可能会发现新的有价值线索，案子侦破似乎走到了尽头，无法进行下去。一筹莫展的蔡东方冒出个思路：去请教已退休的老副队长尚有存，他从警一辈子，破案无数，经验十分丰富，当会给出有价值的建议。范强掏出手机看看时间，说："还来得及，咱们去吧。"

冒雨驱车赶到新建的政法大楼，老领导的居处他们自是熟知，尚队老伴开了门，进去后见满头白发的尚队正站在窗前看雨，一副悠然自得的神情。

坐下了，尚队似乎料到冒雨赶来的晚辈的来意，立刻兴奋起来，迫不及待地问："有什么事？说，老了也能发挥点余热。"

合辙合辙，范强便把他们接手侦破的谜案对尚队如实讲述出来，说希望老领导能为其指点迷津。

尚队边点头边沉思，后说："眼见为实，耳听为虚。这样吧，反正我闲着也是闲着，就跟你们去一趟现场，帮你们长长眼，看能不能找出有价值的线索。"

范强眼睛一亮，说："老领导若能亲自去现场勘查，再好不过，只是尚队的身体……"

尚队打断说："身体好着呢，没一点问题，若不是受年龄限制，干到八十岁……"

尚队老伴端来茶水，插言说："老家伙干了一辈子公安，被'制度'了。"

"制度？"范强不解。

老伴说："就是走不出他的警察身份，有时晚上睡觉冷不丁就喊出声：我是警察，都蹲下，手抱头。开始给吓个半死，后来倒习惯了，当是也被'制度'了。"

大家一齐笑起来，包括尚队。

既然尚队答应去现场，就不必多讲什么了，喝过茶，范强他们便告辞出门。

四

第二天，雨过天晴，范强他们接了尚队赶往海青山现场。路上尚队兴致勃勃，讲述他破过的大案要案。依旧在村里停下，向老国主任介绍尚队。不料他们认识，若干年前村里发生了一桩命案，就是尚队带人侦破的。

在村口遇见一个开手扶的青年人，尚队瞄了一眼发问："你是国永？"青年人一怔，停车说："我是国永，你是……"尚队说："我是尚警官，你爸爸遇害的案子就是我破的。"青年人闻听立刻跳下车来，走上前与尚队紧握双手，连忙说："恩人，恩人，一直想好好地谢谢您，可……"尚队打断说："已经谢过了嘛。"青年人国永惊讶问："没有啊！没有啊！"尚队笑说："你妈送了我一口袋花生米，我吃了大半年，那是我最喜欢的吃物。"国永摇摇头说："这算啥谢呀！"尚队说："礼轻情意重嘛，再说破了这个案子，我立功受奖，还升职当了副队长，按说我得谢谢你们啊！"国永说："论功行赏，这都是尚叔应得的。"听了尚队与国永的一番话，范强他们嗟叹不已。这时国永又说："俺爹遇难那年俺才九岁，十几年过去，尚叔还能一眼认出来，太不可思议了。"尚队笑而不语。

上山，路径狭窄湿滑，行走不易，跌跌撞撞来到石屋前，一行人皆气喘吁吁。为保护现场，那天下山时委托老国主任给换了把新锁，贴了封条。

重新打开门，范强将尚队让到门前，阳光从门洞照射进去，照在那具骨架上，发出惨白的光，刺激着每个人的神经，让人恐惧与窒息。

尚队跨进门一步，站定，眼光开始四处打量，屋子的地面、四面的石壁墙，还有茅草屋顶，而后眼光移到骨架以及散落在骨架四周的破烂衣物上。久久地审视着，过了不知多久，他转身问："有带烟的吗？"蔡东方赶紧回应："有！"不等尚队回答，便掏出一支烟点上递给尚队，尚队猛地吸了一口，又徐徐地吐出，然后一字一句说道："首先要坚信一点，任何杀人现场都不会干干净净，一定会留下相关线索，而到达现场，首先要采用排除法，排除那些与案件不可能有关联的因素，然后把注意力集中到可能会成为线索的方面，我知道你们已做了认真勘查，没有发现什么可用线索，现在大家再仔仔细细对屋子里的一切看一遍，一件件排除与线索没有关联的因素。"

范强他们遵从地跨进屋，以尚队为榜样，将眼光像梳子那般在屋子里过了一遍后，没人急于开口。

尚队说："讲讲看。"

蔡东方说："地面应可排除，上回已查过，上面没有血迹与足迹。"

许宝良说："墙壁也可以排除，上面没有血迹与字迹，干干净净。"

范强说："屋顶上也没有什么发现。"

尚队说："是的，我也这么认为，那么余下的还有什么？只有骨架与衣物。"

范强说："骨架肯定是具有线索因素的，科学手段可以测出DNA与骨龄来，但这远远不够，至于衣物已经烂得如尘土……"

尚队说："即使烂如尘土也不应放过。"

蔡东方说："上回我们用棍子扒拉过，可什么也没找到啊。"

尚队说："用棍子扒拉不行，要用手。"

范强点点头，说："好的，现在我们就用手勘验一遍。"

范强三人组成员一齐迈步，又一齐蹲在骨架前，用手在腐烂衣物中摸索着，犹如在泥土中寻觅遗落的果实那般，时间便凝固了。

"哦！"许宝良突然叫一声，随之，大家看到他从衣物泥中拿出一白色物件。

许宝良将物件放在眼前仔细辨认，原来是一枚像章。

所有人都兴奋起来，一齐向许宝良围拢过去观看，果然是一枚乒乓球大小的瓷质领袖像章。

最后，许宝良将像章交到范强手中，范强看看又递给了尚队，尚队看了看说句："久违了！"问，"你们戴过像章吗？"

三人俱摇摇头。

尚队说："我戴过，那时我上初中一年级，很自豪的，很骄傲的，觉得自己是革命事业的接班人。"

范强问："这枚像章……"

尚队打断说："有了它难题迎刃而解，这个是破案的转机。"

他久久端详着手里的像章，胸有成竹地说："行了，这遭行了。"

尚队的话，让范强他们既兴奋又迷茫。为了答谢，也为了进一步请教，晚上三人组在一家名为"高档"的饭店请尚队吃饭。

五

饭店坐落在海边的风景区，美丽的海景也是"高档"的因素之一吧。范强认识这里漂亮的女经理邵总。可他从来不称她总，而是叫小邵，或者直呼其名——邵美。已打电话预订，所以一进门就被服务小姐引到一雅间，不多会儿，一身职业装美丽的邵美经理便出现了。

范强给尚队做了介绍，又对邵总说："这是我们的老领导，正在帮我们侦破一桩案子，可以说是我们业务上的导师。"

邵总笑说："明白明白，放心！范哥的贵客我们一定要招待好，点菜还是由我包办？"

范强也笑了，说："你包办我放心。"

大家一齐笑起来。

邵美退出后，蔡东方朝范强挤挤眼："嘀！看样儿关系不一般啊，有没有情况？"

范强摇头说："倒是想有情况呢，只是……"

许宝良说："得了吧，一个小艳还不够你忙活的？还想三想四？"

蔡东方说："没结婚就是自由身，也不触犯法律。"

许宝良说："是不触犯法律，可违背道德呀。"

范强赶紧止住这话头，说："今天咱们不讨论法律与道德，言归正传，言归正传，咱请尚队给咱上侦查课。"

尚队说："上课谈不上，你们是警界新秀，具有新观念，掌握新手段，我老朽没法比，不过就多干了几年，经验教训多一些罢了。"

范强说："这对我们也是宝贵的呀，哎，尚队，你说怎么判定现场一定有线索存在呢?"

蔡东方赶紧续茶，范、许也都显出洗耳恭听的诚恳样子。

尚队呷了口茶，说："有句话叫人过留名雁过留声，一个大活人被害死，又怎么可能不留下案犯的相关信息?"尚队又说："坚信能找到破案信息这是前提，有了这个前提，才能进行艰苦细致的侦破工作。"

范强问："尚队你这次到现场前就坚信一定会找到案犯留下的线索么?"

尚队说："坚信。"

蔡东方问："我看你站在石屋门口先往里看了很久，为什么不进去呢? 在里面不是看得更清楚吗?"

尚队说："站在门口我不是在看，而是对屋里头一眼看到的一切进行分析判断，或者说是感觉，进入脑中的第一感觉是至关重要的，眼睛或许没发现什么，但感觉已经发现了。"

"哦，感觉?"

尚队说："是的，比方一个人偷偷站在你背后，你看不到他，却能感觉到身后有人，有没有这种现象?"

许宝良说："有的，这叫第六感觉。那么尚队你那时站在门口，看了第一眼之后你感觉到了什么?"

尚队说："我感觉到线索应该就在那堆烂泥似的衣物里。"

许宝良惊讶地问："真的吗? 为什么会有这种感觉?"

尚队说："这个说不清楚。"

范强说："有个词叫冥冥中，冥冥中就是让人无法理解的奇异现象。"

蔡东方说："也许是被害人不肯远去的幽灵在引导活着的人，让他替自己报仇雪恨。"

许宝良说："我相信是这样，曾听到一件奇异事，一女子失踪久久未能破案，后女子的母亲做了一个梦，梦中女子向她哭诉，说自己是被何人杀害，埋在什么地方。梦醒后母亲立即带人去女儿梦中所说的地方寻找，果然挖出了女儿的尸体。这事以无神论无法理解，却真实发生了，让人诧异。"

蔡东方说："最近听说科学已经证明人确有灵魂存在，人死后灵魂不死，而是永生于另一天地空间。"

尚队笑说："我可不认为我是受到死于石屋被害人的灵魂指引，才找到破案方向的。"

蔡东方说："尚队说是来自感觉，那么，怎么又会凭空有这种奇异感觉呢？"

尚队说："还是那句话，不清楚。"

范强说："无论尚队清楚不清楚，事实上已经为我们找到破案的方向，这就足够了，我们应该考虑下一步如何利用这一线索破案了。"

尚队说："对！"

这时服务员端来了酒与菜品，斟上后范强端杯说："尚队劳苦功高，我们敬一杯！"

蔡、许二人响应，一齐向尚队举杯，一饮而尽。

正这时，外面传来喧嚣声，听不清，不明就里，不一会儿经理邵美进来，气愤地说："这年头什么事都有。"范强问："怎么了？"邵美说："一大款带拨人来吃饭，雅间没有了，只能在大厅，那大款不接受，说请的是高贵客人，必须在雅间。"范强问："为什么不预订？"邵美说："怕是临时起意来的吧。"范强说："这还有什么可说的，想吃就在大厅，不想吃就到别处去。"邵美说："人家说是奔着这儿来的，必须在这儿吃。"范强说："必须，好大的威风啊，他想咋的？"邵美说："他让我们与雅间客人协商，把雅间让给他们，而且就看中你们面海这个，还说他们会给一定补偿。"范强问："怎么补偿？"邵美说："给你们的餐费打五折，他付那五折。"范强笑了："财大气粗啊，你告诉他们……"

尚队朝范强摆摆手，说："可以考虑，邵经理你出去对他们讲，原则上可以，只是要他们自己过来洽谈。"

邵美为难地说："这怎么可以，尽管他们来头大，可你们……"

尚队打断说："我们无所谓，这年头来头大的是爷，得让着，你请他们进来吧。"

范强他们不解地望着尚队。

待邵美出去，范强说："尚队您……"

尚队再次摆摆手，不让他说下去。

随之，邵美回来，身后跟着两个三十几岁衣着高档气度不凡的青年人。因吃饭前就换了便装，青年人自是把他们当成老百姓，否则……

邵美指指年龄稍大些的青年说："这是宏通置业的曹总经理曹先生。"又指指另一位说，"这是曹先生的老弟市建委的曹处长。"邵美刚要介绍这边，却被尚队止住，望着被介绍为总经理的曹问句："你们想在这个房间里吃饭？"曹点点头说："我们今天请的是一位贵宾。"尚队说："邵总说过了，请的是一位了不起的人物。"许是尚队的讥讽让曹感到刺耳，遂问："你们是……"

尚队说："我们是平头百姓。"曹说："我们尊重平头百姓，只是今天情况有些特殊，贵客突然驾到，让我们措手不及，又指名说想尝尝'高档'酒店的菜，看看究竟高档到什么程度，所以不得已……听邵总说你们通情达理，愿意配合。"尚队说："见到你之前倒想配合，可见到你之后就改变主意了，咱们没啥好谈的了。"曹表情变了，冷冷地说："为什么？"尚队说："我感觉到你身上有一种罪人的气息。"曹面色大变："你！"邵总赶紧介绍说："曹总，这位客人是市公安局的领导，在座的都是警官。"曹怔了，定在那里久久没有反应，后说句："误会了，误会了，对不起！对不起！"转身退出，邵美随后出门。

待屋内恢复了平静，蔡东方问句："尚队你真的感觉出曹是个有罪之人吗？"尚队微微一笑说："是的，否则我哪敢这么讲。"范强说："看来曹本人也似乎是默认了，否则哪会听说是警察就狼狈逃窜呢。"

蔡东方说："像曹这种身份，这种嚣张气势，抓起来法办不会错。"

范强叹了口气，说："好了，咱们也抓不了那么多罪犯，别操心了，言归正传吧。"

蔡东方点点头说："回到案子上来，还要请教尚队，下一步该如何进行呢？"

尚队说："找到一枚像章，我就不用多说，你们也清楚后面该如何进行了。"

范强他们心领神会地点点头。

六

这枚像章明确无误地告知被害人遇害的时间是"文革"期间，那时候佩戴像章是必须的，以证明自己是革命人，遇害于山上石屋的霉气鬼亦是同样。也正因如此，就给范强他们留下了"被害者死于五十年前"这一有助破案的重要线索，这条线索是独一的也是至关重要的，他们可以据此查寻在那个年代失踪的人。尽管工作依然艰巨，但毕竟范围大大缩小了。

五十年前，宝安市尚叫艾山县，且是一个地盘不大的县。十几年前由县改市方渐渐扩展开来，有了一个城市的规模。范强三人组首先找来了五十年前的艾山县地图，从中看到当时有十三个乡镇，遇害人应该居住在其中的一个。他们又从史志办找来一本艾山县县志，试图寻找这个案子的蛛丝马迹，却没有收获，上面没有记载有何人失踪。据说当年发生过两派武斗，但没有详细记载。无奈他们又查看了县委宣传部办的一份小报，依然没有相关信息，鉴于此，他们便开始了一个个镇一个个乡地普查。他们去的第一个是离案发地最近的古灵镇，镇政府所在地离市区不到二十里，路况很好，驱车不到半小时就到了，他们首先到当地派出所。蔡东方认识所里的鞠所长，听说来意，鞠所长让内勤搬出尘封已久的人口档案，跨度几十年，查看也不是件轻而易举的事情。每年都有失踪人口，但大多后来都有了下落。没下落的又多是妇女、儿童与老人，这与石屋里的遇害人扯不上关系，失望而归。当然他们没有归，而是直接去了东面的以温泉著称的柳叶乡。柳叶乡与刚才去的古灵镇还有往北的上庄镇，一起围绕着石屋所在的海青山，众星捧月一般，就是说遇害人（甚至包括杀人者）极有可能是在这三个乡镇中的一个。他们径直把车开到乡派出所，尽管没有熟人，可派出所毕竟是市局所辖，也不敢怠慢，始终认真配合，只是查看了旧档案后他们再一次陷入失望，失踪人口中依然没有与被害人相关联的。这就到了中午，所领导表示请饭，他们谢绝了，自己在街上选了一家饭店进餐，边吃边检讨这种侦查方式是否对头。应该说没什么不对头，这是最常规也是最奏效的方法。许宝良说："对头是对头，但有所缺失。"范强问："缺失什么？"许宝良说："缺失的是走访群众，或许从那个年代走过来的老年人能提供一些档案之外的信息。"范强点点头说:"宝良想得周全,确实应该如此,这样,吃过饭,咱们就走村串巷。"蔡东方说:"好!但愿会有收获。"

问了问饭店老板,柳叶乡共辖十九个村子,布局密集,虽说是村路,行车是没问题的。他们根据老板所建议的行走路线,开始一个村一个村地毯式普查,路数是相同的。首先,找到村支书或村主任,让他们领着去找上了年纪的人,向他们询问"文革"期间村里有没有失踪的人,只经几句问答,查问便OK。然后再赶去另一个老人那里,如此类推,走完了一个村子再走另一个村子。扒拉着指头,当范强他们跑完第九个村子,天落黑了,他们赶回市里。

再接再厉,第二天,他们又跑完柳叶乡余下的十几个村庄,同样没有得到他们所渴望的收获。尽管大家嘴上不说,失望的情绪渐渐弥漫于胸中。

有言胜利果实总是在失望之后到来,第三天,他们在上庄镇范围内查询,待查到一个叫埠后的山村时,事情有了转机。一个常姓老人说他的一个弟弟在一九六七年失踪了,至今没有下落,惊喜让他们面面相觑。范强开始发问:"你弟弟那年多少岁?"老人说:"比我小三岁十七岁。"范强问:"他那时干什么工作?"老人说:"没工作,还上学,在上庄中学念高中。"范强问:"是什么时间失踪的?"老人说:"八月十七日,我记得准,那天是他的生日。"范强问:"怎么失踪的?"老人说:"不晓得,只记得他早晨骑车去学校,平时天落黑就回来了,可那天他没回来,我和爹去学校找,不在,又到学校四周找,没有,从那以后,就再也没消息了。"范强问句多余的话:"多少年?"老人说:"多少年?整整五十年了,要活到今天,也是快七十岁的人啦。"说到这儿,老人抬手抹去脸上的泪水。

范强他们也是黯然神伤,不知该怎么安慰老人,当然心里也清楚,也许老人的弟弟并不是山上石屋里的那个被害者,要确定,必须经过下一步的DNA验证,他们自是希望二者是同一个人,这会让他们离破案更近一步。

范强清楚还会回到这个叫埠后的村子,遂与老人告别,往市里赶。在车上他给尚队打电话,告知这一消息,尚队鼓励说:"这么一步一步往前走,终归会到达目的地。"范强激动地说:"是的,是的,一步一步往前走。"

七

几天后，局技术部门给出 DNA 检测结果：死去的被害人与活着的埠后村老人具有亲缘关系，就是说案子可以往前走了。

他们为死者建立了档案，如下：常宗宝，男，一九五〇年八月十七日生人。家庭成员：父，常树勋，农民，已逝。母，常王氏，农民，已逝。哥，常宗民，农民。

七岁入本村小学，十岁入北砚村完小，十三岁入上庄中学读书，十六岁加入红卫兵，组织毛泽东思想战斗队，担任总指挥，十七岁失踪。现于海青山发现其尸骨，死亡原因有待查明。

有劳有逸，范强让大家休息一天，然后对案子发起了"强攻"。

其实范强是有私心的，休息日是小艳的生日，需要给她买礼物，要陪她吃生日宴，小艳很看重他形式上的表现，所以他要表现好。

只是事情不以人的意志为转移，这回就让他没表现好。在商场正在纠结买什么礼物时宫队打来电话，要他立刻回局，再次加入第二次打黑除恶的突击行动中，且要严格保密：手机只能接不能往外打。他在心中叫苦，完了，这遭完了，小艳的生日是没法过了，她已请了好几个闺蜜参加生日宴，突然取消，一向爱面子的她端的无法接受。奈何？要知道在与小艳的恋情中，他一向是被动的，一直没有得到小艳父母的认可。说法是警察无情凶狠，能将无辜者屈打成招判死，将自己的女儿交给这伙人，担心今后会遭殃。对此，他不知道该怎么向他们表白，这些年平反的许多冤死案，其原因多是刑讯逼供所致，警察的形象大打折扣。

不能给小艳打电话，范强只得在返回局里的路上找到一处公用电话亭给小艳打电话，小艳听到他庆生改期的说辞，不由分说挂了电话，再打就是关机。他悻悻地走出电话亭，心里再次冒出那几个字：完了，完了，这遭真的完了。

这次行动需要蹲守，蹲守就是等待嫌疑人入瓮，然后瓮中捉凶。范强他们三人加入的小组藏身于一处高档小区外的数辆轿车中，等待一个外号叫靓哥的人。另一行动小组通报，此时靓哥正在良友酒店与一伙人吃饭，是一个漫长的饭局，直到下午三点多才又接到通报：靓哥出酒店了，开车上路了，沿香港路东行，看样要回家了。准备行动！

行动很圆满，在小区大门外，将靓哥捉拿。带回分局后接着由他们三人组审讯，审讯却不顺利，靓哥百般抵赖，拒不承认参与了那场致人死亡的凶斗，交锋一直进行到半夜，无果收兵。

范强疲惫不堪，又无比沮丧地离开审讯室，便一刻不停地给小艳打电话，小艳不等他开口，说句："拜拜了！"便挂了电话。他知道小艳正在气头上，再说无益，遂罢休。

对靓哥的审讯交由别人接手，范强三人组又着手他们的"常宗宝谋杀案"，尽管谋杀的定性有待时日证明，但他们仍然愿意这么叫。他们在小会议室研究下一步的侦破方向，不言而喻，在受害人的身份明确后，下面的工作自是要找到凶手，到目前为止凶手的信息还是零。现在要做的是找到相关线索，然后将线索联到凶手身上。可是相关线索又到哪里去找？这是个问题。

范强说："我们毕竟查清了被害人的身份，此案若果真是谋杀，那么凶手应该是被害人常宗宝认识的人。那时的常还是个十七岁的中学生，而学生的交际范围有限，无非是亲人、村人与学校同学，别无其他，那么我们应该从这三个范围入手寻找嫌疑人。

蔡东方点头说："符合逻辑，我们一个范围一个范围地进行。"

许宝良说："可先从亲人范围开始，到村里弄清他的家族情况，亲人间有没有仇恨，有没有利害冲突致使行凶杀人，不过我以为这种可能性不大。"

范强说："应该是这样，与此同时，还可以弄清村人这一块，他们之间有没有世仇、利益冲突。一个村的人都知根知底，不难弄清，不过我觉得村人行凶的可能性也不大。"

蔡东方说："再就是学校这一块，学生之间应该更单纯，更没有什么利害冲突，即使闹点什么不愉快，也不至于行凶杀人啊。"

范强笑了，说："讨论来讨论去，几个范围的人皆可排除，可事实摆在那里：人死了，明明白白是遇害而死，莫非凶手是鬼魂不成？"

都摇头笑，笑得有些苦涩。

坐而论道也好，逻辑推理也好，对于侦破工作皆不可或缺，但最终还得行动，行动解决问题。

为加快进展，提高效率，他们分头行动。蔡、许下村，弄清家族与村人这两块，范强去上庄中学，在这里寻找破案线索。

八

上庄中学是一座老校，据说建立于段祺瑞担任民国总理时。上庄是一座大村，有许多"出外"（到城市谋生）的人，不少人发了财，阔了，便会想到报答家乡的养育之恩，上庄的阔人们一起捐钱盖了这座上庄中学。

范强首先找到了校领导庄书记，几句话便讲清来意。庄书记很年轻，毕业于师范学院，先留校教学，后调到上庄中学担任领导，也没几年时间，对学校的历史所知不多。听说六十年代有个失踪学生，于五十年后被发现时成为一堆白骨，惊骇不已，说这不仅是你们公安也是我们学校的事情，表示一定全力配合破案，需要他们做什么只管讲。

范强告诉庄书记："一是我想看看六十年代学校的教职工及学生花名册；二是找一些还活在世上的师生开一个见面会。"庄书记说："花名册现成，从档案室找出来便可，只是找活着的当时师生要费些时间，你看这样行不行，我们将花名册找出来你带回去看，我们寻找尚活着的当年师生，定个日子聚会，那时通知你过来，与他们见面。"范强想想说："庄书记想得周全，就按你说的进行。"

他便集中精力翻看多年的花名册。

到中午，庄书记热情留饭，说："正是海边上肥蟹的时节，尝尝鲜。"范强婉谢，说："赶回去有事。"庄书记便说："那就下次吧。"

回到分局后，心情端的烦闷起来，不是为案子，而是想起小艳，早晨给她发了个短信，请她定个补办生日宴的日期。小艳回个："省省吧，再没生日宴一说了。"此时他踌躇着是不是再给小艳打个电话。他的判断是对方仍未消气，急赶着无益，正如那句"心急吃不了热豆腐"的话，不如缓一缓。

蔡东方与许宝良还未从村里回来，他便自己在办公室翻看从上庄中学带回来的师生花名册，也看不出个所以然来，花名册里除了个人相关信息再无其他。

傍晚时分，庄书记打来电话，那瞬间他觉得会有好消息，果不其然，庄书记说下午校领导给退休老教师送中秋月饼，他留了个心，逐个问还记不记得有个叫常宗宝的学生，当问到一位姓郑的老师时他说记得，自己是常宗宝的班主任，说该生后来辍学了，他告诉郑老师常宗宝不是辍学，而是被人杀害了，郑老师大惊，说有一天还见过他，怎么就死了呢？庄书记问范强可不可以先见见这位郑老师，问问清楚。范强赶紧说："见，见，明天我就去学校，你带我去郑老师家。"庄书记说："好！"

　　山重水复疑无路，柳暗花明又一村。范强自问：事情真的会这么顺利，会因此迎刃而解？他看过的许多侦破小说可不是这样的，那是经过了层出不穷的波折方能见到破案的曙光，自己难道……

　　下班前，蔡东方和许宝良无功而返，这也在他们的预料中，范强告知了庄书记说的情况，商定明天去上庄中学，见当年的班主任郑老师。

九

　　郑老师家住小郑庄，范强他们驱车在上庄接了庄书记，后沿高速东行。在车上庄书记介绍说："郑老师当年在学校教语文，喜欢写书法，楷书特别棒，这次去你们可以向他讨一幅。"范强说："讨，不好意思，可以买一幅，让人家感受到艺术的价值。"开车的蔡东方说："买可以，可太贵了买不起。"庄书记说："他给我写了，我说给钱他不要，你们也不要谈钱的事。"范强说："那就买点礼物带去。"庄书记说："这个行！"

　　也就是二十几公里的路，正是"一脚油就到了"。下高速后在一家超市买了水果、牛奶，庄书记就指挥着蔡东方走街串巷，最后将车停在郑老师屋外，庄书记已提前通知了郑老师，听到车响，郑老师便迎了出来，热情地将他们让到屋里。

　　八十多岁的郑老师身板还算硬朗，说自从前年老伴去世，他便一人生活，挺好的。范强问："儿女呢？"郑老师说："儿女各顾各的家，指望不上的。"范强问："要是以后生活不能自理了呢？"郑老师说："我是属寒号鸟的，得过且过，真到了那一天，自我了断不是很好吗？"一句话，说得大家都黯然神伤，感受到人生本质的悲哀。

然后就说到案子，说到常宗宝，郑老师说对这个学生印象深，主要是他的作文好，字也写得好。范强并不关心这些没有意义的情状，直奔主题问："郑老师，你是什么时候见的常宗宝最后一面？"郑老师说："八月十七日，那天是我老伴的生日，所以记得，那时学校已经不上课了，学生们闹'革命'，在学校里贴标语，写大字报，两派组织大辩论，批斗校领导。老师们大多是逍遥派，去学校转一圈就回家了。我就是在那天回家的路上碰到常宗宝的，他和另一个学生从学校出来，沿着大街往村南走去。"范强问："那个学生叫什么名字？"郑老师说："那学生和常宗宝同级不同班，我也教他们班，学生的名字忘记了，好像姓初，个很高，腰板粗壮，对了，他左手多长了一根指头，同学们都叫他六指。"

"六指？"范强与蔡、许二人同时吃了一声，这是惊喜的一吃，都清楚，尽管郑老师说不出名字，而仅凭描述出来的这些特点是可以找到他的。

范强向郑老师说："常宗宝就是那天失踪的，这六指学生嫌疑很大。他带着常宗宝往村南去，几里路之外便是海青山，那里就是常宗宝遇害的地方，六指难逃干系。"

蔡东方问："郑老师，以后还见过六指学生吗？"

郑老师说："见过的，校园不大，总能见到的。"

"这六指后来怎么样了呢？"

郑老师说："和大家一样，稀里糊涂毕了业，至于是回了家还是到了别处，就不清楚了。"

庄书记说："根据当时的政策，城里的学生上山下乡，接受贫下中农再教育，农村的学生回家务农。"

许宝良说："再一种可能是当兵，去部队。"

范强说："找到他，这些自然就清楚了，现在的首要问题是找到他——自然是那时的他。"

庄书记问郑老师："姓初，应该是初家村的吧？周围村子还有没有初姓人？"

郑老师摇摇头："没，没有。"

范强说："那这个初十有八九是初家村人。"

许宝良说："不是十有八九，是毫无疑问。下一步要查清这个初现在在哪里，再落实常宗宝的死是否是他所为。"

范强说："这是下一步的事了，现在要落实的是六指初在哪里。"

蔡东方说："这好办，去初家村一问便知道了。"

郑老师说："其实连去都不用去，打个电话问问村里就知道了，村支书是我老表，这电话我打，马上打。"

范强止住郑老师，说："无论如何，我们都要跑一趟初家村的，破案一丝一毫也马虎不得，必须严丝合缝。"

庄书记点点头，问："咱们现在就去?"

范强说："对!"

没来得及向郑老师索要墨宝，一行人便告别郑老师，向初家村进发。二十分钟后，便坐在了初家村村书记的办公室里，书记是一位女性，三十出头，端庄干练，出口是标准的普通话，问过，方知她是从市里来村工作的所谓第一书记。

范强问："书记贵姓?"

女第一书记回答："免贵姓冯，叫我小冯就行了。"

范强点点头，问："小冯你来村多久了?"

小冯回答："不到一年，怎么?"

范强说："我们想问一下五十年前的情况。"

小冯吐吐舌头，说："五十年前的事我怎么能知道，别说我一外地人，就是本村人怕也讲不清楚。这么吧，我带你们去找一个老人问问吧。"

范强说："行!"

家有一老如有一宝，走在街上，范强这样想。同时又想到了尚队，如没有尚队的指引，怕现在还在原地打转呢。

见到的"宝"竟是名符其实的，进了院门，见宝老正在教小孙女打太极拳，一招一式有模有样，见有人来方停下。小冯介绍说："初爷爷，他们是公安上的人，找你了解咱村一个人的情况。"老人不忘礼节，说："进屋喝水!"

范强说："不麻烦了，在院里就行了。"不等老人再说，范强即问："爷爷，你们村有个长六指的人吗?"老人先怔了一下，说："没有啊!"范强吓了一跳，与蔡东方、许宝良交流了一下眼神。许宝良说："爷爷，这个人五十年前在上庄中学读书，高个，体格很壮，没这个人？"老人眨眨眼，后一拍脑门，对小冯说："是初永民他哥吧，是他多长了一根小拇指，在上庄念过书。"小冯问："他叫什么名字？老人说："叫初永新。"小冯说："我没见过这个人，是不是过世了？"老人说："没有！还活得好好的。"小冯问："他现在住哪儿？老人说："在市里，是官。"范强心中下意识一惊，问："什么官？"老人说："副市长，听说已经退休了。"范强"哦"了声，他心里是高兴的，到此，侦破工作已取得了决定性进展。下一步要做的是确认这位初永新副市长是不是真正的杀人凶手，想到这他的心情又复杂起来，弄来弄去弄到一个副市长身上，真的是有些始料未及，下意识告诉他后面的事情会有些麻烦。

告别了老人和小冯，范强一行离开了初家村，在上庄吃了庄书记招待的肥蟹，便打道回府了。

十

当晚，范强在家里打开电脑，进入百度后输入"初永新"三个字，没出现相应词条。退出，又进入市政府网站，依然没有初永新副市长的相关信息。片刻，他陡然醒悟，初十年前就退休了，自不会出现在今天的政府网站上，遂放弃。就想如果初真是杀人凶手，他这五十年是怎么走过来的？是否一直有负罪感？是否寝食难安？也许没有，那就是与常宗宝有着深仇大恨，方置他于死地而后快。可那时的初、常还是刚度过少年时期的青年，之间会有多大仇隙，一定要取其性命方肯罢休？他着实想象不出来。也许只有等初到案后听他自己的坦白交代了，他期望这一刻早些到来。

他没干成的事，蔡东方干成了，第二天上班后，蔡提供了一份初永新的履职档案材料，从他工作初始担任乡政府办事员到退休前担任副市长皆一目了然。应该说与大多数从农村出来混官场的一步一个台阶往上走的官员没什么不同，干巴巴的文字中隐藏着各自的艰辛与荣耀。而从初永新的简历中，可见他的前半生并不顺畅，有点原地踏步走的意思，直到九十年代末才从镇（已改乡为镇）调到市里任职，那时的他已近五十，之后十年是他官场的黄金时期：财政局处长、副局长、局长，交通局党委书记兼局长，市发改委副主任、主任，市委常委、常务副市长。从实职退下后又干了一届市人大常委会副主任，之后告老还家。

可是这一切掌握得再详细，对破案又有多大的帮助呢？起码目前看不出。

按照工作议程，三人组在上午十点向宫队汇报案情进展。进到办公室，宫队在打电话，似乎是在向局领导汇报打黑除恶的情况，他们便坐在沙发上等，宫队收了电话也到沙发上坐了。范强便汇报了这几天的情况，听了汇报宫队脸上露出欣喜的表情，说："没想到进展这么快，既搞清了被害人身份，又锁定了犯罪嫌疑人。"又问："下一步打算怎么进行？"范强面露难色："嫌疑人要是普通人，好办，拘起来审讯，历来是这样，如果没拘错，嫌疑人都会交代罪行，可我们面对的是退休副市长，情况特殊，恐怕就……"宫队打断说："是存在这个问题，你们先停停，我向上面汇报，按上面的指示办。"范强说："好的！"蔡东方说："可以先设想一下，上面会下达怎样的指示，我们提前做好思想准备，一旦指示下来立刻行动。"宫队笑了，说："还是小蔡想得周全，至于会下达什么指示，我想无非两种情况：一是排除干扰，彻底查清破案；二是查清破案，但要谨慎。"大家都被宫队说笑了，宫队也忍不住笑了，问句："你们笑什么？"范强反问："宫队你笑什么？"宫队说："我笑老刑警遇到了新问题。"范强说："我们笑是新刑警遇到了老问题。"宫队："老问题？"范强说："可不？法因人而施，这不是老问题么？"宫队不语了，过会儿说："新问题也好，老问题也好，破案是关键，别的嘛，只能视情况而定了。"范强说："明白。"

回到办公室，三人又议论起来，蔡东方说："假若上面给的指示是第一种，那好办，常规手段，快刀斩乱麻。假若上面给的是第二种呢，那咱们怎么办？"许宝良说："这就有些麻烦了，不仅不能动他一指头，连动态度都不行，这哪是犯罪嫌疑人，是大爷啊！"

范强和蔡东方都叫许宝良说笑了，想想，还真是这么回事。

下午，宫队来到范强他们的办公室，传达上级指示，只一句："在落实初市长为凶手前，要谨慎、谨慎再谨慎。"然后又问句："有什么问题么？"他们齐声说："没有！就是没有！办任何案子都需要谨慎，不能胡来。"但人人心里都明白，这句完全废话的指示是有明确暗示的。

三人坐在那里一动不动。良久，开始探讨如何将案子往下进行。

坐而论道之后总归还要行动，下午他们在谨慎的前提下去"拜访"犯罪嫌疑人前副市长初永新。先到小区所在派出所，讲有了案子要询问初副市长，让他们将副市长请到所里说话，值班的孙副所长说："这怕不太合适吧，出于礼貌你们应该去他家里。"范强想想说："好的，请所里派个人带我们去吧。"孙所长说："我去！"

市领导住的小区在面海的半山坡上，说风景优美无疑是句废话。孙所长分别指着一幢幢独立小楼，介绍它们是哪位哪位领导的住宅，最后指着靠边儿的一幢说："初副市长就住那一幢。"

别说，他们还真找对了带路人，一路通行无阻，又顺顺利利地来到初副市长家门外。开门的是一个俊秀小保姆，认识孙所，说市长在家，后热情地把他们一行让进屋里，又引到从阔大落地窗可全方位观海的客厅中。初副市长正坐在沙发上吸烟，见了来客并未起身，只是指指沙发让他们坐。孙所对他介绍说他们是分局的同志，有事向市长请教。初点点头，问句："有吸烟的吗？"都说："不吸，谢谢市长！"初说："知道吸烟有害健康，可就是戒不了，反正到了这个岁数，不管这些了。"孙所说："最近看了有关资料，说癌症与吸烟喝酒无关，与锻炼不锻炼无关，甚至与生活习惯也无关，仅仅与人际关系和心情有关。说白了就是心情愉悦不能生气。我觉得到了初市长这份上，一心情愉悦，二是没人敢给气生，所以能长命百岁。"初笑笑说："活那么久干吗，我的目标是活到九十九岁。"都笑了。范强心想，看来这个犯罪嫌疑人还挺幽默。

这时小保姆端上了茶水。呷了一口，范强便言归正传，说："今天来打搅初市长，实在不好意思，不好意思。"初说："没什么，有个人说说话也是好的。"范强心想等知道要和你说什么，就会觉得没啥好的了，嘴上却说："谢谢市长！"

初呷了口茶，从桌上拾起一盒软中华抽出一根点上，吸了口说："什么事？说我听听。"

范强迟疑了一下，因不知从哪里说起好，然而又想，无论怎么最终都无法回避白骨案，遂将他们正在侦查的案子大体讲了讲。

尽管细微，但范强还是察觉到初脸上的表情有异，吸烟吞吐的节奏有所加快，像急赶着吸完要外出一般。范强等着，待他将半截烟在烟缸里掐灭，方说我们来只想请市长帮助回忆一件事。

初镇定些了，问："回忆什么事？"

范强说："有些遥远，市长，五十年前……"

初打断说："啊！那么久？"

范强说："是，很久，市长尽量回忆，能回忆多少就是多少，希望能对我们有所帮助。"

初无语。

范强心想此时此刻初应该意识到这伙不速之客的来意会有所警惕，遂问："市长一九六七年时是在上庄中学读书吧？"

初说："是的，怎么了？"

范强："市长还记得一个叫常宗宝的同学吧？"

初顿了下："常，常宗宝？啊认识，同学，他怎么了？"

范强："死了，他死了。"

初："哪年死的？"

范强："就是一九六七年。"

初哦了声，又点上一支烟，一口一口地吸。

范强再问："闹革命时，市长经常和常宗宝见面吗？"

初："不常见，我们是对立的两个组织。"

范强又问："市长还记得最后一次见到他是什么时候么？"

初摇摇头："不记得了。"

又说："人老了，记忆力愈来愈差了。"

范强惊了一下，与蔡东方、许宝良对视一下。大家都清楚初当是意识到自己将面临什么，遂选择了缄口。这般，他们便无法"谨慎"地将审讯进行下去。

范强不甘心，说句："有人说在八月十七日那天看见你和常宗宝一起走出了学校，朝海青山方向走去。"

初摇摇头："不记得有这件事了，太久了，不记得了。"

到此，范强意识到再谈下去已无益，初不会再改口，遂告辞。

出门面对蔚蓝的大海，他们的心情却无比地灰。

十一

"审讯"陷入僵局，范强他们清楚，在"谨慎"的前提下，只要初永新咬住嘴坚持"不记得"，那真拿他没辙。

傍晚，范强接到小艳短信："咳，晚上吃分手餐吧。"看毕，他笑了，心想熬不住了吧。他回："永远不吃分手餐。"小艳未回。他也作罢，初已够他伤脑筋的了，顾不上其他，包括小艳。

晚上回到家，接母亲电话，讲父亲后天过生日，问打算怎么过，在家还是去饭店。他拍了下脑袋，这么重大的事都忘到九霄云外了，罪过。他赶紧说："去饭店吧，爹七十大寿，隆重点。"又说："饭店我定，你们就别管了。"母亲又说："叫上小艳吧。"他想想说："算了吧。"母亲问："怎么算了？你俩闹矛盾了吧？"他说："也算不上闹矛盾。"母亲问："那是咋？"他说："她耍小性子，我不惯她毛病。"母亲说："我看你才有毛病，好好一个闺女不赶紧娶回家，耗着，耗到哪一天是头？"他嘿嘿地笑。

刚挂电话，宫队的电话进来，一反往常爽快风格，吞吞吐吐说："初市长这案子嘛……这案子嘛……"他问："案子怎么了？有什么问题吗？"宫队说："问题是没有的，命案必破这是原则，哪怕是几十年前的陈案，只是……"他感觉到宫队有难言之隐，说："宫队长有话请讲，我们坚决执行。"宫队说："呵呵，本来想等明天和你们三个一块讲，想想还是先和你透透口风好。是这么回事，今天上面又问过这案子，讲案子破是要破，但不可盲目行事，要注意影响。"这遭轮到范强呵呵了，心想，上回指示要谨慎，这回又要不许盲目行事，注意影响，啥叫不可盲目行事，盲目能破得了案子吗？注意影响，注意什么影响？没来由嘛。无须猜测，是初在背后使上劲了。也证明初心虚了、怕了，这恰恰又证明了初确实是犯罪嫌疑人。他说："宫队我有些糊涂，这样那样，那这个案子还破不破？"宫队说："破是没有疑问的，这是咱公安的职责，我理解上面的意图是要防止办出冤假错案来。"范强说："我们办案人更不想办出冤假错案，但是我们要进行正常的侦查与审讯啊！"宫队长："这是自然，不侦查、不审讯，破得了案？只是……只是……要考虑一下他的身份，审讯注意方式方法。"范强说："放心，我们不会动粗。"说毕又问："上面没有放他一马的意思吧？"宫队笑了："不会，不会，就算有这个意思，我们也不予执行，该怎么就怎么。"范强说："有宫队这句话，我们就能安心办案了。"

挂了电话，范强心里缠绕着这么个问题，"上面"肯定是某一个人，可又是哪一个呢？与初又是什么关系？

上班后，他把昨晚与宫队的通话如实对蔡东方、许宝良讲了，两人也觉得上面的指示匪夷所思，表面上的"谨慎"、不"盲目"、"注意影响"，应该是放初一马的意思。许宝良说："如果能确定上面就是这个意思，那咱们是不是应该考虑一下？"蔡东方问："怎么考虑？让杀人凶手逃脱法律追究？"范强问："假如我们遵照上面'真正'的意图又能怎么做呢？"许宝良说："好办啊，初肯定不会交代的，零口供。五十年前的案子找到证据的可能性也等于零，零证据，两个零加一块，便无法向检察院移交案子，初不就脱逃了吗？"蔡东方说："姥姥的，这可叫咱咋办呢？眼睁睁看着真凶不受制裁？"范强说："这肯定不可以，'上面'只要不明说放初一马，咱就装糊涂，照旧办案。"许宝良说："不好好领会'上面'的意图是有风险的，小鞋摆在那儿等着给咱穿呢。"范强说："顶多不让在公安干了，还能咋？再说'上面'也只是某一个人，代表不了领导意见，不怕。"蔡东方附和："不怕！"许宝良说："怕不怕都要对被害人负责，这一点是原则。"

范强："那就以原则为依据、为指导进行。"

三人组再次造访初市长。

似乎料到他们会来，初提前做了准备，茶几上摆着各种新鲜水果，虽知道他们不吸烟，也放了两盒软中华。落座后，又命人冲上香喷喷的咖啡。

初的热情周到，还真让他们有所感动，寒暄过后，范强开始问话，声调不自觉地恭敬温和，如同下级向上级汇报工作那般。

范："市长，不好意思，又来打搅了。"

初："没什么，可以理解，你们的工作嘛。"

范："谢谢市长的理解与支持，确实我们有任务在身，不得已而为之啊。"

初："知道，知道。没问题的，没问题的。你们有什么想知道的，只管问好了，我会认真说明。"

范：“好的，好的，不好回答的可以不回答。”

初笑了一下，当是意会到"关系"起作用了。

范：“市长请你再回忆一下，一九六七年八月十七日那天，你见到了同学常宗宝没有？”

初打个哏："见到了，怎么？"

范："只是落实一下，有人讲看到你和常宗宝一块出了校门，是这样吗？"

初："是这样的。"

范："那人讲看见你们仍往海青山方向走，是这样的吗？"

初："是这样的。"

范："你们要到哪里去？"

初又打个哏："到哪里去？我想想。"

范等着他想。

初："哦，对了，那天是酒馆集，我们去赶集买东西。"

范："是事先约好了？"

初："没约。"

范："不谋而合？"

初："可以这么说吧。"

范："赶了集，后来呢？"

初："分手了，我回家了，他也回家了。"

范强心想，已经出破绽了，又问："你看清他是往埠后的方向走？"

初："看清了。"

范："他回家应该往回走，然后向西拐。可你回家是从酒馆往前走，这样你是看不到他是回家还是返校的。"

初："没看见，我觉得他应该回家。"

范："就是说只是猜想，不能确定他是不是回家了。"

初："对！"

范："你们在集上分手时大约是几点钟？"

初："不记得了。"

范："回到家是什么时候？"

初："不记得了。"

范："大体呢?"

初："大体也记不得了。"

到了关键处，初警惕起来，咬住"不记得"三个字。再往下问恐怕还是如此。范强三人交换一下眼神，充满了无奈。这是"审讯"吗? 不是，是聊大天。聊下去能让他交代出自己的罪行吗? 白日梦。那么终止"审讯"? 这当然不行，须将聊天变成真正的审讯。

范强柔中带刚说："市长不记得可有人记得，你是日头落山时回的村。"

初："谁说的。"

范："知情人。"

初："哪个知情人?"

范："这个我们不能说。"

初："为什么不能说?"

范："我们有纪律。"

初端杯呷了口咖啡，神色悻悻的。

范强看看蔡东方，蔡东方接问："市长请你说明一下，从中午离开酒馆集到傍晚回村，这中间有五六个小时，这个时间段你到哪里去了?"

初放下杯子，沉思一下："记不住了。"

蔡："这么长的时间段记不住?"

初："是时间太久了。"

蔡："你记不住，可有人记得住，事实上你和常宗宝没在集上分手，而是一块往海青山方向走去。"

初："谁讲的?"

蔡："别管谁讲的，到底是不是这么回事?"

初："不是，我们在集上就分手了，然后各走各的。"

蔡："可你是在分手五六个小时后才回的村，这个时间段你到哪里去了?"

初有些不耐烦，抬高声音："我不是讲过了嘛，不记得了，不记得有罪吗?"

蔡："不记得没有罪，前提是本身是清白的。"

初："我就是清白的，这一点毋庸置疑。"

蔡："我们愿意相信市长，但更愿意相信事实。"

初："那你们就拿出事实来。"

……

已无法再"审讯"下去了，因为他们确实拿不出事实来，只得终止"审讯"。

回到办公室，三人沉闷无语，都清楚初抗拒审讯基于两点：一是如初所言时间太久认定他们找不到他作案的直接证据，再是基于自己的身份以及背后有关系人罩着，不敢对他逼供，那他只要咬住"不记得了"，便足以蒙混过关。他很清楚这一点，所以才敢耍横。

即使清楚这一点，他们也毫无办法。

十二

孩子哭抱给他娘。他们将情况向宫队做了汇报，宫队半晌无语，范强追问："宫队你说我们该怎么办？"宫队反问："你们说呢？"蔡东方怼说："我们听宫队的。"宫队挠挠头皮后，说："我还能有什么可说的，破案啊，尽快破案啊。"范强说："还把他当成个副市长再加上'上面'替他撑腰，这案永远也破不了。"宫队问："那你们的意思……但有一条，刑讯逼供绝对不可以，别说是市级领导，就是对一般犯罪嫌疑人也不可以。"范强说："我们不会刑讯逼供，但这样和风细雨不行。"宫队问："那你们的意见……"三人异口同声："拘留！"宫队不语。范强说："只有拘起来，才有可能打破局面。"宫队摇头，说："动作大了，大了，上面不会认可，再说目前还不掌握足以拘留的证据。"蔡东方说："敲山震虎，让他以为咱们有了足够证据。"宫队又摇头："这不行，这不行。"蔡东方说："不行，怕没别的办法了。"宫队说："办法总会有的，再想想，再想想。"宫队明显两难。

汇报无果而终。

回到办公室，范强突然想到了尚队，对蔡、许二人说："看来还得向尚队请教，兴许他会有办法破局的。"二人点头称是。共识达成，求教于尚队。

范强立刻给尚队拨电话，接听电话的是尚队老伴，讲尚队不在家，在老年活动中心下象棋。范强心想会下棋的人都是高智商，所以尚队才会才思敏捷、多有主见。

傍晚才约上尚队，跟着就接他去饭店，边吃边聊。上车后尚队说今晚他请，理由是前几天发了笔小财，得乐呵乐呵。又说有家叫"开海"的饭店，包的双虾饺有口味，让他们去尝尝。他们见尚队兴致高涨，便不忍驳他的面子，遂答应让他请吃双虾饺。

顾名思义，"开海"是家海鲜馆。店面不大，却装修精致，海产品除了离水不活的都养在水箱里，等着食客挑选。尚队选了牙片鱼、立虾、海螺、鱼丸四样主打，外加几样荤素，当然还有大名鼎鼎的双虾水饺。酒是尚队带来的一瓶五粮液，可见尚队是有备而来。

海鲜与白酒是标配，边吃边喝，人就亢奋起来。尚队问到案子的情况，范强如实讲了。尚队红着脸高腔嚷："奶奶个球，捆绑着手脚让人办案，是个啥子道理！官官相护可以，可也不能护着个杀人嫌犯呐！"范强怕他激动伤身，劝道："尚队息怒，息怒。如今一切都走偏，司法也不例外，还有比这更严重的呢，所以……"尚队打断说："所以就理解万岁是不是？"范强笑道："不万岁，千岁，千岁。"大家都被逗笑了，包括满脸怒气的尚队。

接着就集中议论下一步怎样走出破案困境。

范强说："有句话叫豆腐掉进灰里，吹不得打不得，现在就是这种局面，初老是拿'不记得了'来对挡，神仙也拿他没办法。"

尚队想想说："这也是审讯中经常碰到的情况，犯罪嫌疑人的避罪策略就是给你个零口供。"

蔡东方说："零口供，法院是很难判决的。"

许宝良说："不一定，当年审判'四人帮'，张春桥始终一言不发，不是还判了个死缓。"

尚队说："那是政治案，与刑事案不可同日而语。刑事案如果嫌疑人零口供，又没有足够的证据，很难判，即使判，也只能轻判，该判死刑的判个十年八年，事实上也是放了一马，让其得逞。"

范强摇头不已，说："这个案子有其特殊性，因年代久远，初如果就是不交代，我们得不到一点可资利用的线索，便无法取得证据，弄不好是零证据，奈何?"

尚队:"办法总会有的。"

三人异口同声:"啥办法?"

尚队说:"另辟蹊径。"

三人又同时发声:"咋个另辟蹊径?"

关键时刻,服务员端来了清蒸牙片。

本地惯例,鱼上来要敬酒,范强三人遂一齐举杯于尚队。

酒饮下,按惯例吃鱼,因心里装着尚队的"另辟蹊径",再好的鱼品也没吃出味道来。

放下筷子,范强眼望着尚队急不可耐:"尚队请讲!"

尚队抽一张餐纸擦擦嘴,又清清嗓,说:"要找到初的软肋。"

"软肋?"

尚队点点头,说:"每个人有每个人的软肋,初的软肋在哪里?"

范强三人一时迷茫。

尚队继续说:"尚是高官,软肋自然是权钱交易与权色交易。"

三人意会地点着头,齐说:"没错!没错!"

范强补句:"这是官员们的集体软肋,请尚队接着明示。"

尚队:"根据已知初的为官简历,他曾在多个有贪腐便利的部门任职,如财政局局长、交通局局长,发改委主任、常务副市长,大权在握,交换空间巨大,想不贪腐都难啊!"

"是的。"

"是的。"

"是的。"

尚队:"先以经济问题将他拿下,让他知道已难逃法网,让他精神崩溃这就好办了。"

许宝良:"但是我们并不掌握他的经济问题啊。"

尚队:"调查呀!我们有这个权力,也有这个便利。比方,可以去有关部门查有没有对他的举报信,应该会有,也许还很多,只是由于种种原因被压下了。我们就以这些举报信为线索翻他的老账,应该能够奏效。"

范强三人点头不已。

蔡东方说："不是有句顺口溜：台下搞贪腐，台上作报告，只要不去查，一查准要倒。"

许宝良附和："确实，凡有职有权的，一查就能查出问题，初也不会例外。"

范强说："那咱们就按尚队的明示改弦易辙，将初拿下来，咱们再敬尚队一杯感谢酒。"

尚队端杯："不谢不谢，只是发挥点余热，但愿你们能成功。"

最后上来的双虾饺，确实味美。

十三

梦想成真，分局破获了一桩贩毒案，恰如梦中情景：犯罪嫌疑人是一年轻女性，抓获地点在机场。与梦不同的是发现毒犯的人不是范强，而是本队一名叫邢大庆的新警员。随后对女犯罪嫌疑人进行突审，交代出一个贩毒团伙，团伙成员分布在市内与周边县市，需分头抓捕，不得怠慢。范强受命参加抓捕行动，随B组前往即墨市抓捕一个叫黑头的犯罪嫌疑人。出发前，蔡东方、许宝良主动请缨，说闲着也是闲着，不如趁这空当去市纪委查一下对初的举报材料，范强同意。

B组车队风驰电掣赶到即墨市，扑了个空，无论黑头是提前得到消息，还是有事外出，反正是无影无踪。于是赶紧让分局技术部门手机定位查找黑头的下落，很快回复，说其当下的所处位置在莱西市一家叫"宜安楼"的旅馆附近，于是他们又火速赶到莱西市，找到了那家旅馆，在前台查询是否有一个叫王冲的矮胖男人，服务员说有这么一个人，刚刚入住，接着又出去了。他们让服务员打开他的房间，然后进行搜查，没搜出什么犯罪物品。便退出房间，再次向技术部门问询黑头所在位置，回复是还在附近。他们便在旅馆外守候，可守候到深夜，黑头仍没有出现。这让他们十分诧异，这么晚了，黑头究竟在外面搞什么勾当，夜不归宿？想想，十有八九是搞毒品交易，这么晚了，又会在哪里进行？夜店？网吧？洗浴中心？返回旅馆询问，服务员说这附近没有夜店和网吧，只有一家洗浴中心。他们便赶过去，竟然意想不到地顺利，从桑拿房将赤条条的黑头及同样赤条条的同伙擒拿，随后又从更衣室搜出了毒品。大功告成，他们连夜返回，随即对二毒犯举行突审，也没费多少周折都全交代了。

破案顺利，参与此次行动的警员获假一天。范强心里高兴，郑重其事地为老人庆生，只是没有遵从母亲的意愿邀请小艳。

第二天上班，蔡许二人向他讲述了他们这两天查询的情况。从他们喜笑颜开的样子，他知道他们亦同样顺利。

果然如此，他们找到了初的被有意压下来的多件重大贪腐举报。

范强兴奋不已，问："数额大吗？"

"大，非常大。"蔡东方说。"足以判个十年二十年。"

范强说："没想到能这么顺利。"

蔡东方说："也谈不上顺利，也有不少周折，我们从现在往前倒查，查到他退休那年，也没查到有他的举报材料。很失望，心想一个大清官让我们碰上了？觉得不可能，又提出往前查，人家说前面的材料已封存了。"

范强问："后来呢？"

许宝良说："我们觉得初如果有问题，一定是发生在任内，他掌管着那么多油水部门，不可能干净了。我们再三要求查看封存的材料，没办法他们才拿出来给我们看，结果查出对初的检举材料十五件。"

范强喜不自禁，说："好！好！"又说："真个是天有不测风云，初要是不遭遇咱这码事，不查他，这巨贪就能逃脱法律对他的惩罚了。"

许宝良说："说起来他也够倒霉的了。"

蔡东方说："有句话叫摔倒磕在×上，寸，只能按倒霉处理。"

范强和许宝良都笑了。

许宝良接着说："可惜磕在×上的贪官只是极少数，绝大多数都安然脱险，优哉游哉地度晚年呐。"

不再有人说话。

十四

能否拿下初在此一举。

与初交锋的地点选在派出所，不使用审讯室，而是在所长办公室，两方面都照顾到了。

当初被一名警员引到那间墙上挂满字画的屋子，神情是悻悻的。范强三人出于礼貌与他打招呼，他视而不见，径直走到写字台后面那张黑皮转椅上坐下，他早已习惯了当权者本该的位置。

范强在心里暗自笑笑，心想都什么时候了，你还甩那么大派头。他觉得应该先给他个下马威，让他清楚自己目前的角色，便注视着初说："初永新同志，请你坐到那个位置吧。"说着指指与皮转椅相对的一把木椅。

初冷冷问："有什么不同吗？"

范亦冷冷："不同。"

初迟疑了一下，还是从皮转椅上慢慢起身，迈着方步走到属于他的位置坐下。

范强意识到后面将是一场艰巨而漫长的交锋。

当是存有一种潜在的紧张，范强询问前先咳了一声，又清清嗓，问："姓名？"

初怔了一下，瞪眼望着范强，无答。

范："姓名？"

初本能地对抗："你们不知道？！"

范："知道你也要回答，这是程序。"

初咽了下唾沫，极不情愿地答："初永新。"

范："年龄？"

初："六十八。"

范："退休时职务？"

初："市委常委、常务副市长。"

范："曾经担任过什么职务？"

初："多去了，从哪个说起？"

范："从2001年3月25日被任命为市财政局局长说起吧。"

初望着范一脸惊讶，随之沮丧地讲出随后十多年来的任职情况，与他们所掌握的基本一致。

范强明白不能再磨叽下去，得赶紧把绳子套在他脖子上，说："据我们掌握的情况，你在这几个职务上均有大的贪腐行为，你如实交代一下。"

初惊恐地张大眼，语无伦次地问句："你、你们咋问这、这档事？"

范："问你五十年前那个下午你和常宗宝去了哪里，你说不记得了，我理解，因为年代太久远，那就问问近些年你应该还记得的事。"

初眨眨眼，霍地站起身："我出去打个电话。"

范、蔡、许相互对视一下，心知肚明，初是想找关系人干预这场他始料未及的讯问。

这当然是不可以的，可范强又想知道他的关系人是哪一个，遂说："打电话可以，就在这儿打。"

初："出去打不行吗？"

范："不行！"

初闻听就像撒了气的皮球，瘫坐了下去，哧哧地喘气。

范强抬高声音："初永新，我们希望你如实交代问题。"

初摇摇头："我不清楚你们到底要我交代什么。"

范强："交代以权谋私、权钱交易、权色交易啊！"

初："我没有这些问题。"

范："据我们掌握你存在这些问题。"

初："我没有，我一向为官清廉。"

范："需要我提醒一下吗？"

初以异样的神情望着他。

这一刹，范强纠结了：能够将举报材料列举的贪腐事实当成炸弹向初抛出吗？如果举报是真实的，自可对初起到威慑作用，而要是假的呢（须知这种情况不在少数）？初便清楚他们只是在吓唬他，会选择对抗到底。

然而这纠结只在脑中一闪而过，便释然了，他意识到哪怕是冒险也要冒下去，因为他们也只有这一把杀手锏，不审讯便难以为继。

他轻轻咳了一声，以掩饰自己刚才一瞬间的停顿，他重复刚才那句话："需要我提醒你一下吗？"

初不吭声。

范强说："承包地铁三号线内装修的安达公司在工程将近时，你又给追加了不该追加的五千万工程款，为表示感谢他们给你送了钱。"

初的脸色陡地涨成猪肝色，咬住嘴唇，不吱声。

范补充句："贿款数额高达七位数。"

初仍不吱声，范强发现他的手在微微地抖。

至此，范强又断定举报内容是真实可靠的，他松了口气，遂与蔡、许二人交换了一下眼神。

蔡东方接手询问："初永新，如果我们指出的不是事实，你可以否认，你不否认，我们只能认为是事实。"

初闷闷地："不是事实，是诬陷。"

"诬陷？"

"对。"

范强："那我再说一件，你说说这是不是诬陷。"

初再次瞪大了眼。

范强："据我们掌握，在你任交通局局长期间，曾多次受贿，只举一例，承包青威高速四座大桥的通建公司给你行贿，数额也高达七位数，同时还送了你一辆宝马轿车，而且牌子都挂好了：鲁B085H8。"

初不停地眨眼，似乎进了沙子。

范强："你能对此说明一下吗？"

初发恨声："这，同样是诬陷，没有的事。"

范："这件还是诬陷？那我再举一例，在你任市发改委主任期间，你帮助一家公司上市，我先不说公司名字，为表感谢他们赠送你五十万原始股，上市至今暴涨了十几倍，你所持的五十万股若兑现出来可高达八位数，这可是有据可查的，想诬陷也诬陷不了。"

初的身体僵住了，石塑一般。

范："初永新，你讲讲这一例吧，若还否认，我们就继续往下说。"

初垂下了头。

范在心里想：他垮了，别说他，任何人面对这种局面都会垮掉的。

三人都不说话，一齐望着初永新，等候他下一步的反应，认罪还是顽抗。

良久，初慢慢抬起头，哭丧着脸："我，我不明白。"

范强问："不明白什么？"

初："刑事上的事，咋的就扯到经济上了呢？"

范："这，我不是说过嘛，遥远的事你都不记得了，所以只能问你应该还记得的近年的事啊。"

初倒抱怨起来："你们总得让个空让我慢慢回忆嘛。"

范："我们给的时间还不够？"

初："嗯。"

范："那你还需要多长时间？"

初想想："一个礼拜。"

范："不行，时间太长。"

初："那就三天。"

范想想："可以，就三天，三天后我们还在这里见面。"

初："行。"又问："我可以回去了吧？"

范："可以。"

初永新似乎进入嫌疑人角色，站起身后对范强三人鞠了个躬。

待初永新仓皇离去，蔡东方质疑地望着范强："就这么让他走了？"

范强笑问："你担心什么？"

蔡东方："他意识到事态严重，会不会外逃呢？"

范强说："应该不会，可也要防范，我们把情况通报海关，到时让他们截住。"

许宝良说："这不成问题。可是他可以利用这空当与保他的关系人联络的，让其再进一步干预。"

蔡东方替范强回答："这完全可能，只是那人得知我们要追究初的经济问题，也就会有所收敛了。"

许宝良："为什么？"

蔡东方："得自保啊。你想想初贪了这么多钱，能不孝敬一直罩着他的那个人么？"

许宝良点点头："哦，可也是，那人会担心揪出萝卜带出泥，也就舍初保己了。"

范强说："正确。"

十五

不想初永新倒积极起来，他没"想"三天，第二天便主动申请与范强三人组在派出所相见了。虽只隔了一夜，初明显憔悴了，行动也有所迟缓，显出老人相，坐下后，范强仍不失礼仪地问："初市长，你回忆起来了吗?"

初却不回答问题，小心翼翼地问："我可以提个要求吗?"

范："什么要求?"

初："就是，就是我如实回答五十年前那桩案子的事，你们就不要再追究经济上的问题了。"

范、蔡、许三人交换一下眼光，谁都没想到初会提出这么一个交换条件来。

初神情恳切："小同志，我只有这么一个要求，希望你们能够答应。"

范强给难住了，只能反问："要是我们不答应呢?"

初："你们懂的。"

确实范强他们懂得：不答应他便仍然"记不住了"，杀人陈案便无法终结。

范强思索着，后说："这个问题很重大，我们得向领导请示。"

初急了，高声说："千万不要向领导请示，一请示事情便不可逆转了。"

范强无以回答，只在心里嘀咕："这遭真是老警员遇到了新问题，该如何抉择?"

初回去确实把一切都想清楚了，接说："我知道你们去查了已经封存的材料，可已经终结了，你们不讲，没人再会提起，你们也清楚，被压下来的举报何止我这一份，该追查而没被追查的人又何止我一个。再说了，官员涉经济案属于纪检委反贪局管，你们可以不管，不管不会犯错误。"

初毕竟在官场混了一辈子，老油子，一干事门清。想想，他说的这番话就是现实情况。再说了他们接受的任务是侦破杀人案，命案必破是原则，他们得着眼于这个，其他尚在其次。

范强说："这个我们可以考虑的。"

初坚持："考虑不行，得拍板。"

蔡东方示意地向范强点点头，随后许宝良也点点头。

范强亦向初点点头，说："就这样吧，你开始交代吧。"

初没张嘴，却从口袋里掏出一张纸："我已经写好了自首书，保证完全是事实，没一个字的假。"

蔡东方走到初跟前，接过纸，又递给了范强，范强接过来心想："五十年前犯的罪今天交代，也算自首？自首书写得很简洁，词语也生涩凌乱。

自首书

　　我和常宗宝是中学同学，俺俩关系挺好，后来运动了，观点不一致，站两派，分别担任两个组织的头头。一开始只是刷刷标语、游行游行、斗斗学校走资派领导什么的。后来觉得格局太小，不带劲，想大干一场。这时全国各地进入夺权阶段，我们就布置夺乡政府的权，时间定在8月18日，可在8月16日得到消息，常宗宝他们组织也要夺权，时间也是8月18日，问题出来了，当时的情况是他们人多势大，我们夺不过他们，必败，不甘心。有人知道我和常宗宝关系好，让我采取措施，啥措施？让他失踪一天，这样他们群龙无首，我们就能夺权成功。想想这是条妙计。17号下午我找到他，骗他说我哥在山上被蛇咬了，得赶快送医院抢救，请他帮忙，他信了，俺俩就一块上山，我知道那里有个看山柴屋，领过去，趁他不备，用绳子（提前缠在腰上）把他的手脚捆住，然后锁上门。后来证明这个方法英明，第二天我们夺权成功。我当了个乡革委会主任，工作一忙，就把常宗宝忘在山上了。按说当时忘以后会记起来，可没有，也许是因为不久学校散了，学生都回家了，就彻底把常宗宝给忘了，对他的死我有责任，我自首，愿意担责，接受法律处罚。

初永新

范强看毕，又让蔡东方和许宝良看了，都觉得可信，遂松了口气。至于下一步怎样进行，还得请示领导，让领导决定，他们留下初的自首书，让他走了。

他们实现了命案必破，确实是值得欣慰的。

尾 声

刑事这一块，倒是法律放了初永新一马，早已过了追诉期。再说他也不是故意致常宗宝死亡，是遗忘造成的不良后果，每个人都会遗忘某些事情的，特别是年代久远的，人们本来就不想留在脑子里的事情，遂有意无意将其清除掉。

仍让范强纠结不已的是初永新的经济犯罪，理应受到法律的制裁，问题是他们已对初做了不予追究的许诺，尽管这于法无依，可毕竟是许诺过了的呀。法律放了初一马，范、蔡、许也放了初一马，双料犯罪嫌疑人竟是如此幸运。

也许心中依然忐忑，晚上与已和好如初的小艳一起吃饭时他说了这码事，随后问句："假若你是涉案人初，绑架了一个人会永远忘记吗？"小艳不假思索地回答："不可能，不可能！"停停又加句，"哪能呐，这么凶的事，说忘就忘了？除非脑子坏了。"

范强的心不由得劲跳了一下。

（原载《北京文学》2019年第5期）

张飞老师

◎林那北

一

杜奇看到于大童的微博，是一张照片：一个穿黑衣黑裤黑鞋、头上绑条皂巾，脸上涂成黑色的大块头男人正低头看手机。照片是手机拍的，像素不太高，并且因头低着，看不出他的长相和年纪，不过杜奇还是一眼就认了出来，照片中的人就是自己。

图片配文这样写着："碰到张飞老师，他卖猪肉脯中。"

一点不假，当时杜奇确实正坐在店门口的石鼓上，店名就叫张飞猪肉脯。他猛地抬起头，把脸从与手机屏幕面对面中拉开，头左右转动，眼睁大，却没看出什么端倪。翡翠街是镇上重点打造的仿古一条街，两旁夹道建着密集店铺，中间是一条青石铺出的路，有十五六米宽，看着却窄得像根笔直的肠子。每天上午这里是冷清的，"肠子"像刚被药灌洗过一样，一般过了午游客才渐渐多起来，最热闹的是入夜天黑下来后，黑乎乎塞满人头，整条街就便秘般淤滞，流动缓慢。而现在刚刚下午三点多，踩在青石板上的脚还非常有限。杜奇盯着每个经过的人脸上看，不知哪个是于大童。

按微博认证的资料，于大童是写官场小说的作家，开了微店，卖些茶叶、茶罐之类的清雅货，生意不大，他好像做得也不太认真，隔三差五的才会在微博上推送一次，也没用上什么煽动性的广告语，一副爱买不买请便的劲头。对于那些微博加V的人在淘宝、微店上卖东西，杜奇并不反感，有时候甚至希望他们生意做大，财源广进，这样他们有利可图，才不至于离开微博。有他们在很好啊，国际国内大事可以随时批阅，即使是一些小事，比如明星吸毒或公开恋情，再就是哪里强拆死人，哪里雾霾笼罩或大雪封路等，都可以从各个角落及时发布出来，反正就是足不出户天下尽览了。

读中学时杜奇打过一阵篮球，还进过校田径队练跳高跳远。一开始老师都很激动，盯着他的个子两眼放光，但最终都不了了之，连县运动会都没参加过。他是平足，移动慢，缺弹跳力和爆发力，跑动起来整个脚板笨重地啪嗒啪嗒拍打地面，老师连连摇着头说可惜了这个身高啊。一米九四，算镇上个子最高的一个，但既然派不上用场，个子再高都不过是一堆废柴。离开学校后他再没有过任何运动，尤其是来卖猪肉脯后，每天从家里骑电动车匆匆来去，连走路都不多，但他对国际国内各种体育比赛反而了如指掌，很多体育明星和与体育有关的微博他都关注了。不花力气，不流汗，不用吃半点苦，却爽爽地啥比赛都没落下，这还是挺有意思的。只要手指点一下，那些完全不认识的名人，就一下子收入囊中，每天看他们发各种消息，吃什么，去哪里玩，做什么事，为什么高兴或者愤怒，慢慢地就觉得都成了熟人，他们的事也都跟自己多少有点关系了。

　　他开微博已经两年多，是到这家肉脯店上班后老板常天兵逼他开的。今天上了一批猪肉脯，今天又上了一批猪肉脯。猪肉脯又不是他的，他无非当个小伙计而已，但常天兵逼他发，至少得转发，发一条给一元钱，不过设了上限，每个月五十元封顶。苍蝇肉也是肉，五十元当然是钱，他的微博就被猪肉脯所充填。至于其他，就很少发了，没什么可发。从早上十点到晚上十点，他都在店里，周末休息一天。所谓的休息，在他就是睡觉，可以从前一晚到第二天中午一口气睡上十几个小时，起来后吃个饭再打打游戏，然后就又到了可以睡觉的时候了，所以真没什么可发的。

　　看一下主页面，他关注的人有三千六百五十一人，但关注他的只有六十三人，其中大部分还是做淘宝、卖假名牌包或者海淘代购之类的人。这一点杜奇倒不着急，着急的人是常天兵。靠发或者转发猪肉脯微博，杜奇每月多收入五十元，却未必能多卖五十元猪肉脯，常天兵恼火的就在这里。上个月常天兵拿来一套黑衣黑裤，又带来一盒黑泥状的什么膏，说不能再这样下去了，要出奇制胜。杜奇半晌才明白过来，常天兵说的出奇制胜是让他打扮成张飞。张飞黑脸吗？杜奇在手机上搜了一下："燕颔虎须，豹头环眼，声若巨雷，势如烈马，手提丈八点蛇矛，好不威风。"并不是黑脸，黑脸的是包公。

　　常天兵瞪了他一眼说："这店注册时就叫张飞猪肉脯，改包公猪肉脯？重新注册你帮我做推广炒名气啊?"

杜奇说:"我不是这意思……"

常天兵打断他:"意思个屁,从今天起你就必须这么来着。他妈的你就是张飞了。让你当正面人物啊,别给脸不要脸。就这么定了,废话少说!"

杜奇那一刻动了辞职的念头,老子不干了还不行?他真辞了,第二天就不来,第三天却重新出现在店里,一身的黑衣黑裤,脸也老老实实抹上黑。

在家闲待的一天时间里,他像过了一整年,坐也不是站也不是,哪儿哪儿都转不过身来。家里其实一点都不小,六年前父亲把木构祖屋拆了,原址上建起三层楼,每层一百二十平方米左右,这无论放在北京还是南京,应该都可以算豪宅了,可他走来走去,还是心堵,快喘不上气来了。

猪肉脯店在翡翠街,翡翠街是全镇最热闹的地方,关键是热闹。原来热闹这么吸引人。

常天兵很高兴他重回店里上班,见他进门,马上哈哈笑着走过来,连拍几下他肩臂。"你看你看,还是这里好是吧?你是我小舅子哩,怎么能不来?"

杜奇当然不是常天兵的小舅子,但常天兵一直这么喊他。爱喊就喊呗,反正无所谓。店里之前全是女店员,女店员就是抹黑脸也当不成张飞,所以杜奇回来,常天兵很高兴,常天兵说:"我是为你好哩小舅子,哪天要是红了,得感谢我十八代祖宗!"常天兵的意思是,一个卖猪肉脯的张飞是很有意思的事,要利用这种有意思炒作一下。这年头网红都是从天而降的,说降就降,怎么保证哪天不会轮到杜奇?

果然,他的照片突然就出现在于大童的微博上了。

二

有一次南京出了场车祸,红灯亮时,一个女孩沿斑马线过马路,被一辆疾速驶来的皮卡车撞飞了,血肉模糊。于大童是南京人,他当时刚好在现场,便拍下伤者照片发微博,被很多人转发。杜奇从来没去过南京,但他姐姐杜薇在那边。被撞的人从身高到发型都很像杜薇,他捏一把汗,马上打电话给杜薇。杜薇在那头接起,说什么事呀我正忙着哩。杜奇喘一口气结束通话,顺便就把于大童微博关注了。

因为不看小说，镇上又到处是又便宜又地道的好茶，于大童的微博本来吸引不了杜奇太久。很多大V关注一阵，没意思了他就会删掉。这感觉挺奇怪的，就好像提着一个篮筐去超市，任意挑挑拣拣，有些东西已经放进筐了，回头再看，不顺眼，又一把弃掉，既不留恋，也不惋惜，缘分不够而已，转身丢到脑后去。不过于大童并不是坐在家里当作家，他经常出去开会、采风，今天到这里明天去那里，个人照片、一群人合影以及各地风光轮番晒到微博上。正是后面这一点吸引了杜奇。以前进田径队和篮球队时，平足归平足，他练得还是非常卖力的。倒不是为了得名次，有比得冠军更吸引他的，就是出远门。到县里比赛可以去县城一趟，到市里比赛可以进城一次，但进篮球队没多久，刚学会运球、传球、三步上篮，还根本来不及练到可以出去比赛，他就被清出去了。田径队也一样，连高抬腿这么基本的动作都练得吃力，钉鞋根本没法穿，没脚弓原来前掌就废了，不能像别人那样身子前倾发力。老师对他失望地摇头时，他心里对自己有胜过老师一千万倍的失望。退出篮球队或田径队，意味着他失去外出的机会。他不想退，但这事由不得他。老师说，没办法，你跑不快啊，没有速度练也白练，还是趁早。

脱下队衣后，杜奇抱着自己的脚板看了很久，恨不得拿个刀子，像挖西瓜瓤似的在脚腰那里挖出一个深深的凹陷。

桃花镇其实是个岛，四面环水，十几年前才修起一条钢筋水泥桥，不宽，但可以通车。桥没出现前，出行只能靠船，都是窄窄的小木船，反正多少代都没有急着往外跑的人，种点田，捕点鱼，织点布，天灾没有，兵患也少，日子就安安稳稳地过来了，连婚嫁也习惯东家西家就近解决。变化是这些年才有的，大多是出去打工，个别则是考上大学。杜薇是后者。

杜薇比杜奇大十岁，也是在镇里读的小学和中学。包括体育老师在内，这里从来没出现过像样的老师，大家都习惯认几个字混张毕业证书了事，杜薇却俏地考上了南京大学中文系，毕业后就留在那里，在一家私企当文秘，然后出嫁，丈夫是市直机关的公务员。同一个爹妈生的，但杜薇走路一蹦一跳的很轻盈，杜薇不是平足。

小时候有可能离开桃花镇到远方的人明明是杜奇而不是杜薇，但杜奇不仅运动能力不行，书读得更不行，上到初二那年就辍了学。倒不是家里多需要他帮个手，是他对自己成绩单上各科红色分数很烦躁，背英语单词和数学运算确实比跟在父母身后去市场卖鱼干让他不顺心。杜薇曾反对，说了一些很难听的话羞辱他。他无所谓，反正各科老师给他的羞耻早就比河水还多了，而且每次都当着那么多同学的面，他的脸皮已经练得又厚又韧。杜薇最后说："那随你便，一辈子都只能待在这个破地方，以后别后悔啊！"

他当时硬硬地顶一句："狗才后悔哩。"报应就是，已经有好几年了，他都是狗。

以前鱼干是父母一起卖，既然杜奇不想上学，家里多出一个人可以帮忙，恰好有熟人在厦门开家贸易公司，把父亲喊去看仓库。父亲当时才五十岁，家里因为盖房子欠下亲戚一些钱，能出去多挣点当然好，就去了。结果人还没到厦门，离五缘湾大桥还有四五公里，客车就跟一辆货车迎面撞上，全车死了两个，父亲是其中之一。本来说好父亲先去，过几年母亲再去，如果能挣到钱，就在厦门买房子，然后杜奇也去那里找份工作，好歹能改变身份成为城里人。但人算不如天算，父亲死在去厦门的路上，母亲一番呼天抢地，恨死了那地方，自然就不会再前往，更不会让杜奇也去。杜奇干脆哪里都别去，就守在镇上，守着她，或者是她天天把他放在眼皮底下守着，每天一起去市场，卖了一天鱼干，再一起回家。

母亲哭了几年后，泪干了，身上的肉也哭没了，消瘦得像根竹子。她越瘦越担心杜奇会离开家，比防贼还警觉——贼是不许进门，他则是不许出远门，方向不一，但用力是一样的。理论上如果杜奇不辍学，没有人帮忙卖鱼干，父亲就不会离家去厦门，不去厦门父亲就不会死。所以杜奇怎么办？他真的哪里都不能去。母亲说："除非也考上大学，你才能走。"这话把他一口气堵死了，别说大学，连高中他都考不上好吗。

杜薇大学四年只回来两次，工作后也只在结婚时带着丈夫回来过一次。桃花镇这些年其实跟从前大不一样了，主要是镇领导被高人点拨，说旅游是无烟工业，客源一开，财源就广进。有了钱做什么不好？修路建学校都是有目共睹的政绩。

宋末元初，很多从临安南迁的赵氏皇族和一些不愿归降的旧臣曾在此会聚，修起结实的壕沟，建起冶炼刀剑的大炉；明朝嘉靖年间，为防倭寇来袭，镇上又建起绵延两三公里的一人多高青石墙；到了明末清初，郑成功也曾率部驻扎这里，兵营的青石础柱和几个长条形的战马饮水石槽犹存……遗迹就是宝啊，针尖大的一点遗迹都可以扩展成山那么大的概念，把远近城市里的有钱人勾过来，至少来吸吸好空气、吃一口无污染的青菜也值得啊，镇子于是就热闹了。

三年前杜薇回来结婚时，杜奇跟她说自己想出去打工，意思是让她帮忙劝劝母亲，杜薇却马上翻了几个白眼给他。杜薇说："前几年镇上静得像个死人，你都那么受用，现在又何必？"杜奇不想承认以前自己傻，他说："以前我小，对外面没兴趣，现在不一样了嘛。"杜薇不耐烦地说："现在哪里都一样，没什么好兴趣的！"

正是这次回家，杜薇见到了常天兵，他们是中学同学。镇中学一直拿杜薇贴金，把她照片挂在杰出校友栏上。杜薇对中学却没有同等喜欢，连带着对中学同学也提不起劲。以前她回来总是悄无声息，这次是结婚，动静好歹有。婚礼后她出去参加了一次同学会，回家就让杜奇去张飞猪肉脯店上班。常天兵的店开在翡翠街，是游客去明城墙的必经之路，晚上游客如果住下，新修起来的所谓特色农家酒店都聚集在那条街上，霓虹灯一路亮到底，夸张的红光刺得人眼都睁不大。常天兵这几年挣了不少钱，这是杜薇听到的，至少同学会几十号人吃喝就是他做的东，好酒好肉，散去时还每人两盒猪肉脯当礼物。

镇上人的姓据说宋朝以前一直很单一，每家户主都姓杜，族谱上说是西晋时中原一个叫杜源的人，为避战乱带着一家大小南渡到这里，发现岛上土地肥沃，四季安详，就歇下不走了，然后分枝散叶繁衍下来，女可以外嫁，男可以外娶，只要生在岛上的子女姓杜就行。后来战乱频仍，避过来的人多了，才渐渐出现杂姓。常家应该是民国中后期逃难到这里的，种点地，没波没浪地老实谋生，总之几十年都无声无息。如果不是前几年常天兵开了张飞猪肉脯店，反复宣传说自己祖父当年是避日本兵患从南洋逃回来，带回新加坡的秘制肉脯配方，三代秘不外传云云，岛上早就没人想起他们的来处了。也许真是从南洋来的，谁在乎呢？至于所有的肉脯是不是像他家广告上说的，是用农家土猪后腿精肉做的，配上特级白糖和鱼露，以及新鲜土鸡蛋等十多种佐料特殊调制，并且放在特制的筛匾上烘烤出来的，镇上之前也没人相信，反正都是用来骗旅游的人，吹吧吹吧，牛皮别吹破就行。

常天兵的店是高中毕业第二年开起来的，已经风光了十来年，但母亲之前从来没吃过他家的猪肉脯。杜薇从同学会上带回两盒，她这才尝了尝，咸中带甜，越嚼越香。哎呀，确实不错啊。母亲就夸起常天兵，说没想到转眼间人家就那么有钱了。杜薇鼻孔哼了一声，眼皮又一耷拉。"土包子！"她说。

接着她又说："我跟他说了，让阿奇到他店里上班。一辈子在那个小摊上卖鱼干能有什么出息？不如去学做生意吧。"

母亲很意外："啊？人家那么大的老板会同意？"

杜薇嘴一抿，淡淡地说："当然，他还能不同意？"

杜奇说："那不行，鱼干也是生意，进货出货需要人手。"

母亲马上说："算了，鱼干跟猪肉脯怎么比？挣的钱只够付摊位租金哩。"下个月就把摊位退了，这样，杜奇就离开鱼干摊卖起了猪肉脯。一开始只是普通店员，后来才成了张飞。

三

原先店里雇有三个女孩，加上杜奇，四个人八只手，还常常忙得厕所都没空上。那时生意非常好，来买东西都像白抢不用钱似的。常天兵平时在加工厂那边忙着，片肉、拌料、摊筛、脱水、烘烤、压平、修剪，做肉脯的每一道工序都瞪大眼守着，料的配制更是自己动手调，调时别人都得回避，连在旁边看着都不行。秘方嘛，无论是不是真的，反正就要弄得玄乎一些，做得跟真的一样。有时店里实在太忙了，常天兵也赶过来帮忙。翡翠街被政府设为步行街，常天兵虽然很多年前就买了汽车，但开不进来，只能跟杜奇一样骑着电动车，在店里也跟杜奇一样忙进忙出，累得一边额上溢出汗，一边笑得嘴咧到耳根。但从去年起游客开始少了，店就慢慢冷清下来，来的人少了，买的人更少。生意不好，营业额下降，常天兵嘴上虽然还是很牛的样子，心里大约却未必。老板嘛，每天开门店租、税收、人头工资就摆在眼前，入即使仍然比出的多，但跟以前一比，还是差一大截。常天兵先是把店员辞掉一个，接着又有人跳槽走

了，店里最后就剩下杜奇和店长雅玲了。

雅玲说："我们要把网店开起来。"

常天兵说："开吧。"

雅玲就开了淘宝和微店。

雅玲说："我们宣传不够。"

常天兵说："宣吧。"

雅玲就给店里弄个公众号，叫"张飞哥哥"，整天东拼西凑些软文，夸猪肉脯的营养价值或者吹常家祖上在新加坡的传奇轶事。接着自己又开了抖音，用美颜相机拍小视频上传，视频里她永远又白又嫩又娇媚地在吃猪肉脯，嘴里叼着一块，头歪左边，又歪右边，唱着歌，扭着屁股，又美又仙。

雅玲家也在镇上，但杜奇原先并不认识她。店长这个职位，在店里是一人之下，但常天兵并没有给她多开工资。底薪每个人每个月都是一千三，其余的就看各自的销售抽成了。以前雅玲卖的总是最多，拿最多提成是理所应当的，但她自己好像有点不好意思。店的后面附有一个卫生间和一个六平方米左右的小办公室，除了电脑，还放着一台烤箱，那是雅玲的用武之地，今天烤牛排，明天烘焙饼干，总之就是给大家分福利。店员越来越少，只剩下杜奇了，雅玲仍然手不停，直至她进医院生儿子。

儿子是常天兵的。常天兵是老板，雅玲是店长；常天兵是单身，雅玲也是单身。两人的故事不知什么时候开始的，她二十二岁，比常天兵小八岁，个子不高，骨架很小，看上去像还没发育的中学生，总之两人根本不搭，简直难以置信。平时到店里，常天兵并没给雅玲好脸色，当着大家的面也常呵斥雅玲。雅玲鼻子一皱弄个鬼脸就过去了，或者笑嘻嘻地把身子往常天兵身上贴，细白的脸上连红晕都不会泛起。暧昧信息都是她自己透出来的：她和常天兵睡了，她和常天兵又睡了。睡了之后，怀孕就是迟早的事，再接下去，婚礼还没办，十几天就分娩了。

常天兵家很大，三层楼高的自建别墅，面积不下四百平方米，但常天兵嫌婴儿吵，雅玲就在自己娘家坐月子。店里这些天因此只剩下杜奇了。常天兵一直说再去雇个人，却又一天天拖着没去雇。其实也无所谓，雅玲坐着月子，似乎什么都没耽误，公众号继续推，淘宝和微店的客服也在手机上做着，杜奇只要按地址叫快递发个货就行，反正量不大。只要不碰到长假，来旅游的人都很少，越来越少，最冷清时，整整一天进店的客人都不会超过二十个，肯花钱买猪肉脯的还只有一半多点。所以杜奇一个人现在也应付得过来，钱来货去，微信和支付宝收款都直接关联到常天兵的银行卡上，不用费什么周折。等闲下来了，他就坐到门口的石鼓上，微博微信轮番刷。店里没装电视，书他也没有看的习惯，至于办公室里的那台电脑，上着锁哩，密码雅玲管着，他从来没有碰过。如果能玩玩PSV，也就是掌上游戏机，时间倒是好过些，他家里就有一台，但上班是铁定不允许玩的，就是带在身上也不敢拿出来玩。幸亏有手机，手机这东西真是好东西啊。

结果他就在手机里看到于大童的"张飞老师"了。

他马上把这条微博截屏转发给常天兵，邀功得赏钱还在其次，关键是此时他挺兴奋的，需要跟人分享一下。所谓分享无非就是想让更多的人看到，还不等常天兵回复，杜奇又转发到"张飞猪肉"群里了。

"张飞猪肉"微信群的群主就是常天兵。除了新旧店员外，群里还有加工厂的十几号人。杜奇去加工厂取过几次货，但厂里人上班时都白围裙、白帽子、白口罩，他匆匆转一圈，装了货转身就走，所以真正认识的并不多，却也不陌生，平时在群里抢抢红包斗斗嘴，或评一评转发的段子，彼此早就是熟人了，他们每个人都与"张飞猪肉"有关，杜奇上了网，也等于他们上网。果然群里很快就热闹起来，第一个冒出来的人是雅玲，她艾特了群里所有人，然后说："大家马上转发这条微博！"几乎同时，常天兵也冒泡了，常天兵艾特了杜奇，说："快让于大童到店里坐坐！"

杜奇这才想起，刚才自己只匆匆留下一句评论，就立即转到微信里瞎掰这么久，却忘了转发微博。他重新回到微博页面时，眼睛一下子瞪大了。手机屏幕下方信封状的"消息"那里，小红圈显着"680"的字样。点开了，回复一百二十条，点赞三百二十个，新增关注两百四十人。

他当时的评论是这样写的："我就是张飞啊。"

没有人会怀疑这句话，他的头像就是涂成黑脸后常天兵让他自拍上传的，虽抿着嘴，皱着眉，但五官摆在那里，还有醒目的黑头巾。如果再点开他微博，肉脯、肉脯、肉脯，还是肉脯。卖猪肉脯的张飞老师毫无疑问就是他。

于大童的那条微博已经有八百六十七次转发。杜奇仰起头长吸一口气，这事太突如其来了，他活到二十岁才第一次碰到。他先再留个评论："欢迎于老师来店里坐坐。"然后点了转发键。如有神助，他写下一句至关重要的话："我家猪肉脯吃过就知道好。"

在店里卖了三年猪肉脯，三年，一千多个日子了，转了那么多微博，跟自己密切有关的却是第一条。他也是第一次跟陌生人在网上互动，而且，这个人还是桃花镇以外的大V。

他举起巴掌想在脸上抹一下，马上又收住了。装张飞的第一天起，常天兵就吩咐过他，上妆后不能碰，一碰妆就花了。抹到脸上的到底是什么东西啊？膏状的，装在一个口有巴掌大的塑料罐里，隐约飘着股花生油的香味。是常天兵拿来的，常天兵说："它叫张飞霜。"第一天也是常天兵帮他抹上的，之后他每天上班第一件事就是先到卫生间换上黑衣黑裤黑鞋，再对着镜子把自己的脸抹黑，一直到夜里下班前，才能用洗面奶清洗掉。

心跳非常快。紧张？不知道。激动？也不知道。在店里他一直脸部平板。常天兵嫌他太晦气了，常天兵说："笑啊，小舅子你整天吊着一张臭脸干吗？老子欠你了吗？"没有，谁也没欠他，他是自己越来越笑不起来。没什么好笑的，涂黑脸变成张飞后，更没有笑的必要了吧？

他重重吁一口气，抬头往街上打量着。于大童会不会真的来店里？开店来陌生人是常事，越陌生越好，熟人来往往只是因为嘴痒想试吃肉脯，试一百遍也不见得能买一回。但于大童不是一般的陌生人，杜奇每天看他在微博上晒到这里去那里，吃什么菜睡哪家宾馆，甚至开什么车、加哪号汽油等，熟悉得像一家人，却隔着一块屏幕，他在明处，杜奇在暗处。杜奇知道他，他却不知道杜奇。

终于一张照片，一条微博，两人竟撞到一起。像一场奇怪的梦。

杜奇拿起手机。这时候于大童该看到评论，然后回复了吧？

转发、点赞、评论又增加了几百条，却没有哪条出自于大童。于大童还没看到他的评论？

于大童这时候在哪里？

四

上午十点上班，晚上十点下班，每天一般这样，偶尔碰到客人多，打烊的时间会往后拖一拖，但那是以前生意好的时候，如今早就没有了，如今吃过晚饭后店里就一点点冷清下来，挨到十点，杜奇往往开始换掉衣服，清洗脸上油彩，然后独自悻悻关门走人。

但今天不一样，天色灰下来后，杜奇正打算叫外卖，外面一辆电动车驶来，停下，是常天兵。常天兵来杜奇不意外，没料到电动车后竟载着仍在坐月子的雅玲。常天兵还在停车，雅玲就先走进来了。她胖了一圈，素颜，脸泛着一层油光，胸口那里鼓鼓囊囊的，走一步晃几下，身上的味道也变了，都是奶香。

雅玲不是空手的，她手里提着两个白色塑料袋，走到杜奇跟前，把袋子往前一递，说："奇奇，给，吃吧。"杜奇看了看，袋子里有三样东西，一盒炒白粿，一只卤鸭腿，一袋雪花酥。

很奇怪，来店里第一天起，雅玲就对杜奇特别好，做了烘焙也拼命让他吃下。"人家奇奇最小嘛，"她总是这么说。没有其他人叫他"奇奇"，这个称呼是雅玲自作主张取的，他一开始听着别扭，久了也习惯了。作为店长，雅玲以前想着他，给他弄吃的似还情有可原，但现在她是一个坐月子的女人，居然还动手下厨房，这让他多少还是有点不好意思。他说："哎呀，这……"

常天兵停好电动车也进来了，扬着手说："吃吧吃吧，小舅子今天辛苦了！"

常天兵个子也不矮，接近一米八，后背格外阔大，肚子也往前拱，都横七竖八堆着肉，但两条腿是纤细的，也就是说他其实未必是个胖子，只是没把身上的肉匀称铺好，肉不听使唤地都往上挤，使他看上去头重脚轻，上下脱节，腿像两根小螺丝，被不明不白地安在一个硕大的机器上。主要是按比例螺丝还偏短了，这没办法，人种问题，大部分亚洲人腿都不长，包括杜奇，杜奇个子再高也没高在两条腿上。站在常天兵面前，杜奇每次都下意识紧起肚子，把身子往下压一压。他比常天兵高，但腰包没常天兵鼓。常天兵有钱雅玲才会死乞百赖地往上赶，但如果真有个女人也像雅玲一样开足马力扑过来，杜奇第一个反应肯定是逃。常天兵似乎也逃了，只是没逃成，连儿子都生下来了，杜奇认为这就是钱惹的祸。猪肉脯店刚开时，开店办厂的钱据说是银行贷的款，那时常天兵还穷，但没几年就很快牛起来了，被夸成年轻有为的企业家，买了宝马，建了别墅，动不动就上镇里的报纸。一个又有钱又不老的男人，上下身再不均衡，有雅玲这样的女孩死命往上粘又算得了什么？

杜奇从雅玲手里接过袋子，返身就搁到柜台上。不饿，吃不吃无所谓。常天兵突然来店里，把坐月子中的雅玲一起带来，绝不单单为了给他送点吃的。他不能接过就吃。

常天兵肯定也没觉得吃饭多重要，他探过身子，头抵向杜奇的胸前。

杜奇一怔，很快又明白了过来。常天兵不是要用脑袋蹭他胸，而是手已经伸向他的巴掌，他的手机正握在巴掌里。常天兵说："那个什么童的微博让我看看。"话音未落，手机已经到常天兵手中。手机没有加密，常天兵食指在屏幕上快速地划动着，又侧过头看着杜奇。杜奇就把手机取回，往下拉，找到于大童的微博，递给常天兵。

常天兵视力不太好，初中时他跟杜薇就是同班，高中还是，所以杜奇看到，杜薇初中和高中全班毕业合影里，常天兵都戴着厚厚的黑框眼镜。那一届全校只有杜薇一个考上正规大学，另有三五个考上花钱读的民办大学，而常天兵离最低录取线还有一大截的距离。这不算什么，一届共有两班，两班有九十六人，常天兵不过是绝大部分与大学无缘的人之一，大家都觉得正常，他却呆滞着眼，嘴里嚷嚷着走来走去，接着就失踪了几天，再出现时脸上突然变得光秃秃的，两眼和鼻梁都从镜片后面走出来，眼皮不免显得苍白浮肿，像在水里长时间浸泡过的。有人觉得这样的常天兵不像以前的常天兵，就好奇问起。常天兵应该很不乐意被人问，嘴一撇，重重地说："戴眼镜装逼？装逼被雷劈。"

他不戴眼镜，看东西却不受影响，大家猜可能是戴了隐形眼镜。

这会儿他捧着手机，低着头，边看手指头边划动屏幕。雅玲也凑近了，想一起看，被常天兵胳膊一推挡开了。几分钟后，常天兵又把手机递给雅玲，可见刚才他不是不愿意雅玲看，只是不想雅玲与他一起看。雅玲个子太矮了，为了她能看清，手机得往下放，那常天兵也许就没法看清。常天兵要看的其实不是于大童的微博，于大童与猪肉脯店有关的只有一条，匆匆几个字，但这条微博下面不是还有几百条评论吗？嬉闹也罢，讽刺也罢，反正所有的评论都围绕着张飞和猪肉脯。涂个黑脸竟这么多人觉得有意思吗？真是难以置信。

常天兵脸朝向店门外的大街，抿紧嘴，很久不开口。他脸圆圆的，腮帮鼓起，细眼，塌鼻梁，眉是微微八字形的。是因为胖，脸颊上的肉向下坠，把眉梢也一并带下去了？看着反正有几分喜感。终于等着雅玲把那些评论都浏览过了，常天兵才收回眼光，扭头看着雅玲。雅玲也仰起脸看他，两人都不说话，就这样沉默地看来看去。杜奇吸吸鼻子，发出哧的一声轻响。他不是鄙视这两人，只是对他们突然恩爱得仿佛情深入骨不习惯。他往旁走两步。食欲突然有了，既然雅玲拿来吃的，他就不必客气了。

但常天兵叫住他。常天兵说："你给他微博发个私信。"

杜奇站住，回头看他。

常天兵说："或者你也发一条微博，然后艾特他。"

"发什么？"杜奇不得不问，他确实没弄明白。

常天兵看了雅玲一眼，雅玲马上走过来。她手里还抓着杜奇的手机，用这手机她先冲着杜奇拍几张照，然后把白粿、卤鸭腿和饼干逐一放到靠近门口的玻璃柜台上，摆好，左右动一动挪一挪，后退两步看了看，又挪动几下，仿佛那都是艺术品。然后她冲着杜奇两眼一眯，妩媚笑起。她说："吃呀。"

杜奇不敢吃了。这是要干什么？

常天兵巴掌按在他背上推一下，说："有好吃的还装骚啊，快吃！"

杜奇冷不防被推得前冲几步，就站到柜台前了。常天兵说："吃。"他想，吃就吃吧，先抓起筷子，把白粿往嘴里扒，然后拎起鸭腿啃，咬得啪吱啪吱响。镇上的女人都有把食物弄得又香又美的能力，这可能是姓杜的家族从西晋开始一直流传下来的。一家大小带着细软从中原一路逃到这里，再没什么功名利禄可期待，闲着也闲着，功夫就下在吃的方面了。男人想吃好的，女人就生着法子喂养。杜薇可能是杜奇镇上唯一讨厌厨房的女人，她考上大学，有了讨厌的资格，雅玲却没有，她甚至乐在其中。她去生儿子，烤牛排停了，烘焙停了，杜奇的胃都有点适应不了。突然还在坐月子中的雅玲又提来东西给他吃，他其实心里还是有点小波澜的。吞下白粿和鸭腿，他把雪花酥也很快吃光。真的好吃，他不能否认这个。

这个过程，雅玲一直拿着他手机一会儿左边一会儿右边反复拍照，拍的都是他。然后雅玲低着头在手机屏幕上写着什么。把手机还过来时，雅玲还是笑眯眯盯着他，柔声说："我帮你发了一条微博。"

他打了一个嗝，突然回过神来，连忙点开微博。

"张飞老师是个吃货。"这一行文字后面艾特了于大童，下面则是九宫格，全是他的照片：他的正面照、侧面照；他吃惊的表情、发呆的表情；他在吃白粿，吃鸭腿，吃雪花酥。小小的白粿和雪花酥把一张黑脸反衬得格外硕大醒目。

他的脸原来这么难看，比卤鸭腿还油腻丑陋。

五

母亲还没睡。镇上兴起广场舞已经好几年，杜薇前两年逼母亲参加，好歹活动一下筋骨嘛。母亲拖拖拉拉一阵，去现场看过几回，觉得不行，音乐不懂，手脚也不听使唤。后来杜薇说："你没个好身体，到时候怎么帮我带孩子？"这句话终于把母亲推了一下。她音乐仍然不懂，手脚仍然不听使唤，但每天晚上都会去蹦跶几下，不是为了跳舞，是准备下一副好身体，等着给杜薇带孩子。

其实结婚这么久，杜薇一直没有怀过孕。一年年不怀孕，母亲却一年年老去，母亲因此觉得更有锻炼的必要，由每周去三次上升到每天晚上都去，一般十九点到二十一点半，然后到家洗漱一下，这时候杜奇差不多也从店里回来了。

今天与往常不一样的是，母亲站在门外等着。四月，闽南的天气还处于潮气四溢中，雨说来就来，转眼又晴。母亲穿一件碎花衬衫，外面套一件灰色马甲，都是杜薇从淘宝上买了，写着家里地址直接寄来的。类似的事杜薇这几年逢双十一、双十二都会做一次，除了衣服还会买些吃的，糯玉米、干山楂之类，也花不了几个钱。快递一次次上门，就代表杜薇一次次回家，母亲不嫌东西贱，她只是心疼杜薇的钱。在南京那个大城市多不容易啊，连个房子都没有哩。一直赚钱，房价一直上涨，赚得不如涨得快，家里却帮不上什么忙。鱼干摊收了后，母亲最多打点零工，手头始终紧着。几年前交通公司给的父亲身亡赔偿只有八万，这笔钱母亲不敢拿出来，都存到银行里了。

杜奇远远看到母亲正倚在门柱上。母亲五十六岁，女明星在这个年纪还穿着露出很多肉的晚礼服，动过刀打过针的脸上泛着闪闪发亮的人工油光，一点皱纹都没有，唇红齿白，妖风阵阵，如果站在母亲旁边，估计都跟母女似的。虽然到广场上跳了两年，已经把《革命人永远是年轻》《相逢是首歌》这样简单的舞手忙脚乱学下来，但母亲身子仍然松松垮垮的，要腰没腰，要脸没脸，连头发都是自己随随便便拿剪刀铰的。其实论眉眼她不算差，鼻子尤其好，凌空高举。一个人的鼻子很像一座房子的梁柱，硬朗地往那一戳，整个架子就扛起来了。杜薇长得像父亲，父亲整张脸都是扁平的，杜奇却像母亲，也有一副挺直的鼻子。单论长相，杜奇比杜薇好，脑子却差十万八千里。母亲为什么年纪还不太大，就已经早早老去？单单把杜薇买的衣服穿起，显然还不够。究竟哪里不够，杜奇没弄明白。如果父亲还活着，这事应该归父亲管，母亲是他老婆，不是杜奇的老婆。

　　杜奇到家门口刹住车，脚再一点地人就立住了，别过腿，从车上下来。"妈。"他叫了一句。

　　母亲马上抓住他电动车的把手。母亲说："今天怎么这么迟才回来？"

　　杜奇想了想，是迟了点，但也没迟太多，无非是常天兵和雅玲来了，聊了会儿，再看了会儿微博，因此耽误了一小会儿。他发现母亲脸上并没有责怪的表情，反而在屋里透出来的微弱灯光中少见地泛着光泽，唇齿开裂，嘴角向上。有什么喜事？

　　母亲说："你姐姐刚才发微信来说，她怀孕了，怀上了啊。"

　　杜奇脑子转一圈，终于回过神来。果然是喜事。

　　杜薇一结婚就打算当妈，这事杜奇亲耳听她对母亲说过，说得还挺迫切的。杜薇的意思是，反正得生，不如趁早，有一胎是一胎，有两胎是两胎，拖下去年纪越来越大，不利于优生优育。杜薇的丈夫站在一旁也微微点头，表示很同意尽快当爹，但杜薇的肚子始终没动静。杜薇这几年很少回来，似乎跟这有点关系，一有假期她就去这家医院检查，或者找哪个中医调理，查来查去双方都没什么问题，但就是怀不上。母亲有次自言自语说："我当年打个喷嚏就怀孕了，怎么这本事不能往下传呢？"她从手机上看到一些新闻后，就骂起转基因。年轻人现在普遍怀孕难，所以不孕不育的医院开得到处都是，她觉得都是转基因食品给害的。镇上种的东西也不见得都实打实安全，但一定比南京那边可靠。考上大学很给家里长脸，要是在南京工作，却能吃着自己家里种的菜，那该多好。母亲甚至把这事扩大化，反复弹击到杜奇身上，意思是桃花镇多好，吃得放心，不会危及生孩子。

生孩子对杜奇来说和去月球一样远。雅玲怀孕时，常天兵对他说："小舅子啊，你要升级当舅舅了。"那是假舅舅，他仍然没有任何感觉。杜薇毕竟不一样，母亲一说，杜奇心里马上有一股热热的东西涌动一下。他果真要当上正儿八经的舅舅了。本来他每天回来，都会跟母亲聊几句店里的事，东拉西扯，谁怎么了，谁又怎么了。但今天杜薇的肚子一下子占据了全部话题，主要是母亲说。看来母亲刚跟杜薇通过电话，问出不少情况，这些情况都让她在捏一把汗的同时，又兴奋得比自己怀孕还欣喜。

杜奇正琢磨着自己是不是应该给杜薇发一条微信祝贺下，手机就响了，是常天兵打来的。"小舅子，快，快看微博。于作家转发你微博了！你赶紧留个言，让他明天到店里坐坐。"

挂断电话，杜奇真的点开微博。倒不是他多听话，他只是好奇。

严格地说，于大童转发的并不是他发的微博，而是雅玲替他发的那条。于大童什么也没说，只是转了一下，连带着他的正面照、侧面照，他吃白粿、吃鸭腿、吃雪花酥的样子也被放大了。下面评论仍然很多，还是混杂着夸他萌和骂他贱。他不知说什么好，他还什么都没说，就看到于大童在一条说他为了钱无下限的评论下面回复了一条："人生不易啊。"

不易吗？他才二十岁，好像还行。和杜薇比，他每个月有工资，吃不需要几个钱，住的又是家里的房子，安安稳稳，真没什么缺的。杜薇却不一样，嫁个拿死工资的丈夫，虽饿不死但也富不起，婆家又在农村，父母得养，上大学的妹妹得供，还能剩下多少钱？买不起房、生不出孩子，杜薇才真正不易。终于两个不易总算解决了一个，至于买房，还遥遥无期哩。

其实家里三层楼的房子，母亲住一楼，杜奇住三楼，二楼是留给杜薇的。无论如何还是南京好，否则房子明明空着，杜薇为什么死活赖在南京不肯回来？不易有不易的好，他太易了，每天都是前一天的重复，有什么意思？肉脯、肉脯、肉脯，店里到处垒着一包包从猪尸体上切割下来的东西，到处都弥散着甜腻和油脂味。算一算因此有多少猪被杀，肉被剁碎，然后拌入多少白糖、鱼露、生抽、白胡椒粉、盐、鸡精、花雕酒，摊到锡纸上，烘烤过，切出方方正正的一片又一片，再装入包装袋，卖给那些吃饱撑的跑到这里看所谓古迹和吃农家有机菜的城市人。他们走马灯似的从各处来，然后又风一般走掉，杜奇却走不了，一直在镇上，在翡翠街，在张飞猪肉店。就是说连猪的生活都有变化，他却没有，唯一变的是脸，脸从微黄到被抹黑，面目全非。

他忽然一怔。这些日子他的笑越来越少，是不是因为这些啊？

晚上于大童一共发了三条微博，除了转发杜奇的这一条，另外还发了一条关于桃花镇明朝青石墙的照片，照片共九张，前四张墙被霞光不同角度火辣辣地笼罩，每一块石头都闪闪发光；后四张是暮色降临后的各种剪影，墙上的青石像一只只幽深神秘的眼睛，而第五张居正中央，是张文字图片，蓝底白字写着"最美乡村等着你"一行字，这样就组成完整的九宫格，色彩五花八门。

墙从明朝起就立在桃花镇了，但在别人眼里和在于大童眼里如此不一样，至少和杜奇不一样。墙离他家不远，从小这些墙就在他眼前晃来晃去，进进出出总能打几个照面，可是他根本就没多看几眼，即使看了也没看出它们有什么特别之处，哪想到居然这么美。

墙的照片证明于大童并未离开，他还在镇上。

杜奇点开私信，他写道："于老师您好，我是张飞，我有急事想见一见您，明天您方便来店里一趟吗？"

几秒钟后，于大童的私信回复出现了，只有一个字："好。"

六

杜奇从来不知道"失眠"是什么滋味，身子一横下去，只要他愿意，不用两三秒钟，整个人就直接丢到梦里去了。这是天生的，小时候上课睡过去，看书睡过去，做作业又睡过去，眼皮上仿佛安装着拉链，嗖的一下拉上，所有的一切马上都退远了。不能说是遗传，母亲对睡没太大兴趣，以前父亲也一样，每天都早早起来。另外，不是还有杜薇嘛！杜薇当学生时，读书到半夜从来不困，工作后又天天熬到半夜也睡不着，五味子、脑白金、褪黑素、舒乐安定之类都没少吃，直到结婚后为了备孕才戒掉。药戒了，失眠却戒不掉。母亲发微信问：昨晚睡得怎么样？杜薇不是说"不好"，就是回个大哭的表情。所以母亲三天两头叹着气，大概对自己一个肚子居然生出两个完全不同的怪物非常不解和气恼。有一次母亲拍着杜奇的脑袋说："整天就知道睡，你就是这样睡成傻大个的。"

杜奇没有反驳。也许是真的哩。他从网上还看到一个数据，说小孩入睡时，生长速度是醒时的四倍，他就是睡着睡着，睡成一米九四的？

于大童回复说好。于大童明天要到店里来。居然能见到于大童了。这能影响杜奇的入睡吗？杜奇有一瞬脑中也闪过这样的疑问，觉得肯定会吧。但事实上不会，一点都没有。洗了洗，他躺下，还特地给手机上了明晨七点的闹钟，放在床头柜上，让它早早把自己喊起。结果第二天手机准点响起来时，他并没有回过神来，迷迷糊糊伸手摁掉手机，翻个身又睡过去了。这一睡，睡到九点零六分。

昨晚收到于大童回复时，杜奇原本打算告诉常天兵，恰好尿急，去了趟卫生间，然后就忘了。想着于大童并不知道猪肉脯店开门的时间，若是一大早就去，吃了闭门羹，必然会气得掉头就走，从此绝迹，他差点抽自己的嘴巴。母亲照例会在锅里给他温着一碗小米粥和一粒鸡蛋，哪来得及吃？滚下床，趿上球鞋，牵出电动车就飞奔。

翡翠街各家店门这会儿大都还关着，远远望去，张飞猪肉脯店面前也是空的。杜奇放好电动车，打开门，掏出手机看了看。九点三十一分，离平时开门时间还有半小时，但于大童会不会在这之前来过了呢？他戳开微信，又打开常天兵的对话框，刚要发语音，按在上面的拇指又松开了。他突然不想把于大童要来店里的事告诉常天兵了，不清楚为什么，至少这时候他还不清楚。他退出微信，换到微博页面。常天兵已经也关注了于大童微博，微博下面的评论常天兵都看得到，但私信看不到。杜奇给于大童又发了条私信："于老师，我是张飞，您什么时候能来我店里？"

没有回话，也没看到于大童发新博。

微信倒是响了，是常天兵发来的："你让他到店里来，对，到我们店里。"杜奇回他一个微笑的表情，不说好，也不说不好。常天兵大概有点急了，马上打来语音电话："小舅子，怎么样了？"

杜奇说："没怎么样啊。"

常天兵说："你让他来呀，快点！"

杜奇说："来干吗？"

常天兵声音一下子大起来："小舅子你是不是傻呀？他刚被镇里聘为旅游形象大使，你不知道？"

杜奇一怔，老老实实答道："不知道。"

常天兵说："镇里出钱，让他组织一个全国著名作家到桃花镇采风，就是写文章，吹捧吹捧，你不知道？"

杜奇顿了两三秒，才说："不知道。"

常天兵嚷起来："你什么都不知道，你不是一直看他微博吗？"

杜奇说："他微博上没说这个……"

常天兵打断他："微博上没说就等于没有吗？告诉你，我是听镇政府里的人说的，千真万确。快点，你让他来我们店里，先喝喝茶、吃吃猪肉脯……你到底听明白了没有？"

杜奇说："明白了。"

常天兵声音提得更高了："明白还不快点？"

杜奇说了句"好"，就把手机收起了。原来于大童是形象大使，不仅他一个人拍古城墙，还要招一大帮作家来拍来写。一大帮啊！问题是这跟常天兵又有什么关系呢？他没有再往下想，转个身跨进门。店里摆有一张茶台，台面是整块的巴西花梨木，近十公分厚，上了一层亮晶晶的土红色漆，一米八长，宽也有九十几公分。这是前几年置下的，前几年生意好，摆在那里充气派，客人来了烧水、泡茶，倒出一盏盏让人喝，显得比其他店有档次。换了现在，常天兵未必舍得花这个额外的钱。杜奇在茶台前坐下，按下开关，放水入壶，电源吱吱地响起来。平时无论有没有客人，杜奇都少不了泡茶。镇上的人反正都一样，从小就养成宁可不吃饭也不能不喝茶的习惯，何况这么像样的茶台闲着也是闲着，不利用起来说不过去。

今天这个茶，他心里隐约觉得不仅仅为自己泡，或者说他希望不光为自己，眨眼间于大童说不定就来了哩，得先备着。

水烧得很慢，突然就慢了，吱吱吱没完没了地响着，老是开不了。是电出故障了吗？杜奇定神想了想，问题不在电，在自己心里。于大童来过了吗？于大童到底会不会来？这两个问题跟锤子似的，在他胸口那里左右擂着。

还没有一个客人来，但门外一有人走过，他都会瞥去一眼。

手机就摆放在茶台上，屏保特地关闭掉，屏幕一直亮着。点开的是微博界面，亮度调得很高，比电磁炉还耀眼，但一直非常安静。昨天突然那么多人留言评论或者点赞，今天一下子就翻过去了，好像什么都没发生过。网络真是一个奇怪的东西。

眼角暗了一下，他下意识抬起头，看到有个人正走进店，是常天兵。

常天兵边走边把包从肩上取下，走近茶台时放下包，拿起杜奇手机，手指头在屏幕上戳着，划拉着，然后眼一斜，看着他。"他昨晚就同意来店里了？"

杜奇没有答。

常天兵又说："他说今天来，来了吗？"

杜奇摇了摇头。

常天兵盯着屏幕手指头快速地动几下，然后盯着手机看一会，又把手机往杜奇胸口一伸，说："盯着，看他怎么回复！"

杜奇没有接过手机，他本来低下去的头这会儿已经抬起，既不看手机也不看常天兵，而是直直地看着张飞猪肉脯店敞开的大门。门外正站着一个人，这个人五十岁出头，个子不高，哪怕跟常天兵比都算矮，而且瘦削，颧骨凸起，已经有点稀疏的头发零乱地刺起，穿着也普通，里头一件蓝色厚T恤衫，外面一件土黄色夹克衫。这是个晴天，太阳已经很大，翡翠街上强烈的光线聚集在这个人的身后，使他脸部幽暗模糊。杜奇第一个反应是此人不是来买猪肉脯的客人，这是他在店里训练出来的职业性眼光，第二个反应是很眼熟，非常眼熟……不是在电影电视上见过的人，是在手机上，在微博上，去哪里开会了，又去哪里采风了……

"于大童老师……"他唇微启，不敢肯定，小声嘟囔一句。

站在旁边仍拿着手机的常天兵猛地身子一转，也看向门外。"于老师？于大童老师？"

门外那人点点头："我是于大童。"

常天兵一下子像被通了电，向门外急跑几步，走近于大童，一脸都是笑，他说："哎呀于老师您来了，太好了，快进来坐坐。来！来！"

于大童似乎迟疑了一下才缓缓向前走。门把外面的阳光框出一块长方形的白色，光亮刺眼，宛若一个硕大的手机屏幕，于大童像从手机里走了出来。

杜奇站着不动，他还没回过神来。他没想到于大童这么瘦小普通，微博照片上不是这样的，明明大一圈、高一截，有一层光。

七

正是在于大童走进店里的那一刻，杜奇手机响了。往屏幕上瞥一眼，是母亲打来的，他没接起。水开了，他先用茶则从茶罐里取出茶叶，放入紫砂壶，然后提起水壶，洗茶、泡茶，置上过滤网，把茶水倒入公道杯。盛茶杯消毒的锅也烧开了，用竹夹镊起杯子，放茶托上，倒入茶，分别用双手递到于大童和常天兵面前。

这一切他做得又快又麻利。

手机又响了，还是母亲。他再次摁掉。

常天兵突然记起来，说："换个好茶！我带着哩。"他从背包里取出两包茶递给杜奇，又手一挥说："去，拿点猪肉脯来。"

杜奇先去取来一叠猪肉脯，放到盘子上，又重新泡了茶。隔着一张茶桌，他坐这边，于大童和常天兵并排坐对面。常天兵一直在说话，从镇的历史，到猪肉脯的历史，再到自己创业的过程，东拉西扯，混乱无序。一个很熟悉的人竟会在突然之间变得古怪和陌生，这是杜奇当时的感觉。到店里上班这么久，听常天兵说的话全合起来，应该都没有这么多。但他真的对常天兵很熟悉吗？也不见得。如果不是面对面听着，杜奇根本不会想到常天兵这么能吹和敢吹。比如居然告诉于大童，自己祖上是如何冒死在日本人的刺刀下，九死一生把猪肉脯秘方从新加坡带到中国，一家人差点被灭门；又说自己在一岁不到时第一次吃到猪肉脯，就立志长大要当猪肉脯大王，为此放弃上大学和参军，一直坚守在镇上，怕家庭会拖累精力，所以牺牲很多，至今保持单身，不近女色，多少诱惑都正眼不看。

于大童边听边不时点个头，或者含义不明地小声"嗯"一句。

杜奇没插嘴，轮不到他说话。一泡茶淡了，他再换一泡；一壶水凉了，他再烧一壶。中间进来过几个顾客，有的转一圈就走，有的倒是买了猪肉脯，但量都不多，一包两包而已。客人一走，杜奇又坐到茶台旁。

到底常天兵为什么要这么吹牛呢？他觉得于大童对茶的兴趣，远远超过对常天兵所说的那些话。走南闯北的作家，什么人没见过？什么事瞒得过？他弄不懂常天兵为什么要花这么大力气给自己贴金。

后来于大童站起要走。他站起时杜奇也马上站起，于大童似乎直到这时才突然发现他的存在。"你……就是张飞？"

杜奇还没答，常天兵就抢着说："是啊，他就是张飞。您看这人高马大的，威武得一点都不输张飞。我们店一直注重传统文化的弘扬……"

于大童打断他，还是盯着杜奇，说："今天脸不黑了？"

杜奇手在脸上抹了一下，巴掌是干净的。

于大童又说："也不穿古装了？"

杜奇低头瞄了自己一眼，球鞋、牛仔裤、长袖T恤衫。以前来店后，第一件事就是抹涂换装，今天竟忘了。

常天兵说："我们是镇上最有特色的一家店了，张飞卖猪肉脯，多有创意！"

于大童没有理他，头夸张地仰起，上下打量一遍杜奇，笑了笑，就往外走。

常天兵说："于老师再坐一会儿吧。"

于大童说："还有事哩。"

常天兵跟在他旁边说："晚上想请于老师吃饭，能不能赏个光？"

于大童说："不啦，不用客气，每天你们镇领导都把饭局排得满满的了。"

两人这时已经走出店门外了，杜奇也跟着，落在两三步之外。于大童停住，扭过头看着杜奇说："张飞，你不是说有事找我吗？什么事？"

杜奇支吾一下，摇头。

常天兵急起来，说："于老师等等，让他抹个脸，换上张飞的衣服，您跟他合个影发微博好不好？"

不等于大童回答，常天兵又冲杜奇说："快去！"

杜奇还没转身走，于大童就摆了摆手说："算了，我已经跟人约了时间，有事，走了。"

常天兵还要再说话，于大童却没给他机会，冲杜奇笑笑，大步走了。常天兵追了几步大声喊："于老师您住哪里啊？"

于大童头也没回。

常天兵在原地立了一会儿，才回到店里。杜奇已经在收拾茶杯了，动手之前他先看了看手机。刚才母亲打过两个电话他没接，后来母亲发来微信，他也没顾上看，这会儿看了，原来是一条关于杜薇的消息：你姐明天回家。

杜薇三年前结婚后就没回过家，怀孕了却突然回来。女人做事的方式他不了解，即使是姐姐，他也不了解。他看到常天兵黑着脸走到茶台前，皱起眉头盯着他看。他心里紧了一下，知道常天兵要骂人了，但他不知道自己哪里有错。

常天兵说："你为什么要摇头？"

杜奇手里还抓着茶杯，腰慢慢直起来，看着常天兵。摇头是什么意思？

常天兵说："刚才于老师问你找他什么事，你为什么摇头？"

杜奇想了想，回过神来了。他在微博里私信于大童，说有急事，请于大童到店里来。于大童真来了，问他什么事，他当时确实摇了摇头。没什么意思呀，或者说他根本来不及想是什么意思。常天兵让他喊于大童来，他也愿意于大童来。网上名人那么多，多得像满天星又繁华又遥不可及，终于其中一个叫于大童的作家，可以到店里，活生生站在面前，让他亲眼见到了。他觉得世界一下子变小了一点，不再那么茫然无边，要说意思，就是这个意思。这算事吗？即使是，他也没法三言两语说出来，只好摇头。他记得自己摇头时笑了笑，那是他真实的表情。无论如何见到于大童，他是高兴的，非常高兴。

常天兵瞪大眼说："笨死了，你不会问一问他猪肉脯好不好吃——哎呀对了，怎么忘了送他两盒我们的猪肉脯？我忘了你也不会提醒我！回头再给他发私信，让他把作家带到我们店里采风。"

"采风？"杜奇这个弯没转过来。

常天兵嘴一歪，说："就是让他把那些作家喊到店里，写一写我们。"

杜奇看着常天兵，他还是没明白。

常天兵声音一下子大起来："我们店不值得写吗？我不值得写吗？我就问一

问你，让他们写一写有什么不好？那是最好的软广告啊懂不懂？知道我们的人越多，猪肉脯不就卖得越多吗？来镇上的人到我们店里，不来的也可以上淘宝上微店买呀。唉，你还真是笨啊小舅子，比你姐差一百个太平洋都不止。"

杜奇头勾下来。杜薇比他强，这早就是明明白白的事实，他从未打算不服。意外的是常天兵竟然想借于大童的笔，帮店里做广告。说的确实也没错，开店谁不想多卖货？但常天兵好像以前不是这样，至少杜奇刚来时他不是这样。后来变了，越来越急，都不择手段了，让杜奇抹黑充张飞也是一个例子。

这时常天兵手在大腿上一拍，恼怒地喊起："你为什么今天一来不把脸抹黑了？你看看这么好的合影机会，丢了！而且，你在一旁闲着，也不会拿手机拍几张于作家？他到我们店，好不容易来一趟了，跟我坐在一起喝茶聊天，却居然没留下照片。有照片我们可以放大了贴在店里，也可以放到淘宝和微店上啊……气死了！"

他是真气，呼呼喘着，左右快速走几步，一扭身，提起包就往外迈出大步。

杜奇多少感到抱歉，他本来确实可以边泡茶边拿手机拍几张照片啊。这辈子他不见得还有第二个机会见到作家，可他居然傻傻的一张都没拍。是他不对，他觉得无论如何得安慰一下常天兵。想起母亲刚才发的微信，他说："老板，我姐明天回来。"

杜薇是常天兵中学同学，当年就传说常天兵曾给杜薇写信，杜薇根本不理。常天兵从来没生过气，仍左一口右一口喊杜奇小舅子。杜奇想，把杜薇回家来的消息告诉常天兵，至少会让常天兵高兴一下。

但常天兵头也不回，硬硬地说："我知道。"然后在门外，牵过电动车，径自离去。

他知道？杜奇思维停在这句话上。常天兵进店后，把背在肩上的包往旁一放，就拿起杜奇的手机，然后于大童就来了。自始至终他都没往自己的手机瞥上一眼，居然已经知道杜薇要回来了？

杜奇把茶杯拿到卫生间里冲洗好，收起。手是湿的，他抽出一张纸巾擦干，丢掉，手在脸上抹了一下。顿了顿，他又重重抹了一下，然后盯着手掌怔怔看着。刚被水冲过的巴掌粉嫩洁净，像刚洗过的两节新藕。他索性两个巴掌都捂到脸颊，上上下下使劲搓揉。

已经很久，他的手都没有这么痛快地在自己脸上动来动去了。

八

常天兵身影刚消失，雅玲就来了，穿一件湖蓝色衬衫，领口敞得很大，露出粗了一大圈的脖子，细白水润。多肥胖的鸭子，脖子啃起来仍然没肉，人原来跟鸭子还是有区别的。坐月子的女人老穿这么单薄往外跑是不好的，风吹会头痛，太累会腰酸，杜奇虽然不懂，多少也听人说过一些。但雅玲看上去一点事都没有，她也是骑电动车来，停好车取下一个红色塑料袋蹦跳着进来，虽然全身是肉，胸口那里颠得厉害，整个人却还是少女状。走到杜奇面前，把塑料袋递过来，她说："蔓越梅饼干，刚做的，快吃。"

确实刚做的，塑料袋还是微热的，一股奶油香往外涌。

杜奇没有马上吃，他不想吃。刚好有四个外地人模样的老年妇女进来，穿得花花绿绿，挂着很艳的围巾，妆也化得浓，看上去家境不错，腰包很鼓。杜奇连忙过去，把柜子里和架子上各种口味的猪肉脯拿出来向她们介绍，无非土猪肉多地道、工艺多纯正、制作多环保、口味多美妙之类的套话，已经说得很职业化了，所有的句子早就备好，烂熟于心，像一碗配好调料的快速面，只要浇上一壶开水即可食用，而杜奇的开水，就是他脸上似是而非的笑。

柜面上一个塑料盘子里还放着一块块切成指甲大小的碎猪肉脯，上面插着一根根牙签。雅玲走过来，利索地端起盘子递到客人面前。四个妇女拿起牙签，戳一块猪肉脯放进嘴，还想再戳另一块时，雅玲笑嘻嘻地把盘子闪到一旁。让你试吃不是让你不要脸地狂吃，怎么掌握分寸，既吊起来人的胃口，又不至于被他们占去太多便宜，这个技巧以前都是雅玲教大家的，她自己当然做得最好。

那四个妇女咂着嘴，不太尽兴的样子，每一刻都在打算买和不想买之间摇摆。最终她们扭着腰走了，一包猪肉脯都没带走。这其实没什么，跟浪一波波沸腾扑上岸，又呼啦一下全退走一样，杜奇已经无所谓了。雅玲小声骂了一句什么，杜奇没听清，反正不会是好话。生意越来越不好做，她在现场领教下，至少能明白这些日子收入少不是因为杜奇偷懒。

雅玲把盘子放好，双肘支在柜台上，扭过头看着杜奇。"奇奇，"她喊道，"把这些天的账给我看看。"

杜奇一怔。雅玲以前每天片子快进般忙忙碌碌当着店长时，店里的钱来货往当然她可以管，连常天兵估计都相信她会管得比自己好，但雅玲生儿子坐月子去了，店长工作至少暂时翻篇，天也没塌，该做的杜奇不是都做了嘛！其实很简单，从加工厂那边进货多少，售出多少，账对齐就行，一笔笔记到本子上。至于收回来的钱，每晚下班前现金拢到保险柜，微信、支付宝关联的是常天兵银行卡，把每笔列个清单，拍照发常天兵，让他核对确认下就行。女人生孩子是多大的事啊，都说是去鬼门关走一遭，可这也才十几天过去，雅玲却还是放心不下，把儿子丢一边，又回来管账了。

杜奇犹豫了一下，但还是把账本递过去。常天兵儿子的亲妈，即使没办结婚证，人家也是老板娘。

雅玲趴在柜台上翻开账本，一页页很快瞄过，对她来说这个熟门熟路。怎么记账是她教杜奇的，所以也可以理解为她想查一查，到底杜奇有没有按她定的规矩把账记好。看她脸色，没什么异样。她直起身子，木着脸在柜台上靠了一会，然后嘴一咧，轻笑起来。"奇奇，"她说，"今天怎么不化妆？"

杜奇手又在脸上抹了抹，知道雅玲指的是他还没把脸弄黑。他转开头不看她，也不想答。

雅玲走过来，在他腰上拍了拍。"张飞老师啊，呵呵！"她笑得有点奇怪，尾音拖得很长，而且向上陡峭扬起，像一只松鼠从屋里蹿过。算起来，雅玲不过比他大两岁，但杜奇经常觉得两人至少有二十年的代沟。女人早熟，是不是这个原因？他不知道。一想到天下女人可能都是这么高深莫测一眼看不到底，他就脑壳疼。

杜奇的手机还放在茶台上，雅玲拿起，转到杜奇对面拍几张，退后又拍几张，然后低头盯着屏幕快速戳着手指头。

"你又干吗？"杜奇伸手去抢手机。其实他是猜到了，雅玲肯定又帮他发了一条微博。以前无所谓，现在突然有点烦。他不想有个代言人。

雅玲身子往旁侧一下。她做什么事都快，反应也快，但避过杜奇的手后，她又主动把手机递还给了他。"哎，"她说，"那个作家刚才来过？"

"是。"杜奇低头点开微博，他想知道雅玲又在上面发了什么。

雅玲说："我一个上午打电话给兵哥，他到现在都没回。"

杜奇头猛地抬起。刚才常天兵是到店里才意外碰到于大童，而雅玲一上午没打通常天兵电话，那她是怎么知道于大童来过店里？他看雅玲的眼神可能有太多诧异了，雅玲笑起，说："不是什么事都要他告诉我，我才能知道。"

杜奇问："你怎么知道？"

雅玲转身拿起扫帚，俯身扫地。"跟你说过多少次了，店里一定要干干净净的。这是卖猪肉脯的地方，不是猪栏。"

杜奇急走几步，跟到了她身子后面。雅玲俯下去时，领口被胸口那两坨又肥又大的乳房坠得张大，要想看的话，什么都看得很清楚。但杜奇不想看，也不敢看，他必须闪到雅玲后面，整个人像她尾巴似的向左向右摆来摆去。雅玲的屁股也大了一圈，像两块粘在一起的大面包，肥厚地摊在杜奇眼皮底下，杜奇把眼往上抬，他还是放不下刚才的疑问。他说："你怎么知道于大童老师来过店里了？"

雅玲没理他，头都不抬，边扫地边说："去，给我泡杯茶，口渴。"

杜奇说："你先说，怎么知道于大童来过店里？"

雅玲直起身子，转过头，撇了一下嘴。"你是不是有点傻啊，奇奇？"

杜奇定定地站着，勾着下巴盯住她。每个人都认为他脑子不好使，不好使的脑袋难道就不能有好奇？另外，以后找女朋友，个子这么矮的绝对不可以，落差太大了，连对个眼神都这么吃力。

雅玲说："你呀，我在店里装了一个监控你不知道？"

监控？杜奇脑袋转了转，他确实不知道店里有监控。

"那！"雅玲手往上一指，柜台后面的屋角上，悬空挂着一个白色的圆球状东西，只有拳头大小——不是他的拳头，他的拳头大，是雅玲那样的小拳头——中央一块眼珠子似的黑色玻璃，上面隐约有个米粒大小的蓝色光点。

杜奇半晌回不过神来。"什么时候装的？"他问得很小声。

雅玲说："就前些天啊。"

杜奇视线从监视器上收回，看着她，问："前些天？到底前多少天？"

雅玲说："没多久，就是我生宝宝的前几天嘛。怎么了？"

杜奇晃了晃头，意思是没什么。其实是有什么的，心里像有很多器皿被风刮倒，乒乒乓乓响。墙是白色的，监控器也是白色的，它们融为一体不易觉察，这只是摆不上台面的推脱理由。监控器挂得高，可他个子也高，抬个眼皮就该看到，可他竟一无所知。

雅玲应该感觉到他的不舒服，从裤袋里掏出手机，点了几下，把手机横着递过来。"看，"她说，"你看看，现在科技有多牛。1080P，超高清的，我每天躺在床上，都看得清店里的一举一动。"

杜奇垂下眼，看到茶台、柜台、猪肉脯……他左右动了动，手机屏幕里的人马上也动了。雅玲把拇指和食指在屏幕上推了推，画面变了，场面退去，剩下两个人，一个高的一个矮的，一个男人一个女人。还有声音，虽有点失真，但每一句都清清楚楚。

这是杜奇第一次在手机里看到自己，居然这么清晰，连色彩都没怎么走样。十七八天前的傍晚，还上着班，雅玲突然肚子疼了，然后从店里直接送去医院。在这之前，雅玲在他眼皮底下，买了监控器，安装了监控器，可他一点都不知道。然后，雅玲在医院和家里喝着鸡汤、奶着儿子，都不妨碍她动一动手指头，就可以把店里的每一个角落放大了，一览无余。"你是监控我？"这个他必须问。

雅玲手一挥，大声笑起。"想哪里去了，监控你值得花几百块钱去买它？又傻了吧！本来早就要安装了，现在开个店谁不弄个安防系统啊。这个就是最基本款了，功能不多，但万一有什么事，回看一下，调个录像都很方便。是不是安全了很多？有意思吧？"

杜奇抿了抿嘴，他心里仍然是别扭的。他说："装了就装了，可你怎么不跟我说一下？"

"咦？"这下轮到雅玲有点意外了，"我去生孩子，店里就剩你一个人，我怕你顾不过来，就在网上买了。本来是让你安装的，我个这么矮嘛。可那天早上快递送货来时，你还没到店里，我就自己拿个梯子上去了，电锤打两个洞，安上螺丝，连上WiFi，很简单啊。这有什么？连常天兵后来我都忘了说。"

这似乎也说得过去。杜奇又看了监控器一眼，他其实更恼火的是自己，这么多天居然没发现，他确实太笨了，难怪老是让人嘲笑。想起刚才雅玲曾动过他手机，他低头点开微博。果然，又发了一条，是杜奇站在茶台边的近景和远景照，并写了一句话："卸了妆，张飞老师多么小鲜肉啊。"居然仍不忘艾特于大童。

照片用了美颜，所以不丑，甚至比本人强。但杜奇不会因为好看就高兴起来，他皱着眉吸一口气，正常的情况下他只好忍，这会儿却不想忍了，把脖子一甩，他说："你以后能不能别这么玩我了？"

"怎么了？"雅玲笑眯眯地仰起脸。这是她的长项，以前常天兵无论怎么恶言恶语，她都是以笑来应对，笑是她的万能武器。笑过，她身子又靠过来，用胳膊在杜奇腰上顶了顶。"奇奇以后红了，可别忘了我啊。"

话音一落，她马上又话题一转，她说："哎，你姐姐要回来了——噢对了，你已经知道。我在监控里听到你刚才告诉兵哥了。这其实是多余的，你兵哥还能不知道她要回来？"

杜奇一怔，他觉得雅玲话里有话。

九

雅玲离开店后，杜奇给杜薇发了微信："明天回？"

杜薇好半天才给他回了一个坏笑的表情包。没有反驳，那就是确切无误了。还是觉得有点奇怪，不上不下的，杜薇为什么突然回？

杜奇又问："坐飞机还是动车？"

杜薇回了他一个字："飞。"

无论飞机还是动车，其实都没直达镇上，机场离这里一百三十六公里，动车站近点，也有三十八公里，不过路不错，火车站有大巴通镇上。"飞"就是指坐飞机。

"两个人吗？"杜奇继续问。

杜薇答："1。"

"余良生呢？"余良生就是杜薇的丈夫。其实杜奇只是在上次办婚礼时跟这个姐夫见过一面，根本没说上几句话，至今连微信都没加，完全谈不上熟悉。他关心的并不是余良生来不来镇上，而是觉得一个人下了飞机，还要独自坐那么久的大巴，作为孕妇不知是不是合适。

杜薇没有再回复他，或者她正忙，或者她根本不忙，只是像以前一样懒得理他。

杜奇就不再说什么。他哪里是个细心周到的人？但因为这个人是杜薇，他忽然就有些放心不下。活了二十年，他还只对一个女人不放心，这个人就是杜薇。同一个子宫出来的，他却比杜薇差这么多，顿时拉低了杜家子女的平均质量，他觉得挺给杜薇抹黑的。至于杜薇怎么看他，他无所谓。对调一下，如果他是杜薇，应该也一样，根本不会把智商不在线的弟弟放在眼里。让聪明人对一个愚钝的人充满耐心，肯定是困难的。

从微信退出来，他转到微博。被雅玲拍照发上网，不喜欢的其实只是不经他同意，就强行做了这件事上，至于照片，没什么大不了的，他又不是明星，还讲个肖像权什么的。

雅玲上传时特地艾特了于大童，但于大童没有再转这条微博，甚至也没有评论。看一下右上角的阅读量，很少，只有"25"。他又点开于大童的微博，昨晚发过城墙九宫格之后，并没有再更新。刚才坐在茶台边，于大童说他会一直在镇上住到其他作家们来了，采过风再走，前后加起来会有十来天，那这会儿他在忙什么？

晚上回家，进门走到二楼，看见母亲正蹲着擦地板，床也新铺了床单枕套。杜奇靠在门框上站了一会儿，母亲扭过头一见他，嘴就咧开笑了。"你姐明天中午的飞机。"

杜奇伸出舌尖舔舔唇，还是觉得从机场到家的路程不是太让人放心。他说："要不我明天请个假去机场接她？"

母亲声音一下子高起来："哎呀不用啊，你店里老板常天兵会开车去接她哩。"

杜奇小声"噢"了一句，没再往下问。他转过身慢慢上楼，开了灯，洗漱过，然后躺下，抓过PSV，玩会儿掌上《王者荣耀》。这个过程那个隐约的疑惑一直在心里上下浮动着：为什么常天兵会去接她？上次杜薇回来，是常天兵去接的吗？上次是回来结婚，余良生也一起回，两人在车场打个车，被黑的士宰了，到家后杜薇诅咒了好一阵，可见常天兵没去。那再上一次？再再上一次呢？杜奇想不起来，那时他还没到店里，跟常天兵不熟，不清楚那时常天兵是否已买车。

既然想不明白，他也就不想了。杜薇肚子里带着一粒小胚胎回家，母亲高兴，杜奇也高兴。他在高兴中很快睡去，什么梦都没有，睁开眼时，天已经亮了。不待下床，他抓过放在床头柜上的手机，先给常天兵发了条微信："你会去接我姐？"

常天兵答："是，怎么了？"

杜奇又发了一条："那就好。你要是没去，我就去。"

常天兵说："我去。"

杜奇就没什么可担忧的了。人家好歹是中学同学，一个怀孕了，一个恰好有车，接一接很正常。

这一天上班时间就过得特别慢。

"登机了吗？"

"到达了吗？"

"接到了吗？"

"快到了吗？"

这是他分别给杜薇和常天兵发的微信。发和没发其实没多大区别，两人都没回复。杜薇一向不怎么回复，他习惯了；常天兵可能正开车中，不回本来也正常。没客人来，杜奇给自己泡了一壶茶喝掉，然后坐到门外石鼓上。今天仍然抹了黑脸，穿上一身黑衣。今天他依旧是张飞。

他拿出手机刷微博。于大童还是没更新，很奇怪，之前不是每天都更得很勤吗？一天通常至少三五条。

他手指头点开私信。"于老师您好，有空再来店里坐坐啊？"

其实有点犹豫。来店里干什么？人家不是已经来过坐过了吗？明明坐了那么久，可他只顾着埋头泡茶。若是真的再来，他有什么话可说？应该说什么？他想了想，不知道，可就是觉得心里乱七八糟堵着很多话。

于大童没回复他。全世界仿佛都约好了不理他。

他直起背靠到门板上，这样他整张脸都对着翡翠街。街上人不多，似乎一天比一天稀少。经过时，抬眼打量一下他，似乎都不怎么惊讶。这么大的个子，抹了这么黑的脸，却已经越来越没用了。没用他为什么还要每天跟自己的脸这么过不去？

手机终于响了起来，是母亲发来的微信："你姐到家了。"

很快微信又响了，母亲发来一段语音："你不用急着回来。晚上你姐不在家吃饭，你老板请她去酒楼吃。"

杜奇探过身子往店内上方监控器看了一眼。雅玲也会去吧？

就在这一瞬，手机又响了，这会儿是电话。他往屏幕瞥一眼，显示的正是雅玲。接起，雅玲说："奇奇，你姐回来，今天要不要早点下班？"

杜奇说："不用。"

雅玲说："要不你还是先回吧，店我过去看着。"

杜奇嘴呵起来，话到舌尖了又咽住。常天兵请杜薇到酒楼吃饭，雅玲没有陪同。雅玲跟杜薇不是同学，甚至不认识，并且正在坐月子，要哺乳，不去也就不去吧，却要来店里替换他，不是更不合理？他说："不要了，我下了班再走。"

雅玲没再说话，杜奇以为这事过去了。不料十几分钟后，一部电动车驶来，停到店外，雅玲还是来了。"你把脸洗了，回吧。"雅玲说，脸上都是笑。

杜奇坐着也不比雅玲站着矮，他懒得从石鼓上站起。他说："算了，回家我也没事。"

雅玲说："去凤凰酒楼呀，你姐在那边。"

凤凰酒楼就在翡翠街上，是镇上最豪华的。杜奇每天回家都经过，但从未进去过，他自己没钱进去，也没人请过他，现在突然雅玲让他去，他不能去呀，常天兵又没请他。

雅玲推了推他，说："大鱼大肉哩，全是好吃的。你这馋鬼，还不快去？去，快去！"

话还没说完，雅玲已经从随身带的包里取出一包餐巾纸。杜奇以为她自己要擦嘴，不料她却一把伸过来，伸到杜奇脸上。杜奇头下意识地往旁一侧，雅玲的手还是先抵达了，左一下右一下，她没有任何犹豫，非常有决断，仿佛已经做了几十年的准备，就是要把杜奇脸上的黑色油彩擦掉。

白色的纸在眼皮底下晃来晃去，纸后面，雅玲脸仍是蜜一样笑着。杜奇猛地站起，脚再稍稍一踮，这样雅玲的手终于够不着他脸了。但雅玲并没有到此为止，双手都按到他背上，用力把他往店里推，一直推到卫生间门口。

"把衣服换了!"雅玲说。

"把脸洗了!"雅玲又说。

杜奇心里有股说不出来的古怪滋味。雅玲一向对他好，但也不至于好成这样。换下衣服洗净脸从卫生间出来，他双脚仍然戳在店里。不明不白让坐月子中的老板娘替他上班，于情于理都有点说不过去。又不是真有急事，他能有什么急事？他没事，一点都没有，他不想走。

想让他走的人是雅玲。雅玲说："去吧，去吃个痛快。"

杜奇勾下头看着她。雅玲脸上没有异常，但她真的很奇怪。他说："我不去。"

雅玲说："不行，去!"

杜奇说："人家一堆同学吃饭……"

雅玲打断他："哪有一堆同学，就他们两个。点了一桌菜两个人怎么吃得完？你胃那么大，去多装点，免得浪费了。"

杜奇没有再坚持，他出了店门，牵了电动车，骑上。但他没有去凤凰酒楼，而是径自回了家。

十

杜薇到镇里后，其实已经先回过家了。是常天兵开车把她从机场直接运到家，卸下行李，然后车又启动，去了凤凰酒楼。母亲不知道究竟哪个酒楼，杜薇提都不提，如果雅玲不说，杜奇也不知道。

杜奇走进家门时，杜薇那个小巧的玫红色行李箱还立在一楼大厅里，外面行李带仍紧紧扎着没解开。他吸吸鼻子，屋里荡着酒肉混杂在一起的浓郁香味。早上他上班时，母亲已经从市场回来，买了一只活土鸡，还买了活海蟹和野生鲫鱼，都是杜薇爱吃的，但东西买回，煮好，杜薇却去酒楼了。母亲正坐在沙发上低头看手机，杜奇进来，她头抬一下，面无表情，马上又低下头去继续关注手机。

杜薇比手机重要，手机又比杜奇重要，至少今天是如此吧。

杜奇在另一张椅子上坐下，也拿出了手机。现在手机终于一致成为家里最重要的东西了。他翻到微博，于大童仍然没有回复他私信，也仍然没有更新。他突然想起一件事，抬头问："妈，姐回来住几天？"

母亲摇了摇头，"不知道，她没说。"

杜奇又问："她回来有事吗？"

母亲有点不高兴了，声调提高道："家难道还要有事才回？什么话！"

杜奇重重吸吸鼻子，然后站起。饿了哩，杜薇已经在酒楼里吃了，剩下的人总不能不吃吧。他说："吃饭。"

这顿饭，菜比平时多两盘，但摆到桌上的没有土鸡，也没有海蟹。

杜奇咽了咽口水，定定看着母亲。

母亲不解，问："什么事？"

杜奇扭头望向厨房，说："鸡肉呢？"

"噢，忘了！"母亲这才想起，起身去端来一碗鸡肉，又用盘子托着一只煮得红通通的蟹放到他面前。

杜奇吃掉蟹，又吃掉鸡肉，头一直低着，嘴嚼得飞快。

母亲拍拍他胳膊说："慢点慢点，你老是这么贪吃。最近是不是又胖了？"

杜奇眨眨眼，不想说什么了。即使肉和蟹没有堵住他的嘴，他也不想说。母亲刚才轻轻松松一句"忘了"，他其实也没怀疑，应该是真的，真忘了。只是为什么会忘？他没杜薇聪明，也不会怀孕，但这都不等于他就不需要吃好东西。他把蟹壳吐掉，咳了一声。居然吃杜薇醋了？他又咳两声，然后放下筷子，双手向上举，伸了个长长的懒腰。蟹很鲜，肉很香，他情绪这会儿已经正常了。杜薇是他姐姐，脑子比他好使几万倍的姐姐，这个从小他就服服帖帖地认了。以前父亲对别人家重男轻女很不屑，等到杜薇接到大学录取通知书，父亲的态度更明确了。"傻帽啊，"父亲说，"男呀女呀又怎么样，就看有没有出息，没出息的儿子生一百个就是一百次打脸。"这话也不能说都没道理。以后杜奇自己有了子女，无论男女，肯定也会把这些想法和做法继承过来。据说连猴子、老虎之类的动物都一样对聪明的后代更倾注疼爱，这是本能。

从上桌吃饭起，母亲的手机响了，又响了，一共响了四次。每次接起，母亲声音都跟平时不太一样，平时说话低缓平和，对着手机她音高却一下子提高，脸上是笑，声音也在笑。她说："哎呀今天不去了，我女儿回来了哩。你们跳你们跳。"

听明白了，母亲每天广场舞跳着跳着，已经跳出一个朋友圈了，晚上因为杜薇回来她不去，在圈里也成了件事，马上就有人来关心了。

好像每个人日子都过得比他有意思。杜奇上楼，打会儿游戏，这是他唯一的消遣了。一直过了十一点，楼下才传来杜薇的声音。其实是母亲先喊起来的，母亲叫道："阿奇下来，你姐回来了。"

杜奇趿着拖鞋噼噼啪啪小跑下楼。母亲和杜薇并排站在楼梯口，旁边立着玫红色的行李箱。杜奇知道，这是在等他来提箱子。他往杜薇肚子上瞄一眼，杜薇穿T恤衫和牛仔裤，腹部平平的，没有任何变化。确实还有点早。

杜奇提着行李箱上楼的时候，杜薇和母亲也跟了上来。放下箱子杜奇正要说什么，杜薇已经先开口了："好了，就这样吧。"

母亲扬扬手说："阿奇先去睡……"

杜薇打断她："你也去吧，我有点累了。"

母亲嘴呵起，她本来可能打算留下来，和杜薇说一说话。但作为孕妇，杜薇的累就不是小事。母亲愣一下，最后还是点点头说："那你早点睡吧，有什么事我们明天再说。"

"明天……"杜薇迟疑了一下，"明天我就要走。"

"走？"母亲吃惊地瞪大眼。

杜薇说："现在单位不好请假，要请也得把假攒着，等分娩后再用。"

母亲可能还没回过神，怔怔地看着杜薇，又转过脸看着杜奇，有几分求救，让杜奇劝一劝杜薇的意思。杜奇连忙垂下眼睑。他有什么办法？杜薇这么久没回家了，今天突然回，明天又要突然走？他的惊讶程度一点都不逊于母亲。但他哪里劝得了杜薇？从小到大，杜薇都不是别人轻易劝得了的，杜薇就是杜薇。

"噢，对了！"母亲突然叫起，"你有几年清明节都没回来，现在四月还没过，多留几天，去给你爸扫扫墓吧？"

杜薇沉默了一阵，低下头往自己肚子上看。

杜奇先反应过来。父亲死后，烧了，骨灰取回，葬在后山上的祖坟里。山不高，但毕竟是山，让孕妇走山路总归不太好。他说："也不在乎今年吧，今年不方便，还是别去了。"

"去！"杜薇突然说。

母亲很高兴，问："那明天你不走了？"

杜薇说："机票是明天上午的，改签下，下午走。"

杜奇觉得既然这样，自己就得陪着去。他说："那明天我去请个假。"

杜薇说："不用了，我和妈去就行。明天上午店里有事，你走不开。"

杜奇一怔，问："有事？什么事？"

杜薇没答，她慢慢蹲下身子打开行李箱。这时杜奇放裤袋里的手机恰好响了，是常天兵打来的，常天兵说："明天你早点上班。"

杜奇说："干吗？"

常天兵说："明天有客人。你把店里卫生再做一遍，泡好茶等着。"

杜奇问："谁呀？"

常天兵说："明天你就知道了。"

杜奇放下手机时，连母亲也好奇起来，伸过头问："明天怎么了？"

杜奇没有答，他也不知道啊。

母亲又问杜薇："你怎么知道明天他们店里有事？"

杜薇已经从行李箱里拿出睡衣、浴巾和牙刷之类的。上大学后，她每次回来都带足这些东西。女孩子爱干净不是毛病，即使有洁癖也在可容忍的范围内。"跑了一天路，我要洗洗睡了。"她边说边径自向卫生间走去。

杜奇明白自己再站下去很不合适，他轻轻推了推母亲，然后就往三楼走去。在楼梯上他已经拿出手机。"明天要多早到店里？"他给常天兵发了微信。这个问题刚才他忘了问。常天兵没有回。他又给雅玲发了微信，问了同样的问题。雅玲倒是很快回复了，她整天眼睛都粘在手机屏幕上，回复一般都不会慢的。她说："得问你老板。"

这话也没错，雅玲正坐月子，她不可能对店里所有事都一清二楚。

若是平时，杜奇肯定无所谓，反正常天兵没有具体的指令，明天他能多早就多早，迟了也不是他的事。但今天不一样，他心里紧着，觉得必须问一问。

既然他明天不请假，不陪杜薇去山上，那么店里一定有足够重要的理由留住他，究竟多重要呢？问号沉甸甸地挂在那里。他捧着手机坐在椅子上，脚搁到桌子上，歪着身子盯着屏幕。那句问话他复制了，每隔一小会就给常天兵粘贴再发送一遍："明天要多早到店里？"

半个小时后，常天兵终于回话了，他说："能七点就七点，能八点就八点，越早越好。"

等常天兵回复的时间里，杜奇登录了微博。于大童更博了，是六张照片，在酒桌上，灯光很好，菜很多，桌旁的人都是笑脸。杜奇看到常天兵，看到杜薇，看到于大童，还看到七八个不认识的人。照片里这些人都很欢乐，其中有一张是杜薇和于大童的合影，两人靠得很近，于大童一只手搭在杜薇肩上。杜薇笑起来的样子真好看。原来晚上在凤凰酒楼，并不是常天兵和杜薇单独吃饭，雅玲信息有误。

杜薇居然也见过于大童了。

十一

第二天杜奇九点二十分到店里，比平时只早了半个多小时。远远看到店门大开，门外左右两旁还分别立着花花绿绿的易拉宝，走近一看，上面一边写着"热烈欢迎全国著名作家莅临张飞猪肉脯店参观指导"，另一边写着"热烈欢迎全国著名作家前来品尝名扬中外的张飞猪肉脯"。

噢，作家要来吃猪肉脯？

原来常天兵已先到店里，罕见地穿一身藏青色西装，皮鞋锃亮，正俯着身子拖地板，西装后背因此被绑紧，光滑得如同鼓面。这个活他肯定不常做，动作显得别扭，看到杜奇进来，他立起，挂着拖把面有不悦。但他估计很快忍住了，唇动了动，又抿住了，俯下身继续拖地。

"需要涂脸、换衣服吗？"杜奇问。

常天兵头也不抬地说："当然。快点换了涂了，然后把最好的猪肉脯撕几包放盘子上摆好，再烧水准备泡茶。"

杜奇回头看一眼立在门外的易拉宝。著名作家？究竟多著名呢？有得诺贝尔奖的莫言吗？有张艺谋电影《大红灯笼高高挂》的原著作者苏童吗？杜奇对作家的认识基本到此为止，其他人写的文章他可能偶尔也看过或听说过，但人名记不住。无论如何，敢称"著名"，应该都有点来头了。他们有来店里，无论吃还是参观或者指导，当然都算件大事。

没想到他们居然肯来。另外，张飞猪肉脯一夜之间竟名扬中外了？

"有多少人来啊？"杜奇突然想到这个问题。来一两个意义不大，昨天于大童不是已经来过？来几十个人店里又容纳不下，他一个人茶也泡不过来。

常天兵说："十个作家，镇长和副镇长都陪着。"

杜奇把店里迅速扫一圈，十几个人挤了点，但也不成问题。一泡茶一圈喝下来也勉强够。

常天兵提起拖把桶到门外倒水，然后把拖把支好，说："快点，他们参观的时间掐得很紧，十点一过就到我们这里，不要怠慢了。"

店门外一阵响动，三辆电动车驶来、停住，后座上都坐着人。是猪肉脯加工厂的，后座上的人手里都抱着一捆东西，下了车，走进店里，把抱着的东西搁柜台上，解开绳子，原来是关于张飞猪肉脯图文并茂的图册，封面正中央印着雅玲弄的那个微店二维码。常天兵指指点点着让来人把他名片用回形针夹到图册上，然后像扑克牌一样整齐铺开，吩咐作家来时，怎么分发图册，怎么把猪肉脯托在盘子里递过去，以及怎么拍照片和视频。

至于黑脸黑衣的杜奇，坐在那里老老实实泡茶，成为拍照拍视频的背景就行。

十点多一点，翡翠街猛然涌动起来。常天兵已经在门外站了一阵了，拉长脖子眺望。这时他巴掌重重一拍，喊道："快，他们来啦！"

店里的七八个人，包括杜奇在内，立即蚂蚁般散开。很快店里就挤满了人，吃猪肉脯的声音吱吱吱地响着，杜奇泡出的茶却没人在意。杜奇把茶从公道杯里倒进小盏，小盏放入托盘，他托着盘站起，走到于大童面前，又走到其他作家面前。这些人原来就是昨晚酒桌上那几个陌生面孔。"哇，这么高啊！"有个中年女作家惊讶地叫了一声。常天兵大声说："他就是张飞啊。来，合影一张。"女作家个子不高，鞋跟已经有七八公分了，仍然仅到杜奇胸口那里。

常天兵又说："要不老师们都来拍吧。"

他的意思是大家合个影，但镇长眉头微微一皱说："好了，可以了，我们走吧。"

常天兵微弓着身子凑近镇长耳旁，还没等开口，镇长就头一侧闪开了。常天兵身子没直起，低声又说了一句什么。镇长摆摆手，看都不看他，笑起，对作家说："老师们走吧，请。"

镇长第一个向店外走去，副镇长马上伸出手，笑眯眯地对作家做出"请"的手势。作家陆续就跟上了，包括于大童，他嘴还在动，仍嚼着猪肉脯。从杜奇面前走过时，于大童没有停下，只是抬眼瞥了一眼。杜奇想他或许要说什么，结果什么都没说。一股味道从于大童脸上飘过来，是猪肉脯被咬碎后与口水混杂一起，然后从牙齿缝隙和两唇之间漏出，既香又臭，或者不像香也不像臭。第一次，杜奇觉得这股气味居然这么恶心。

常天兵送他们到门口，看他们走远，一直挂在脸上的笑才幕布般落下来。他转身回到店内，在茶台旁坐下，抓起茶壶给自己倒了一杯茶，端起，头一仰，茶水一把全倒进嘴里。放下杯子时，他脸仍然木着。

加工厂的几个人过来，小声问："老板，那我们可以回厂了吧？"

常天兵巴掌晃了晃。加工厂的人明白了，互相看一眼，就往门外走去，上了电动车，一溜烟不见了。店里剩下常天兵和杜奇，一下子变得格外空旷安静。杜奇重新在茶台旁坐下，往水壶里灌进水。他也没其他事可做，姑且再给常天兵泡个茶吧，却被常天兵制止了。常天兵说："算了，别泡了。你让他们把今天拍的照片和视频马上处理，再让雅玲尽快发公众号。"边说着，他已经站起来往外走。走到门旁，又扭过头说："刚才你听到他们说下一站去哪里了吗？"

杜奇摇头。

常天兵说："杜胜宁这个狗屁！我跟着作家一起走走又怎么了？居然不肯。他一年吃掉我多少猪肉脯啊，什么玩意。"

杜奇看着常天兵，不知该说什么好。杜胜宁是镇长的名字，镇长平时确实动不动就打电话让常天兵送点猪肉脯去招待客人或者送哪个外来的领导。常天兵当时看上去挺兴奋的，屁颠屁颠就亲自送去，原来却憋了一肚子火。

常天兵说："我去找找，反正他们就在镇上。"

杜奇走到店门外，坐到石鼓上。胖的人不适合穿西装，穿了西装更不适合跑动，常天兵还是一路小跑，大约急着赶上作家，身子晃来晃去的。以前从没听常天兵说起过作家，他又不看书，小说、散文之类根本与猪肉脯不沾边，常天兵哪里会感兴趣？突然却感兴趣了，而且兴趣至此，为什么？

杜奇掏出手机，点开张飞猪肉脯微信群，把常天兵刚才的吩咐转达了。所谓马上处理照片，是指两件事：第一各自发到微博微信上，第二所有照片都汇总给雅玲用来发公众号。刚发完，觉得眼前黑了一下，抬起头，原来是雅玲站在面前了。

杜奇连忙站起。

雅玲进店，杜奇跟上。雅玲在茶台旁坐下，杜奇也坐下。

这不是往常那个雅玲，杜奇刚才一抬头就意识到这个问题了。其他人不笑很正常，雅玲不笑，脸绷着，就不寻常了。

刚才为作家们泡的茶还沉在壶里，外地人大多对此无所谓，在这里却不行。沸水入壶几分、在壶里又浸多久，都是有讲究的。茶沉太久味就涩了，入了口唇齿都不爽。杜奇提起壶，先倒掉茶水，再用茶夹把壶内的旧茶叶拨掉。正要重新烧水，雅玲开口了，她说："不用，我不喝。"

顿一下，她嘴一咧，突然又笑了。"奇奇，"她说，"奇奇你觉得我是不是很傻？"

杜奇本来还是要烧水泡茶，雅玲不喝，他自己想喝，现在雅玲这么一说，他手一下子停住了，怔怔看着她。以前雅玲一直说他傻，所有人都这么说，这会儿雅玲却说自己傻，他不知究竟指什么。

雅玲把手肘支到茶台上，身子前倾，看着杜奇，仍是笑着，只是笑得很浅，似有似无。"有没有人说过，你和你姐长得一点都不像？"

杜奇点点头。确实不像，不用别人说他自己也清楚。他鼻子比杜薇挺，脑子却比杜薇差。问题不在长相上，他心跳加快，觉得有什么事要发生。

雅玲不说话了，低下头手指头在自己手机上动来动去。然后杜奇的手机很快就响了，屏幕上显示雅玲给他发了十张图片。点开，他用食指在屏幕上一下一下划着，都是视频高清截图，地点都在店里，人物只有两个，一个是常天兵，一个是杜薇。

杜奇侧过头，瞄了一眼监控器。

雅玲说:"奇奇对不起,都怪我装了摄像头。"

杜奇不敢看她,又低着头,盯着手机屏幕发呆。

雅玲说:"装也就装了,却连兵哥都忘了说一声。唉!"

杜奇长吸一口气,又悄悄吐掉。

手机微信提示音又响了,杜奇一看,还是雅玲发的,这回是视频。

雅玲又说:"这个监视器真好,居然有回看和录像功能。你看看吧。"

杜奇头连忙摆动两下。他不看,不想看。

雅玲说:"看吧,有声音哩。不听一听他们说什么多可惜。"

杜奇还是摇头。

雅玲笑了笑,手在茶台上很欢快地一拍,然后站起。"我得回去给儿子喂奶了。这几张照片你随便怎么着吧,给兵哥看、给你姐看都行,给你姐夫看也行。如果想发上微博……哈,当然也可以啊。如果我截出十五秒视频发抖音,你说我会不会红?啊,奇奇,你说会不会红?"

杜奇头更低了,他抿住唇,重重地抿。

十二

雅玲从店里离去后,杜奇给杜薇发了条微信:"你在哪?"

一分钟后他又发一条:"你在家吗?"

杜薇没有回复。

杜奇拨了语音电话,铃声刚响,他又猛地掐掉了。突然之间他有点怕听到杜薇的声音。如果面对面见到呢?也怕,是的,怕。

雅玲走后,他其实把那段视频看了,视频里的杜薇那么陌生。他觉得自己也陌生了,眼睛虚着,手脚不知放哪里,站也不是坐也不是。

半小时左右后他走进卫生间,擦掉黑泥,洗了脸,换上自己的衣服。出来时有两个中年女人已经走进店里,正趴在柜台玻璃上,指着下面的猪肉脯问能不能优惠点。他手一挥,急促地说:"不卖。"两个女人对看一眼,马上转身,疾步向外走。他跟上,取过铁钩把铝合金防盗门拉下,锁上。

还不到中午十二点,也就是说一天的班他还没上三分之一。回家吗?家里杜薇可能还在，她答应给父亲扫墓，所以把上午的机票改签到下午，那么有可能还没动身，正吃着饭。母亲又会煮很多钙质丰富的海产品往杜薇碗里夹，让她多吃、快吃。杜薇很配合地为腹中的胎儿竭力猛吃。杜薇不是原先那个杜薇了。他居然也会有看不起杜薇的一天，真是没想到啊。

电动车驶得很快，忽然间它就有脑子似的，向左向右，东拐西拐，等到停下时，杜奇抬头一看，是雅玲的家。这是一幢粗粗搭起的两层红砖房，砖缝没有勾黑水泥，露出拌了众多沙子的粗粝水泥。镇上有这种房子的人家，都属于财产稍有，又远没有充足起来的地步，内部装修也根本谈不上，总之是先把地占下，搭起楼房的架子，等以后钱凑齐了再论下一步。

之前杜奇仅来过一次，是帮怀孕中的雅玲送什么东西，具体时间已经忘了，路居然没忘。他支好车，走上前。门关着，他拍几下。很快有位个子矮小的老妇人打开门，手里还抱着一个婴儿。雅玲的母亲，杜奇以前见过。雅玲的儿子，杜奇倒是第一次看到，但他没有好奇心，至少现在没有。他问："我找雅玲姐。"

婴儿正在哭，老妇人手颤着，嘴里发出嗯嗯嗯的声音哄着。

杜奇要往里走，老妇人才说："雅玲不在。"

杜奇说："她刚才告诉我回家喂奶。"

老妇人说："还没回哩，你看，这不饿得直哭吗？气死我了。"

杜奇问："她去哪了？"

老妇人口气越来越难听了，她说："谁知道，电话都不接……"说到这，她突然停住，眼光绕过杜奇的身子看向远处。杜奇也回过头看去，果然是雅玲骑着电动车急匆匆地驶来。

进门，雅玲从老妇人手里接过儿子，坐到沙发上，撩起衣服，把奶头塞进儿子嘴里。这一切她做得又流畅又自然又快，快得杜奇眼睛都来不及闪开。个子这么小的女人，居然有这么大这么圆的奶！藏在衣服里时，雅玲的奶虽然颤颤地动，猜得出体积不小，但无论如何没想到是如此巨硕，像一座小山啊。女人真不可思议。

"有事吗？"雅玲一点都没有不自在，仍是笑眯眯的。垂下来的衣襟已经把她的奶遮住，但是婴儿唧唧唧的吸奶声，还是把雅玲拥有一对巨乳的事实放大。

杜奇拖过一张椅子坐下，低着头，想着她问的问题："有事吗？"肯定有事，但他好像还没理清究竟算什么事。

雅玲说："哎呀慢点慢点，慢慢吃呀宝贝，别呛了。"这话她肯定是对婴儿说的。马上她又说："奇奇你看看我儿子，长得是不是很像他爹？"

杜奇没有抬头。这个问题跟他一点关系都没有。

雅玲说："店关了？哈，关了也好。"

雅玲又说："视频看了吧？我就知道你不会不看，难道你没有八卦之心？鬼才信噢。不看怎么能知道他们昨晚上在店里做了什么说了什么，是不是啊奇奇？"

杜奇抬头看了看，雅玲的母亲不在，已经去厨房忙着了。他吁一口气，把头重新低下去。为什么雅玲说的似乎是件跟她不沾边的事？这是他不明白的。已经有儿子，儿子的父亲就是常天兵，雅玲是真无所谓还是假无所谓？他慢慢开始明白自己为什么要来找雅玲了，无论如何他毕竟是杜薇的弟弟。嘴唇很沉，但他必须得把它们掰开。

他说："求你一件事，视频和照片不要外传，行吗？"

雅玲嘴里嘘嘘嘘几声，说："再吃吧吃吧，馋鬼。"此时她的脸肯定又朝着儿子。天底下只有母亲才会对自己的婴儿用这种腔调说话。

然后雅玲咳嗽一声，说："奇奇，你这话怎么跟兵哥说得一模一样？"

杜奇抬起脸看了她一眼。常天兵也这么说？那就是说常天兵已经知道有视频了？常天兵知道，等于杜薇也知道。其实他并不愿意让杜薇知道。他说："雅玲姐，杜薇怀孕了哩。"

雅玲说："我知道啊。你不是也看了视频吗？如果不是怀孕，他们昨晚不会搞上？还大学生哩，哈哈，奇奇，你姐还真没比我高尚到哪里去啊，为了钱，兵哥一喊，她就从南京跑回来。是不是很意外？其实我一点都不意外。以前我就知道兵哥给她钱。他呀，他长那样还装什么情圣？居然从高中起一直迷你姐迷到现在。本来也知道自己是癞蛤蟆，这辈子都别想吃到天鹅肉，都快死心了，哪想到钱这东西还能起作用。以前他找各种借口转一万两万当红包给你姐，我也就睁一眼闭一眼算了。现在生意不好，他还充什么胖子？你姐要分娩了，要请保姆了，要在南京买房了，手一伸，二十万。呵呵，奇奇你说我要在抖音里傻乎乎地演多少遍吃猪肉脯，才能卖回二十万？"

杜奇站起来，他听到雅玲说着说着，虽然还强行夹着几声哈哈，似乎在笑，但声音已经变形，拖出隐约的哽咽。二十二岁的雅玲，替常天兵生下儿子了，却还没嫁给他，但常天兵一直爱着的人，却是一边从鼻孔不屑哼出"土包子"一边却收下人家钱的杜薇。这么多年，常天兵居然心心念念想着杜薇，如果不是亲耳听他在视频里当面对杜薇说，谁敢信？

杜奇向门外走去，作为杜薇的弟弟，他觉得对不起雅玲。

雅玲喊起："等等！"

杜奇站住了。雅玲走到他面前，喂奶已经停止，她的衣襟恢复原状，吃饱喝足的婴儿此时神色安然，相当欢愉。圆脸，腮帮鼓起，细眼，塌鼻，倒八字眉，看着就有几分喜感。果然跟常天兵是一个模子出来的。

雅玲脸上已经平静，又是什么都没发生过一样。她把婴儿颠了颠，说："放心，我有儿子了，不会乱来。刚才我去找兵哥，把视频给他看了。哈，一个人不与时俱进真不行，连监视器都是第一次听说哩。你说他是不是后悔死了？昨晚吃过饭，把你姐单独带哪里不好，偏偏带店里，啧啧。你知道他说的第一句话是什么？对，就是跟你说的一模一样，求我删了，不要外传。外传会怎么样？他一个开店的当然没什么大不了的，但你姐在南京，她老公又是公务员。你看，还是跟你一样心疼你姐。这会儿他正开车送你姐去机场，要是没视频，分别时他不再偷偷抱着你姐亲几口算我输。现在嘛，我觉得就不一定了。你说呢，奇奇？"

杜奇从口袋里取出店里的钥匙，本来想递给雅玲，手已经伸出去了，中途拐了一个弯，移到旁边的玻璃桌上方。桌上杂乱堆着碗、面霜、气球、水壶、塑料铃铛、一次性尿布等，现在又添上一把钥匙。这时候雅玲似乎应该问为什么，但她没问，只是看着，看钥匙落在玻璃上叮的一声，又看着杜奇走出门，骑上电动车。

杜奇想，也许雅玲很高兴他辞职吧？临出门前，他曾停下来问雅玲："以后呢？"是啊，以后会怎么样呢？

雅玲笑起来，头一歪，说："以后结婚呗，这下子兵哥非结不可了。"

杜奇吸吸鼻子，尽管猜到了，但雅玲这么轻松说出来，他心里还是一疼，像有个硬器吱地划过。

回到家，家门上着锁，这说明母亲不在，杜薇也真的走了。他拿出手机，先删掉微博，又退出张飞猪肉脯微信群，然后开始收拾行李。外面真的好吗？不一定。杜薇都已经在南京了，为了钱，还带着身孕专程回趟家，放下行李就去酒楼陪吃饭，吃过饭又跟着常天兵到店里。常天兵抱住她，她半推半就；常天兵摸她乳房，她嘻嘻哈哈。而整天东游西逛走过那么多地方的著名作家于大童又怎么样呢？于大童本来不想写张飞猪肉脯，却还是同意写了。杜薇以前就认识于大童，她供职的公司曾花钱请于大童写过报告文学，这次杜薇飞回来，把常天兵的一万块钱私下递给于大童，让于大童或者其他作家写写张飞猪肉脯，就是这样。

之前没有出行过，也没有出行的可能，所以杜奇没有备下旅行箱。他把几件这个季节换洗的衣服装进一个蛇皮袋，拉好拉链，然后在卫生间镜子前站了一会儿。这一个多月上班总要涂抹一层所谓的"张飞霜"，他的脸因此变白，几乎缺血色，干净得像一张A4纸。从此再也不用涂涂抹抹，再也不是张飞老师了。

他给母亲发一条微信：妈妈，等我。

想想觉得没说明白，就又发了一条：等我中年以后再回来。

他的意思不是几十年不归，平时如果有时间，他还是会回来看看母亲，再给父亲扫扫墓，但他的根须已经从这个小镇斩断了。不知道要去哪里，飘吧，飘到中年，等到重新回到镇上生活时，他想试试看自己整个人是否也能像一张A4纸，白得一点杂质都没有。

（原载《收获》2019年第9期）

辣与蜜糖

◎柳 营

一

林姣表面谦和，看起来循规蹈矩，与谁都不起争执，内心里却认为自己非常优秀，优秀到完全有资格在思想上桀骜不驯。

她在中国的北方小镇长大，在美国纽约读研读博，毕业后留在纽约工作。

她学的是数学，喜欢写点随笔和诗歌。事实上，她虽用心工作，但从来没有真正热爱过它，赚钱只为能够体面地生存。

上班之后，除了写工作报告和总结，她就再也没写过一首诗或者一篇随笔。她不愿也不屑于去写水平一般的文章，如果强迫自己写出来，也只会让她厌恶和瞧不起自己，甚至会毁了她的自信心。

所有空闲的时间里，她几乎都在阅读。大量地阅读。没有方向没有目的。她千真万确地享受着阅读的快乐，沉浸其间，感受难以言传的魅力。她一直认为，必须博览群书，集万书之精气，才能写出惊世之作。

文不惊人死不休。

一定要惊世之作！不然何苦费时费力。

平庸之作，无疑是自欺而已。

林姣自信内心藏着一座能量巨大的火山，日常生活只是浮在海面的表象，她需要时间去等待她的火山。

大多数时候，这座秘密的"火山"会让她暗自激动不已，她因此在内心里可以藐视那个自以为是的上司、那些喜欢钩心斗角的同事以及周围那些冷漠无情却常常为一点"小便宜"自鸣得意的人。她觉得他们都是平庸之辈，都是为现实而活被世俗所困的鸵鸟。

是的，可怜的鸵鸟。

有时候，看他们洋洋自意、沾沾自喜的样子，她简直就像是看笑话。尽管他们看上去忙忙碌碌，衣着精致，满脸挂着成就感，但在她眼里，仍旧是群单调和漫无目标的苍蝇。

每天从地铁口出来，挤身在乱哄哄的"精致的"脑袋之间，看着那一张张轮廓分明却表情模糊的脸，她感觉就像是跻身在一群吃粮食的机器人之中。

在她眼里，众人皆醉她独醒，所以更觉悲凉和孤独。因此她对身藏"火山"这一点更是深信不疑，是她自信的源头，是她孤立于世的力量所在。她相信，就如女人怀了宝宝，十月之后，必然瓜熟蒂落。

她坚信，只要有耐心，即使到了八十，她的宝宝仍会石破天惊。

她非常注意饮食，常常出门跑步。

梦想必得依附在肉身之上。

肉身在，梦想在。

风物长宜放眼量。

二

林姣甚至像苦行僧一样，有意地训练自己独处的能力。独处最明显的好处是可以减少世俗的干扰，把自己关在喧嚣的热闹之外，不用寻找任何虚假的存在。统统不用。只需要专注于自己手里要做的事，眼里要读的书。

父亲常给她汇钱。除了生活必需用品，她几乎很少用钱。她周围的女生常结伴去街上买一大堆可有可无的东西，心情不好时买，高兴时买，各种节日里买，新品刚上市时买，打折时仍买。实在是又浪费时间又浪费金钱，而且还不环保。

那些图一时新鲜购买回来的东西，过不了多久，就得想办法把它们扔出去，只为了可以腾出更大的空间购买更多新东西。

她对城市里一切花里胡哨的魅力都没什么太大兴趣。一般小姑娘喜欢时尚、派对、美食、衣服鞋子包包化妆品……

在林姣眼里，都是轻的薄的无聊的。

一切够用就可。

独处的能力以及对物质的控制力，让林姣享受着简洁生活带来的独特好处。

林姣到美国的第二年，她的一位同学自杀了。女同学来自湖南，因为情感纠纷，用水果刀刺向熟睡如婴孩的男友，然后吞了安眠药自杀。男友被救活，她则永远安睡。林姣听到消息时，非常震惊。她是个很美的女孩，走路轻盈，笑起来时眼里闪动着清水的波光。

肉身没了，迷人的微笑也就消失了。那么明亮的波光呀，让林姣觉得心痛。林姣同时也觉得困惑，什么是爱？爱就是乱转的短路？天地那么大，可做之事那么多。为这因缘变幻中的"情"与时不时就会转化成另一种结局的"感"，就走如此的极端？是一种病。

林姣在日记里冷静地写道："人应该有义务为自己的心灵提供庇身之所，要训练自己金刚的意志。人只能活一次，也只能死一次。人人都渴望爱，但爱不是死胡同，爱应该让人变得更加开阔。"

林姣从小学四年级开始写日记，一直坚持到现在。大多数时候，她的理性大于她的感性。她总是习惯在日记里不断和自己对话，脑袋里老是有一个异常清醒的声音，时不时提醒她做出选择和判断。

她想到生她的那个聋哑母亲。林姣并不知道该为母亲做些什么，但好好地活在这个世界上，对她，就是回报。

自女同学死后，林姣越发觉得生命不能虚度，于是便更加用功起来。她将所有可能的时间都用在学习上。她披着厚厚的外套，机械地行走在现实的日常里，却冷静而又激情地飞翔在书的世界里。

她目光炯炯，像骑士般奔跑在自己的"森林"里，星空浩繁稠密，她迷失在无穷的林子里，住在森林深处的小屋里，点亮尊贵的蜡烛，日夜沉溺在其中。

那天从图书馆出来，突然下起了雨。她闻到干净的雨水和新鲜的微风的味道。她猛然抬头，环顾四周，到处绿意盎然，夏天早就来了。

三

林姣的父亲，是个在饥饿中长大的孩子。

他所有童年的记忆都与饥饿有关。满天飞舞的饥饿感。无处躲藏的饥饿感。饥饿无孔不入，即便睡着了，它仍旧会潜进梦境，将他一点点吞食。每天早晨，他都是从满嘴的苦味和被饥饿吞食过的惊恐中醒来。

父亲问爷爷，为什么没吃的？

爷爷回答，我们必须忍住，要鼓足干劲、力争上游、多快好省地建设社会主义，到那时候，你想吃什么就可以吃什么。

我可以吃糖吗？林姣的父亲问。

可以，你会有一屋子的糖。爷爷回答。

父亲在对"一屋子糖"的美好想象以及爬满全身的饥饿感中长大。长到十八九岁时，一日与堂兄出门去郊区赶集。公交车久等未到，便在路边坐下继续等。好不容易等到车过来了，车子没停便开走了。林姣的父亲追赶了一阵子，车子不理他，仍旧扬长而去，气得他破口大骂：这破车，拐弯就翻。却不知，这车子开出几里地后，竟然真的翻车了。路人举报，说是被林姣的父亲咒翻的。于是父亲被判刑，给扔进去待了几年。出来后，找不到工作，只能在路边摆了个摊卖些杂货。一年四季，三百六十五天，天天不休。几年后积了些钱，开了家小小的杂货店，除了卖烟酒，也卖针头线脑。快到四十才娶了个聋哑女，有了林姣。

四

林姣日夜备战，准备考研，准备出国。

离开中国那年，向来脑子活络身手敏捷的父亲，捕捉到了风声，开始试探性地来回广州倒腾些货物，赚取差价。他带去东北的榛子、松子、山核桃、木耳、蘑菇、人参、灵芝、五味子、鹿茸、鹿胎膏等，甚至还有干菜、红肠等，又从广州带回磁带、手表、牛仔裤、太阳镜等。几趟之后，他尝到了甜头，决定将家里的小杂货店交给林姣的小舅舅打理，自己专心做起了批发生意。

林姣离开中国时，父亲正抖去满身的压抑，一改往日的消极神态，春风得意，意气风发。他突然如一只好斗的公鸡，雄心勃勃地决定大战一场。

那年的8月14号，北京时间7点12分，由中国自行研制的"长征二号E"捆绑式运载火箭在西昌发射中心顺利起飞，成功地把美国研制的澳大利亚"澳赛特Ｂ１"通信卫星送入预定轨道。媒体上说，这次发射成功，是中国航天技术走向世界的一次跨越。

8月15号，林姣离开东北，坐火车去北京，然后从北京到纽约。

曼哈顿街头，各种肤色种族的人迎她而来，又与她擦身而过。她站在时代广场的十字路口，长长地吸了口气，感受着从这座城市最深处散发出来的特殊气味。

她站在那儿，就像站在地图的某个醒目的点上。她脑子里快速闪过她的大东北，她的小城，闪过她的父母，她的小舅舅，她的外婆，她的同学们，闪过河流田野森林，闪过北京天安门万里长城大熊猫，闪过大西洋、太平洋，闪过土豆炖粉条、小鸡炖蘑菇……闪过四季不同的景象以及全然不同的香味……

此刻，她在曼哈顿，东边有东河，西边是哈德森河，面前是第五大道，是中央公园，她的脚下有无数条地铁通往城市的各个角落以及曼哈顿岛外的上州、新泽西、长岛、康州……她像一只巨大的蜘蛛，愿意探寻整个城市的每一个细部。她又像只老鹰，想要俯瞰城市里的每个秘密……

有一种奇妙的感觉突然间朝她袭来，让她一时恍如置身在两年前从小舅舅家出来后的马路上。时光交错，意念交织。也仅仅是瞬间，身边穿梭而过的人和汽车让她立马清醒过来。她知道，她已成功地将自己"发射"到了一个熟悉而又陌生之地。

在这里，她如此的轻，轻到可以浮起来飘向不可知的遥远。她又是那么的重，重得可以将自己如钉子般深深地钉下去。

这里，是她的起点。

她把自己的前二十几年埋了起来。

她独来独往。

她藏身于书海。

她那么冷静又如此谨慎。她守护着胸口的一腔热血。在时间里，满腔滚烫的血，翻滚燃烧成一滴不灭的火。那火往下坠，聚于肚脐三寸之间。它偶尔也会浮起来，往上走，顺着喉咙，爬上额头，使得她的额头发亮，照暖她清冷而孤独的幽闭世界。

即便是在寂寥黑暗的长夜里，她也常常能感知到肚脐间那滴火跳跃起来的能量，能量之大，几乎可以将她吞没。

她清楚地知道，虽蔽藏于肚脐之中，但它总有一天会跳跃而出，如夜明珠，异常明亮，照醒所有愚蠢而麻木的人。

五

来美国第三年，林姣遇到了他。

从中国南方来的男孩，与她同一个学校。她读博，他读研。他羞涩含蓄，双腿修长，喜欢跳舞。看他跳舞时，她心脏一阵阵疼痛。

林姣所在的学校非常古老，校园内有一座老建筑外形很是奇怪。林姣每次经过那座房子时，都会不厌其烦地研究起它的线条和每扇窗户的图案、每个侧面的细节。在她眼里，建筑本身就是一种神秘的代码，它通过夸张或者流畅或者复杂的表面，表达着独一无二却又清晰无比的欲望。你得透过表象，了解它的内在。解读建筑，就等于解读故事的内核，从而得知它的秘密。只是那幢建筑从来没对外开放过，它始终锁着门。

遇见他时，林姣立马想起了那幢神秘的建筑。

男人和建筑，没什么本质的区别。找到钥匙，就可以打开门，进了门，爬过蜘蛛网般的结构，透过绚丽的光，弄懂真的和虚假的，你会知晓他们真正的渴望。传说与暗示都只是一种意味，穿起这些雾一般的意味，情欲毕现，蝴蝶会落在枝头，一切都会清晰真实。

自爱上他后，林姣一想起他就会浑身战栗。他像青藤一般，缠住她的想象，疯狂地爬满她的梦境。她内心充满了痛苦，也满怀着妒意。她知道他虽然害羞低调，却有很多追求者，她甚至嫉妒他朝别的女人露出的微笑。这般可笑的嫉妒竟然能使得她小肚子酸痛，后背收紧。

她知道很荒谬，但明白，她必须鼓起勇气，直接坦率地向他表白。

林姣给他写信："你给我的，是一种梦境。你的美，是可以将我打破、撕裂的美。它是如此强烈和直白。看到你的第一眼，我就知道你想告诉我什么：你就是你，与我无关。可我就是喜欢这种感觉。如果你的存在是我此生的捆绑，那么我因此产生的爱是对压抑的自我的释放。除了你，我不知道还能去爱谁。

这种爱，最大化了我自己。很难想象，我竟然能遇到你，你同时做到了残忍与仁慈，如此和谐。我看到了，我爱了。你是男天鹅，我是女青蛙。请给我时间，我会让你爱上我。"

她第一次主动和男孩谈爱。

她读了一遍自己的信，勇敢里有那么一点无知无畏。

"爱"这个字，对林姣来说非常沉重和庄严。之前在国内，有男生喜欢她，她瞧不上。她始终认为自己很难真正瞧得上某个人。她总爱理性地评判分析，聪明的却不帅，帅的却没脑，又帅又聪明的却相当不解风情。她或许曾经轻飘飘地暗暗喜欢过某个人一两天或一两个月，但她明白，是她身体里的荷尔蒙在动，她的心没动。

她从来不曾知道，有一天，她的心脏会为一个人抽搐。她也无法料到，男孩出现在她身边，几乎次次让她有强烈的窒息感。

她深深地迷恋这种让人颤抖的窒息感，带着强烈的不安，越陷越深。

男孩很腼腆，也挺骄傲。

他给她回信："你真是自信。"

林姣想，他应当骄傲。在这场爱恋前，林姣知道自己的角色。她像个男人，结实强大。她得保持着激情与斗志。他是梦幻和脆弱的，却健康娇嫩。他是她的蜜。

这是一场战争。

是一场盛大又精彩的戏剧。

有了开头，必定会有结尾。无论有多少种结局，她已经深陷其中。

事实上，林姣常有深深的挫败感。她时有疑虑，纠结于自己给他写下的每一句话，怕他看了后生气，怕自己搞砸了一切。

她告诫自己，得咬紧牙，战胜自己种种的不安和自我怀疑。

懦者退，勇者进。

所谓毅力，得在现实中经受得起考验。

男孩腼腆，含蓄，内敛。林姣因此认为他是严肃的，认真的，不轻浮的。他带了某种奇特的神秘，就如他前胸更底的深处，那一抹淹没在黑衬衫领子下的阴影。所有暗淡的轮廓，全都让人心醉。他的脸应该在灯火通明的舞台，但他又常常是孤傲的，是难以碰触的。他的存在，是艺术的一种形式，以此证明了大多数人的病态和虚空，他们都活得太过欢快，太过浮华。他的美，是乌云里的光，是黑暗里的音乐，是常人无法理解的深沉。

越难追越有意义。

他是高山之巅的果实。随便谁都可以追到手的男孩，她不稀罕。

她一边紧张得要死，害怕还没碰触到他的唇就被他的嘴宣布这段关系的死亡，一边却像个受虐狂，点起灯笼，自个儿照亮自己，不停地在黑暗中攀爬，向上，向下，向左，向右。靠近他，捕获他的心。

她时常颤抖，无法自制。向他攀爬的过程，是自信心坍塌和重树的过程。靠的是勇气和毅力。

他对她若即若离。时而向她露出他黑天使般的微笑，展现他那连自个儿都浑然不觉的青春魅力，时而却将目光从她的脸上移向别处，冷淡傲慢，表现出对万事都不屑一顾的样子。

她死守不放。

她的兴奋感慢慢淡下去，理性而古怪地从他面前销声匿迹。他开始四处打探她，寻找她。她在暗处保持着沉默，眼睛却闪亮专注。

她常在半夜醒来，僵直地坐在被窝儿里，被莫名的巨大的慌乱所摄，也会在凌晨出没于图书馆，脸上带着类似于发烧时的红晕。她的头脑一刻不停地活动着，关于她的梦想，以及她的雄天鹅。

她捧着书，他的脸与文字一起在她的大脑里燃烧。她读的是伟大的书，是一部暴风雨般将她大脑洗劫一次的沉重经典。她在书里镇定下来。她知道，她不会忘记她的终极目标，写出同样伟大的作品。她瘦弱的肩膀上负着她的野心。而他，虽让她备受煎熬，但他会骑着扫帚而来，将他的头颅斜靠在她的肩膀之上。她会让他蓄起长发，她会夜夜感受它的柔顺。

一年后，林姣以极为优秀的成绩毕业，随后进入了华尔街的一家大公司。

她继续给小伙子写信，写完后她通常会自己读一遍。她常被自己那热血沸腾的文字所感染，有时甚至泪流满面。

除了写信外，她还送礼物。拿到工资的第一个月，她开始给他寄礼物。她看过《蒂凡尼的早餐》，她到了第五大道，忐忑不安地进了蒂凡尼，快速地转了一圈，以为会贵得离奇，不曾想到很多首饰的价格，都在她可以承受的范围之内。她挑了条带小钥匙的手链，银色的。

半年后的某个周末，林姣陪他逛博物馆，又一起去中央公园散步。夜幕来临时，她领着他去唐人街吃中餐喝冷饮，又拉着他去了四十二街某建筑顶层的旋转酒吧喝鸡尾酒。

从旋转酒吧下来后，两个人打车去了切尔西的一家意大利酒吧。她陪小伙子喝了很多酒。那晚，是林姣第一次喝酒，也是她第一次去酒吧。她不喜欢酒，更不喜欢喧闹的酒吧。对林姣而言，酒吧，是无聊的人浪费时间的地方。

事后，她知道，这或许也是她最后一次进酒吧。因为，那晚，她终于被半醉的男天鹅激情地拥进了她的单身公寓。

六

小伙子毕业后，去了一家媒体工作。工资不高，只够生活。

最初一个月，他搬离了学校的宿舍，与他的同学同住。他和同学一起分担房费，并且计划等有了钱，就去布鲁布林租一个独立的一居室。他偶尔周末会来林姣家。

林姣知道，这是他的姿态。

她喜欢他这样的姿态，是一种美妙的可以品味的尊严。他需要独立精神，他应该有一颗闪亮的纯粹的心。她最初也由着他与他同学挤在一起，三个月过后，林姣主动而含蓄地邀请他搬来一起生活。

三个月，他也足够品尝到了初入社会的艰难，以及对一个无条件为他打开的无限温柔的怀抱的渴望。

他又坚持了一个月，最终还是决定搬来与她共同生活。林姣看着他身体里的那些坚硬孤傲的外壳在一块块抖落，慢慢在爱与信任中一点点呈现出南方男子特有的柔软。

真正日夜相守在一起后，这个中国南方长大的男天鹅慢慢变成了美国的田螺姑娘。他每天早早下班，为她炖烫炒菜，收拾屋子，一切都井井有条，洁净舒适，这些都让她颇为惊喜。

她时不时也会带些合他口味的小礼物，先是从门缝里塞进去。然后由着他打开门，将她拥进怀里去。

她是女友，是姐姐，是母亲，是朋友。她能够逞强，也懂得示弱。她有她的原则，更有她的方向与梦想。这是她内在的力量。

饭后两个人会出门看个电影或者去东河边小跑。像所有恋人一样，日子平静又甜蜜。在这真实可触的幸福生活中，林姣会不合时宜地生出些不真实感。她害怕一眨眼的时间，老天会收回她已经拥有的一切。她时常看着他，感叹他真的存在于她的日常生活里。有时半夜醒来，碰到他坚韧的身体，她会惊讶他竟然就真的躺在她的床上。她会伸出手去抚摸他，亲吻他，在他身体里探索。不断地，更深地，探索。她总是希望通过他的身体，寻找到更多可靠的存在。

毕业半年后，他离开了媒体，去了一家房地产公司，收入一下子增加了几倍。他越来越自信，身体挺拔，容光焕发。他现在不单是帅，帅里有了更多意味深长的东西。林姣害怕有一天他会离开。她心里清楚，他完全可以找到比她更年轻更漂亮的人。世界每天在变，人与人的关系也在变。她知道无常。

林姣捧着书，时不时会抬头看看他。他在厨房里洗碗，轻松自在，哼着歌，扭动身体，移动着交错的双脚。他进了洗手间，步履富有弹性。他在客厅的地毯上做运动，柔韧健美。她看着他，既幸福又紧张。她嫉妒着她自己，他是如此完美的伴侣，她觉得她不配。

夜里，她常会从重复的梦境里惊醒。梦里溢满鲜血，到处都是奔跑的人，手无寸铁的年轻人，黝黑矮小的老人们，有刺鼻的味道，有呻吟，有嘶叫，有战马，有尖刀，有枪，有死亡，有挣扎，有恐慌。是无尽的黑暗的隧道，看到了光，转眼又黑了，光又闪现，再次变得漆黑，轮回着，血就像雨，一直下个不停。

他会抱住从梦里惊醒的她。她颤抖不已。他会说：不怕，我在。她在黑暗中伸出手去抚摸他为她蓄的长发。他轻拍她的后背，用潮湿的唇去亲吻她的额头，低声安慰她。

他的怀抱是无限的海洋，是辽阔的森林，是绿色的草地，是明媚的阳光。她深埋在他的胸膛间，吸着他身上特有的气味，那香味是无数种神秘气息的组合。在他百般耐心的亲抚与强壮有力的怀抱里，她从梦境中缓缓挣扎出来。

她醒得很彻底。她在他的抚摸中摆脱了梦境带来的不安。她在他的亲吻里生出了新的能量。她反过来将他搂在怀里。她用唇去碰触他的轮廓鲜明的脸。他安静地接受。他是乌云中那团粉红的云。她继续游走在他的世界里，柔的，韧的，软的，硬的。

她如在辽阔的草原，她是兔子，静的，动的。

他的身体在幽深寂静的夜里，被她唤醒，他的手在她起伏的身体里，体会到炙热的渴望。她抱着他，想起浑圆的地平线，想起夜幕里的烟花，想起映在山丘上的霞光，想起鱼在水里的跳跃，想起火在水晶球里的翻腾。她的心里溢满了秋日成熟的果浆。她拉过他，将他那充溢着她全部幻象的膨胀的身体，融进她的山峰和河流之中。

他的额头上闪着晶莹的汗珠。他像个穿了盔甲的勇猛战士。他上下有致地，起伏跳跃，像一条挺得倍儿直的鲤鱼。他又猛烈又温柔，含蓄里有疯狂，他在她的呻吟里迈进。

原本消失的世界在双方的交融中同时出现，瞬间"爆炸"。惊心动魄，完美到极致。他紧紧地抱住她，他像个孩子似的低声道："千万不要离开我。"

那一刻，林姣在他的声音里看到了同样的自己。

他们是彼此的孩子。

即便是与他合为一体，在他全部的包容与仁慈之中，林姣仍旧觉得不安。

她一直觉得自己就像是一匹野狼，或者一条被弃的小狗，背负着苦不堪言的孤独。

她一直被梦境折磨。

他，在尘世里，同样有着他的无助与脆弱。

七

一年过后，他仍旧安安静静地与林姣生活在一起。

每天亲吻她，照顾她，给她准备早晚餐，告诉她，他爱她。他对她笑得越来越甜。他曾经是孤傲的，腼腆的，自以为是的，遥不可及的。现在，他是柔顺的，体贴的，家常的。

林姣渐渐习惯了他在她的生活里。他是她的。

两年后，林姣意识到，她可能会一直与他生活下去。

他对她越来越依赖，做什么事都愿意听听她的意见。林姣在他面前也变得越来越自信，内在的自我更加强大。每读完一本厚厚的书，她都会在他面前高谈阔论，也谈她心中一直涌动的那座"火山"，那个终将出世的"宝宝"。

他说，他会一直支持她。

他忙于工作，享受厨房，喜欢照顾她。他不太习惯读那么厚的书。他之前觉得她太书生气，现在反而喜欢上她的静。每当看到她专注于读书的样子，他就会觉得心安。

外面太喧嚣太杂乱，他喜欢屋子宁静祥和的样子。有灯光，有书，有爱人，足够了。他当年独自一人踏上这块土地，从来没想过有一天会留下来。他之前是准备着要回到父母身边的。他是独子，父母需要他。留在美国后，他总是计划着有一天将他们接来美国，在他们老去时陪伴着他们。他不忍心让他们在思念的孤独里老去。现在，他越来越习惯于待在这个安静的爱读书的内心却热烈而有野心的女人身边。最初的时候，他曾被她那些狂热的信吓着，但一两年过后，他感受到了信里的力量。他确信，她是个与众不同的独特女子。他信任她。她像他的姐姐，老师，妻子，情人。她有时强势，但大多时候，她会用宠溺的眼神看着他。他喜欢那样的眼神，这让他觉得安全。不知不觉中，他甚至习惯于依赖她。

她是他的世界。

他知道他们会结婚会生孩子会有一个大家庭。每次听完她的长篇大论，他都会越来越相信，终有一天，灵感会雷电一样击中她，促使她提起笔，写出伟大的作品。

第三年，他开始认真考虑结婚的事。双方父母都在中国见过面了，希望他们早日安定下来，有个孩子。

父母们说，他们会轮流过来带孩子。

林姣却无比坚决地说："我不想要孩子。"

八

林姣的确不想要孩子。

她一直认为，孩子是世上最麻烦的事。她讨厌婴儿的啼哭，讨厌尿不湿，讨厌生活被另一个世界来的小人打扰。她喜欢抱着他睡，两个人的生活，干干净净，清清爽爽，没有任何额外的打扰。他是她一个人的。她喜欢简单的生活。下班后，有现成的热乎乎的饭菜，有大量时间读书。

这个世界已经够拥挤的了，何必非得要由她再添个小孩。中国女人不生孩子就被看成是不下蛋的母鸡，母鸡必须下蛋，不然就是废物。中国女人还非得生出男孩不可，不然也被视为低人一等的、没有尊严的母鸡。

她的邻居，生了五个女儿，严重违反了国家计划生育政策。丈夫为此丢了工作，只能做临工，倒腾些小买卖。屋里空荡荡的，所有家具都被管计划生育的人搬走，女孩们就睡在铺了薄席子的地上。就这样，还非要生个儿子不可，又偷偷怀上了。管计划生育的人也没办法。罚？他们家连吃饭都成问题，怎么可能有钱交罚款？抓人？怀了孕的妇人经验丰富，动作敏捷，与他们玩猫捉老鼠的游戏时总是赢。于是，他们就爬上林姣邻居家的房子，揭了邻居家的瓦。日晒月光照。有风有雨。屋里屋外一个样。屋子没法住了，女孩们被送往不同的亲戚家，夫妻俩躲到外地去。

他们家的老大是林姣童年时的玩伴。她读完小学四年级，就被迫回家帮着父亲做小生意，帮着母亲做家务带小妹妹们。有次林姣去找已经辍学在家的老大玩。老大蹲在屋内给最小的妹妹擦屁股。泥与屎混合在一起，黏糊糊地糊在小小的屁股上，看得林姣想吐。角落里的一堆稻草上铺了几块硬邦邦的旧布，上面放几个脏兮兮的枕头，胡乱堆着几条毯子和露出棉絮的破被子。寒风从门缝里，从破了的玻璃窗外挤进来，从黯淡无光的阴冷的屋内穿刺而过。几个女孩身上的衣服长短不一，都是人家穿旧后送给她们的。老大几乎没时间与林姣说话，她忙完了妹妹们，又急着去厨房做饭，她说饭后还有一大堆衣服要洗。小小年纪的她，早早就淹没在无止境的家务之中。

林姣发现老大手臂上到处都是瘀青。老大说，他们打的。他们，是她凶悍的母亲，以及粗暴的父亲。再之后，老大刻意回避林姣，她被困在她的世界里，她亦不想去触碰林姣的世界。她们渐行渐远。彼此都无法真正靠近。

林姣几次见老大被父亲暴打。她性格倔强，不跑，不解释，不讨饶，就那样安静冷漠地站着，让他打个够。十五岁那年，被无缘无故暴打一顿之后，积在心里的叛逆与冲动，以及长久忍受后的绝望，让她喝了农药。被妹妹们发现，拖住街头过路的人。路人送她去医院急救。救活回家，又挨了父亲一顿揍。因为救她，他将家里所有的积蓄都花在了医院里。他边打边骂："要活，就老实地活着。要死就死得干净，不要半死不活地拖累家人。"

父母一心梦想着要有一个儿子。在他们眼里，儿子是世上的全部，是活着的意义所在。是所有奋斗的方向。有了儿子，就有了一切。有了儿子，生命才得以真正盛开和解放。儿子代表着面子和尊严。儿子代表着希望和成功。儿子，是宿命论，是笼子，是执念。

事实上，那么多女儿，都是赔钱货，多一个少一个，谁在乎？这世上，连父母亲都轻视你，都视你如野草，谁又会真正看重你？

老大不再反抗。

她放逐了自己。她一有空就跑出去与那些不务正业的小伙子们瞎混。早早怀了孕，被父亲扇了几个大巴掌，被母亲咒骂为不要脸的小贱货。

她索性离开家，跑去男方家住了下来，连婚都没结，十六岁时生下一女孩。这样"贱贱"的媳妇，不要花一分钱就自动上门来的女人，婆家自然也不看重，明里暗里指桑骂槐。

她那个所谓的丈夫（年龄太小，还不能合法拿到结婚证），其实也就十七八岁。虽然早早知道在外面乱，但没工作没责任，什么都得靠父母。两个并没长大却已经生了孩子的人，整天为些鸡毛蒜皮的小事吵架。除了小夫妻之间吵，也同大人吵。一屋子的人互相吵。吵急了，她便常常被小丈夫打得眼青嘴破鼻子肿。一日，一家人大吵一顿后，她便使起性子，扔下孩子，独个儿跑出去打工去了。

林姣读大二时，听说她又与另一个男人生了个女孩，再次草草地混在一起生活。新丈夫是冒着香气的头婚，她是给别人家生过孩子的下贱放荡的臭女人。婆婆的咒骂厌弃从心而生。久了，丈夫也开始慢慢忽视她。贬低她。耻笑她。嘲讽她。厌恶她。动手打她。

恶性循环似的。赚不到钱，打她；孩子哭闹，打她；早上起床心情不好，打她。所有对这世界的不满，所有自己的无能，所有因此产生的情绪，统统发泄在她的身上，打。一次比一次重。上床折腾她，下床抽打她。

她的存在，已经成了他情绪不好时的最佳出气口。体力上的悬殊以及地位上的差异，让她无力反抗。她被黑暗吞噬了。

林姣有次在街上遇到她，看到她瘦得不成样子，之前清澈的眼睛变得浑浊而呆痴。林姣多么希望她能够从她的生活里逃离出来，跳上火车，远离她现在的世界。只要她愿意，她可以从这趟火车跳向那趟火车，她可以一直在路上。她可以去工厂打工，可以做保姆，她完全能够养活自己。只要她愿意，她就有自由。有了钱有了力量，她便可以带着她的孩子寻找新的可能。可是她没有跑，她似乎被某种巨大的不可抗拒的力量困住了。她深陷在她的世界里。两年后，她完全疯了。她撕裂了现实。解脱了。她彻底回避了肉体的疼痛以及内心的不安和恐惧。她索性忘记了自己是谁。她与自己分离了，就像灵魂出窍，只剩肉体游荡在人间。每次在街头见到被人叫成疯子的她，林姣的内心都会涌起一片黑乎乎的悲哀，如水漫金山。

现在，林姣不想要孩子。

她从小就不喜欢孩子。她一直记得老大蹲在房间里给妹妹们擦屁股的样子，她一想起来就反胃。

这世上不停生孩子的女人已经够多的了。有人愿意，可以生七八个甚至更多，有人不愿意，可以一个都不生。这是选择的自由。她所有的努力，就是希望拥有选择权。她早早打定主意，选择不生孩子。

她身体里早已经有了更为独特的"宝宝"，她需要不停地读书，喂养她自己。她一直在等待，等待着火山从海底喷涌而出，惊醒平庸不安的世人。

她得到了公司的提升，工作才几年，就快速升到中层。前景一片灿烂。她在一条既定的轨道里，她不想放弃，更不愿意被轻易改变。

在世俗的尿布与不俗的理想之间画一条线的话，林姣选择简单里的伟大，选择实现自我。

林姣相信奇迹，就像相信她身体里那个终有一天会面世的"宝宝"。她把理想看得万般神圣，并且付诸行动地认真去对待。

九

林姣的父亲偶尔会与她通通电话。

父亲总是在电话里说：中国的经济越来越好。

天翻地覆的变化。无处不在的变化。他的批发生意越做越大。他现在完完全全是个有钱人了！有钱人！

父亲问她："想回来发展吗?"

林姣回："暂时不想。"

父亲又问："缺钱不?"

林姣回："不缺。"

父亲说："我在市里买了套大房子。"

林姣回："好。"

隔不长时间，父亲又打来电话。

父亲说："我市里买了块地，准备造个六层楼，楼上两层自己住，楼下四层可作商铺和酒店。"

林姣说："好。"

又隔了一两年，父亲在说："我成立了一个房地产公司，中国房价天天涨，就像出海的龙，飞腾往上。"

父亲说："还记得小时候非常想要一屋子的糖。"

林姣问："现在还想要吗?"

父亲在电话那边大笑起来："医生说我有糖尿病，严格控制糖。"

林姣问："怎么会有糖尿病?"

父亲回："吃太多了，我现在的肚子像有八个月身孕的女人，走路像鸭子。"

林姣无法想象自己那个瘦弱干瘪的父亲走路像鸭子的样子，便忍不住问："吃那么多干什么?"

父亲回："以前饿怕了，现在想吃什么就有什么，所以拼命吃，吃出病来了。你什么时候回来?"

林姣回："暂时没计划回去，公司特别忙。"

林姣晚上睡觉时，想起父亲八个月身孕般大的肚子，觉得尴尬和难过。她怀疑老天总是在不停地捉弄人，无休止地在人间显现出各种奇迹。

这一年，父亲真的就死了。

死得非常突然。父亲喝了酒，带着他的小女友，开车出去河边吹风，不知为何突然就晕了过去。晕倒之前，他本能地踩了刹车，车子撞到马路边的绿化带上。小女友报了警，救护车赶到时，他已经没了呼吸。

小舅舅在电话里仔细地向林姣描述了父亲的死。说起她的聋哑母亲，以及那个跟随在父亲身边四处招摇的小女友。女友比林姣还小一岁。

挂了电话后，林姣觉得饿。一种无比陌生的饥饿感强烈地挤压着她，使得她心慌意乱，身体微颤。她站起来，摇晃着去了厨房，打开冰箱，没有任何熟食。于是她取出一瓶花生酱，用勺子挖出来急急往嘴里送。身体里似乎有个巨大的黑洞，非得往里面填些什么东西不可。不然，就显得无比的虚空、荒诞和忧伤。食物是最真实的。能够让身体有饱胀感。她突然意识到，父亲是不是也曾有过这一类的感觉，无边无际的"虚空"，无缘无故的"饥饿"，所以需要不停地吃，即便已经是一个真真正正的"有钱人"了。

当天晚上，林姣在梦里见到了父亲，他顶着个巨大的肚子，摇晃着脑袋，拍着胸脯，得意洋洋地告诉林姣道："你老子，我，如今有钱了。胜利了。我想吃什么就有什么，我想要什么就可以有什么。从此没有人敢小看我了。从此我可以用钱砸死很多人！"

有钱向来是一件有功德可颂之事。

饿太久了，本能的力量被压抑了。只要手脚被松绑，奇迹就会被创造。

父亲伸着细长的脖子，拖着臃肿的身躯，站在一片沙土之中，脸上呈现出疯狂而怪异的表情，发出刺耳的狂笑。他满脸得意，全身膨胀。他身后堆积着层层叠叠的高楼大厦，那些代表着财富的大厦在他的狂笑声中，歪歪扭扭地倒下，灰飞烟灭，无声无息。林姣想伸手去拉住他，却发现他早已化成了一缕青烟，升腾而去，就如出海的蛟龙。一切成灰成烟成雾，浓雾之后，现出一批又一批豺狼，它们吐着饥饿的红舌头，朝林姣步步逼近。林姣的梦境里，涌出大量的洪水，洪水由黑变红，河岸上奔跑着一群手无寸铁的孩子，气球飘向空中，一声声爆裂，场景无比吊诡。林姣被眼前的情境吓坏了，转身便跑，边跑边喊。

等她满身大汗地醒来时，发现依旧躺在他厚实的怀里。

他像往常一样抱着她，柔声细语，轻抚她的后背。大多数时间，她被他的耐心所感动，对于她而言，这是男人最好的品质之一。

他问："你什么时候动身回去参加葬礼？要我陪你一起回去吗？"

林姣摇头："不回。"

他问："为什么不回？"

林姣道："我怕见到他。"

他继续担心道："应该有一堆事，需要你去处理。我陪你去。"

林姣回："小舅舅会处理一切。"

他道："你从出国后，一次都没有回去过。"

林姣不语。

他犹豫了片刻，再次问道："真不想见父亲最后一面？"

林姣冷静而坚定地回道："人已经走了，就不见了。"

十

父亲死的第二年，与他在一起的第四年。

林姣说可以考虑结婚，但不同意有孩子。他想有个孩子。

有段时间，他既不做早饭，也不做晚饭。睡觉时，他不再抱着林姣，而是背对着她。她花了很大的力量，费了很多时间，都没能将他搂进怀里。他像头受伤的小公牛。

林姣说了一大堆暂时不要孩子的理由。

他认真地听着，半信半疑，犹犹豫豫。

他说：如果她够爱他，就肯定会想与他有个孩子。

她说：相爱并不等于要有孩子。孩子与爱完全不是一回事。那么多人有了女儿，有了儿子，甚至有了孙子，仍旧不相爱，仍旧要离婚。事实上，生孩子与爱不爱其实没什么关系。

他说，这是狡辩。

他说，孩子并不会让两个相爱的人更相爱，但孩子会是两个相爱的人之间共同的纽带，是一起成长的源头。

她说，主要是你太封建，满脑子还是传宗接代的念头。

他说，传什么宗接什么代，我只知道父母叫什么名字，外公外婆、爷爷奶奶的名字完全不知道，只知道他们叫外公外婆、爷爷奶奶。谁在乎传了谁的血液，姓了谁的姓。

她问，那为什么非得有孩子？

他回，我是真的爱孩子，想要一个你生的孩子。

她认真且严肃起来：如果我不会生孩子，是不是你就不要我了，不要我了。

他愣了愣，觉得委屈：那是两回事。

她说，暂时不要，以后再说。

很长时间里，她拒绝讨论这个话题。

他不再如以前般好脾气，也不再事事都愿意先听听她的意见。他变得越来越有主见起来，还带着一点点偏执的任性。

那天下班回来，屋里又空荡荡的。

几分钟后，电话铃响起来。他告诉她，今晚仍旧有事，让她别等他回家。

林姣本能地看了眼餐桌，原本这个时候，餐桌上总是热气腾腾的，有汤有菜，屋里有灯有音乐。他是个热爱厨房懂得生活的男人。他喜欢将她喂得饱饱的。他说，看她吃得津津有味，他便心满意足。

在他几次晚归后，她与他吵了一架。

她问："你知道黄昏时一个人在家等你回来的感觉吗？"

他笑嘻嘻道："不知道。"

那晚，他穿了件修身的黑衬衫，配一条旧了的牛仔裤。他修长的双腿交叉，优雅地站在她面前，带着漫不经心的傲气。当他稍显冷酷的时候，看起来更帅。林姣被他脸上的表情所诱惑，某根神经微妙地动了一下，但随后而来的是另一种紧张及控制欲带来的愤怒。

生活在一起后，他第一次表现得如此漫不经心和傲慢。各种想象猜测和因此带来的不安让她变得异常紧张。他曾经腼腆、含蓄，身材健硕而不失柔美，他看起来超凡脱俗。现在的他眼里夹了潇洒之气，带了点冷酷甚至还含着那么一点点玩世不恭的意味。他的眼睛陷得更深，像没有尽头的迷宫。他身体原本总是有意无意地散发着一股干净的柠檬味，现在突然浸进了一份熟透了的核桃味，以及某种神秘的沉淀物才特有的可疑气味。

他是不是在外面有了别人？

林姣瞬间被自己的想法激怒。她之前从没有和任何男人睡过觉，之后也不想。她怀着一种对性爱的唯一性、绝对的圣洁性，被想象中他的肉体和别的女人交融在一起的画面所刺痛，她变得语无伦次起来："你……究竟在外面……干什么？"

他费解地看着他，露出不可思议的表情："你觉得呢？"

"好好的日子，你是一定要生些故事出来吗？"林姣声音颤抖，嫉妒地责问。她脑袋隆隆响，像有几百辆坦克朝她开过来似的。她变得惊恐，身体开始觉得冷。她想起他的头儿，那个奔放的法国姑娘。她猜想是她勾引了他。他们真的在一起了吗？接吻了吗？上床了吗？她在床上性感吗？他热烈吗？他会不会把一样的情话说给她听……

林姣胸里涌起炽热的仇恨。电影里那些恶毒血腥的画面突然间全部都跳出来，挤在她的脑袋里，让她无法呼吸，让她无法自控："你为什么要那么轻浮？"

她甚至觉得，如果有必要，她应该找那个法国姑娘好好谈一谈。可是谈什么呢？那姑娘只要说一句："他说他爱我，不幸的是，我也爱他。"就这一句，便足够可以被她羞辱的了。

林姣开始变得心烦意乱，呼吸急促。她胸口有千军万马，只等着爆发。

"樱桃花开了，你不知道吗？我和几个同事去看樱桃花了，顺便一起吃了晚饭，我们还喝了点酒，很美好的夜晚。你从来都不知道樱桃树会开花吗？"他脸上长出了乌云。

他打通了同事的电话："我女朋友需要知道今晚我究竟干了什么，你和她仔细描述一下。"

他直接将电话递给了尴尬的毫无准备的她。

林姣没接电话。

她突然意识到，似乎好长时间都没有与他一起出门看过电影了。她总是习惯回来吃他做的晚餐，餐后安静地泡个澡，然后便是捧着书安然地享受阅读的时光。那一晚，林姣第一次破例没有读书到凌晨。她觉得羞愧，求他原谅。

城市在沉睡，窗帘将夜隔在外面。

她内心紊乱。他像只小兔般安静地躺在床上，他的体形如此的健美，他的皮肤在灯光下富有光泽，每一处都迸出诱人的力量。林姣生着自己的气，内心因战栗而沸腾，她试着想求欢，被他冷静地拒绝了。

她独自坐在空荡荡的客厅里，对他最近经常性的晚归再次感到愤怒。

他现在是一只成熟的公牛，他会调情，会嬉闹，会跳舞，他是个极具诱惑力的男人。林姣被想象折磨，就如太阳烤着发焦的大地。她极其敏锐，在严谨理性的表象后面，有着不可捉摸的疯狂。自相矛盾的冲动。火燥的危险。但她在长久的独处与谨慎中学会了如何控制，她知道，绝不能再吵架了。

她曾是征服者。慢慢地，变成独裁者。

她再次清晰地意识到，没有什么东西是一成不变的，感情更是如此。

林姣冷静下来，饿着肚子，当下就决定出门。

再回来时，她在楼下看到自家屋里亮着灯，知道他已经在家了。快走几步，上了电梯，急促地敲门。

林姣站在门外，听到屋内传来脚步声，一声又一声，每声都踩在她的心脏上。她忆起第一次见他时的样子，那是只优雅孤傲害羞的男天鹅，她想起他那修长的高高仰起的脖子，突然间莫名其妙地感动起来。

门开了。

她递上手里的礼物。

她是下了决心要嫁了。

他打开礼物盒，突然笑起来，然后哭了。

她第一次知道，男人竟然也会边笑边哭。

十一

她说先结婚，再考虑其他的。

他们结婚了，但她仍旧坚持暂时不要孩子。

孩子是累赘，至少目前来说。她不得不每天早起出门对付她的工作。她在现实与理想之间的狭桥上来回穿梭。她在时间里等待和挣扎。她多么想静坐下来专心面对她身体里的"火山"，为它寻找一个突破口，她觉得已经快碰到了，她似乎已经靠近了火山的核心。她甚至已经在心里起草了几个让人兴奋的初稿。只要有足够的精力和时间，她自信，她可以。

她清楚自己的梦境。梦境是另一种真实。她夜夜活在另一个真实里。那是个灰暗的、惨厉的世界。是杂乱的、不分清白的世界。是拥挤的、抽搐的、血肉模糊的世界。是没有声音和没有气味的世界。是冒犯和剥夺。是疯狂的精神错乱和让人哭泣的残迹。是夏天。是洪水。是她人生的分界线。

她不喜欢喧嚣的白天，也不喜欢多梦的黑夜。她只愿寄身书堆，那里是绝对的宁静和安全。是真理和勇气。是自由和平静。是空气和阳光。

在她有限的空间和时间里，只容得下一个帅气且好脾气的温柔男人。她暂时不需要任何别的多余之物。她绝不允许自己的生活太过世俗。不希望满眼都是杂乱的玩具，满耳都是婴儿的哭闹。

她的心脏太小，装不下另一个活的生命。

事实上，林姣知道，她究竟害怕什么。她害怕将一条鲜活的生命带到这个杂乱喧哗的世界上来，她不知道如何去面对这样脆弱的生命。对此，她毫无信心。

结婚第二年，她在曼哈顿的东村买了个两室小公寓。

依他的想法，同样的钱，可以在长岛的好学区买个大房子。有四五个房间，有院子，有游泳池。方便养孩子，说不定还可以养条大狗养只肥猫。这般，等有了孩子，父母来住也足够富足。他始终放心不下日渐老去的父母。他想象着有一天，孩子和狗在种满了花草的院子里奔跑，下班回家与国内来的父母一起在餐桌前吃饭聊天。

林姣不这么想。她喜欢住在城区的公寓里，坐地铁可以去任何地方，到华尔街也只有几站路，天气好的话，她非常享受走路去上班。大房子是件耗人的事，要修草坪，要打理院子，要清洗游泳池。屋子大了，维护和打扫非常麻烦。虽然每个小镇都有火车通往曼哈顿，但得先开车去火车站再转火车进城。她之前勉强去考了驾照，但对开车没兴趣。说白了，她绝不想浪费过多的时间在日常杂乱的事务里。

除了必不可少的事体，林姣每晚雷打不动、全神贯注地读书到凌晨。她有着强烈的焦虑和紧迫感。她意识到，她该理出头绪来，至少脑子里得有一条通向惊世之作的路。经了不断地推翻与重置，她模糊地知道，这本书与政治、经济、革命有关，但得用小说的形式写出来。

这将是个巨大的工程。

她得加快脚步，得更加废寝忘食。她啃读所有与之相关的著作。政治的、经济的、历史的、文学的、宗教的。

除了上班，她几乎不出门。每晚入睡前放下书后，她的大脑变得格外兴奋，她在构筑自己的伟大项目，就如造大楼。她看得见楼的模样，知道局部的细节，却不敢下手，也无从下手。她不停地琢磨，常常在床上激动得翻来覆去，被藏身于她肚脐间的"宝宝"扰得无法静心。

那团理想之火常常烧得她头脑发烫，浑身发抖。

她蜷缩在床上。她听到了汽笛声，她感觉自己到达了某个古老的巷口。她听到了马声，她骑马奔跑在森林里，一片漆黑，但火把的光在森林里劈开了一条深深的口子，她在林子的深处，遇到了一座千年别墅，她在别墅里见到了自己正要写的那本书的开头……

她长久地陶醉并沉浸在自己的世界里。

她的先生正躺在她的身边，发出细微美妙的鼾声，她恍惚间突然记起，似乎已经有半个月没有探索过他了。他几次暗示，都被捧着书的她挥手拒绝。他也接受了这样的事实。这几乎是之前根本无法想象的事。这样的事实，让她心里慌恐。她知道，肯定哪里出问题了。

十二

秋天是纽约最好的季节。

林姣后知后觉地意识到，先生开始热心于各种社区的公益活动，也喜欢有选择性地参与些民权运动。她不赞同。她除了公司非去不可外，只愿安静地待在屋子里，享受自己的书中人生。她害怕也厌倦政治。她从来不曾与他坦白，她的噩梦之源。她的冷静与旁观以及阻挡，让他激动而悲愤：你不参加，我不参加，如果我们都不参与、不支持，难道想指望天上掉馅饼，让别人去替我们孤身奋战？这样的族裔是何等自私的一群人？若真如此，我们在美的华裔及后代将被继续歧视是理所当然的。我们应该彻底被唤醒。天花板不是别人给的，是我们自己愿意当鸵鸟。再说了，我不是为我自己，是为了我们的孩子，为我们的宝宝将来有更良好的成长环境。林姣看着他的双眼因激动而变红，他说得太快，连呼吸都很吃力。

林姣觉得他可爱透了，也天真极了。

她不愿意与他讨论这些。她更愿意俯在他的身上，在他耳边轻声细语，看着他眼睛里闪动的光，深情呼唤他的名字，点燃他身体里的火花。她喜欢他对她的亲密劲儿，他那小孩子气般的撒欢。她对外部世界没什么兴趣，世界不要变得更坏就行了，她从不寄希望变好。在深处，某处东西已经腐烂和消解，平庸的思想，脆弱的体制，在生活中一个接一个崩溃。

纽约的冬天漫长而寒冷，白雪丰富了城市的虚幻之美。林姣发现，先生迷上了滑冰，他在冬天里活泼地骚动起来，热衷于打扮自己，满心地投入生活，他全身带着噼啪作响的小火花以及绯红的光芒，热情洋溢，光彩夺目。

除此外，他竟然还痴迷上了星相学。

他买了很多与星相有关的书，在空闲的时间里，认真地钻研起来。趁他不在时，她拿起他铺了满桌的闲书翻了翻，很复杂很古老的星象图案，神秘而玄幻，可她立马就发现，这些东西，不过是雕虫小技，没有任何科学依据。她烫手似的扔下书，从心里嗤之以鼻。

入夜，当她捧着厚书啃读的时候，她那俊气的先生坐在电脑前，走火入魔般地在网上查阅星相。他甚至开了个网站，开始写他的研究心得以及星座月报。

有一天，他满怀激情地宣布，过不了多久，他就可以辞职，在家做一个职业的星相师。

他说，他已经开始在自己的网站上向咨询者收费。不断有人来询问爱情、婚姻、性格和财运，预测所有生命中不可知的未来。他乐此不疲，积极回应。收人钱财，替人解忧。

"我在为以后你生宝宝做准备，这样你生完宝宝重新回到公司后，我就可以待在家里照顾孩子，但仍能做到事业和家庭两不误。"他的脸熠熠发光。

她心里暗自好笑，这也能算事业？但她不吱声。

她抬头扫了眼，这之前一尘不染到处井井有条的屋子，现在不复。她有轻微的洁癖，喜欢一切东西都在它们既定的位置上。

她重新低头，试图回到书中，文字如河，顺水而走。可这次，她的胸口像是长了团毛草，心头风云涌起，堵得她难受。

"别老待在电脑前，你该站起来，整理一下屋子，或者调整一下呼吸。"她脱口而出。

他抬起头来，扫了她一眼，依旧坐着没动。

既然开口了，她就没想停下来："你去阳台，去看看那些匆匆的夜行人，那些芸芸众生，对你体悟星相会有更大的帮助。"

"我虽工资是你的十分之一，但我也在工作。我每天在外面见到不同的人，碰到从不重复的麻烦，已经够让人心累了，我还需要看什么芸芸众生？我就是众生。"他冷静地道。

"屋子总该整理整理吧。"她直截了当。

"这些年来，你动过手吗？"他转过头来，直视着她。

是呀，家务不知从何时起，向来都是他一个人的事。她已经习惯了他每天将屋子收拾得干净整洁。她已经习惯了享受他对一个"家"的热爱带来的好处。他的好品位，他的好习惯，他与这个屋子共同的存在。她以为这早已是既定的了，是一种必须。

林姣重归沉默。

她想将心绪重新放置进书里，却发现，手里的书实在无趣。她有那么一小会儿，觉得恍然，觉得沮丧。为什么非得要读这本书不可？

她突然意识到，自己像是个读书机器。

这样的想法让她心慌，书是她的避难所，是她的另一层躯壳。不读书，身心都空荡荡的，她又能置灵魂于何处？

她继续强迫自己埋进书里，努力平息心境，重与书合二为一。一行，两行，一页，两页，她似乎又进入了佳境。

"我是个男人，七十岁，如果身体好，我还可以找个年轻的女人生孩子。你不行。你是女人。你可以年轻时专注于眼前的事，可当你过了这些年，当你再想要孩子时，没门了。或许，你的人生经验足了，钱袋子也更沉了。可袋子里再有钱，子宫却不再能装得下宝宝。这是天意。是你作为女人的局限。你从来没考虑过我的感受。而我却在替你着急。"他离开电脑，站在她的面前，一副认真的模样。

这是他的心结。他想要一个孩子。

如此镇定自若、气势磅礴地酝酿着前奏，他是不是准备大吵一架？

她带着疑惑抬头看着他，突然觉得伤感和沉重。她像是从梦里惊醒了似的，脑子里涌起的全是腐烂物、年代久远的黑白照片、东北的白桦林、林间胆小的梅花鹿、惊恐的呼喊声、同学父母的脸、父亲的大肚子、不会说话听不到声音的母亲。

她看着他英俊的脸蛋，带有嘲讽的嘴唇，意识到某些东西正在络绎不绝地朝她赶来。她告诫自己，必须保持沉默，但同时内心却觉得无比脆弱，她强烈地思念起自己的母亲，虽然她从来都不曾真正与她交流过，也从来没有真正靠近过她，她只把她当成是一只生了她的"母鸡"，她仅仅只是一个子宫。"子宫"不会说话，"子宫"也听不懂她的话。她是个聋哑人。林姣不知道她现在过得好不好，是不是还是那么瘦，是不是会觉得孤独，是不是会想她。她对母亲一无所知。她让小舅舅清理完父亲公司里的各种借贷，把所剩下的钱全都留给了母亲，她拜托小舅舅照顾她。来美国后，她第一次认真地觉得，应该把她接到纽约来待几天，她之前从来不曾这样想过。她之前只想远离，离一切都远远的。

"如果你连身边的男人都无法为之感同身受地换位思考，读那么多厚书，有什么用？"他继续追道。

"知识是死的，人的情感才是活的。"他意味深长地看着她。

她看着他，脑袋一片白茫茫。"你是个女人。你是女的。你的子宫将老去。我是个男人，我七十岁仍可以找个年轻的生孩子。"他的这些话，深深地刺激了她。但这就是现实，是真相，是造物主的天意。

他穿着黑色衬衫，戴着她最早送给他的那条带小钥匙的手链，满脸严肃，看起来有些陌生。他的每一句话都应该是精心考虑之后说出来的，早在这之前，他就决定了要找个机会说出来的。他正在试图挑战。他控制着每一个进程和步骤。这不是他平时的风格，他并不是一个复杂的人。

林姣不明白，他为什么要用这样的方式和她说话。

"如果一个人的内心足够强大，足够空灵，任何星相的相位都影响不了对方，影响一个人的只是他自己的想法和态度。星相之所以左右着你所说的芸芸众生，是因为他们依然顾虑、动摇、自私、软弱。这天下有那么多无助和摇摆的人，正因为如此，我完全可以靠此谋生。你啃书，我研究星相，研究人，没什么可以轻视的。"他安静地站在她面前，抱起双手，注视着她，道破她所想。

"你为什么不要孩子？你为什么整天捧着书？是自私，是软弱，是欺骗自己，是不想面对现实。"他直视着她，一句一句，清清晰晰。

林姣看着他，他的胸脯一次次鼓起，连呼吸看起来都是诱人的，充满力量的。她似乎能听到海浪的声响。

她想，该与他出去度个假，去海边走走。

她有些微的倦怠感，他的态度让她心烦意乱。林姣想，是星相把她的男人变成了另外一个男人。

她有些生气。她摇了摇头，试图摇出些愤怒来。他竟然可以藐视和曲解她读书的目的。她慢慢地开始有点恼羞成怒："你被星相洗脑了，无药可救了，你！"

"我们并不合适在一起，在你身边，我的能量只会被你消耗。"他说出这句话时，毫不犹豫，毫不费劲。

林姣的心脏加速跳动，一下又一下地击打着她脆弱的瘦薄的胸膛，她瞬间变得无力起来。他终于说到了重点。他究竟想干什么？她想弄清楚现在的处境。他无动于衷地看着她，那么冷静，他是有备而来的。

林姣极度疲惫又万分紧张地将身子向椅背靠过去，她必须得说点什么，她不希望事情沿着不可控制的方向发展。

她无比轻声，仿佛是在自言自语："难道我必须要生孩子？我就非生孩子不可？我是个女人，我子宫老去了，你的精子仍旧充满活力。即使如此，我仍不想要孩子！你究竟想要干什么？"

他直起腰板，睁大眼睛，颤动着嘴唇，语调尽量柔和，控制着情绪，一字一字道："我想要一个宝宝，你和我的。"

她不想在生活里增加什么，也不想失去什么。有一份看似还有上升空间的工作，有个属于自己的公寓，有书可读，有梦可做，还需要额外的什么？

因为他的态度，更让她从内心里厌烦孩子。

他硬要，她偏不要。她觉得他变得无法理喻。她想，难道我是个女人，我就非得生孩子不可？又想，如果女人没有了生理上的局限，如果女人五六十岁仍可以生孩子，那么这世上的女人，是否可以活得更加独立、主动和自在。

对于孩子的话题，她甚至讨论都不想讨论。她根本无法想象，屋子里被突然塞进一个屁孩子之后的状况，几乎是灾难。

可如果他真的离开自己，也相当于地震。

日子就那么僵着。

十三

他变得越来越捉摸不定。有时耐心，有时烦躁，有时冷漠。

他时不时对她露出不经意的、嘲弄性的微笑。他脸上的表情会在瞬间变得异常复杂，是苍凉和陌生的。晚归时，面对她的责问，他的目光游移，时不时陷入沉思。他就如身陷一片巨大的苍白之中，拒绝回答她所有的问题。有时，他会突然在黑暗的床上叹出口气来，就如负荷着重载的马车。他似乎变老了，在漫漫长夜的床上，在喧嚣多事的白天。

那日下班，打开门的瞬间，林姣本能地感觉屋内有些异样。她紧张得手脚发凉，嘴唇发颤，似乎现实终于印证了她意料中的不安。

她环顾客厅，所有的一切都有序地各就各位。她进了卧室，床也整理得纹丝不乱。她稍觉心安，进了洗手间。

小便完后，她用肥皂洗了洗手。洗手时，有一种新鲜的、揪心的痛突然从心脏处涌出来，瞬间挤上她的喉咙，导致她的双唇发麻，面部肌肉僵硬。随之而来的，是一阵又一阵强烈的眩晕感。

平时，他所有的洗漱用品全都整整齐齐地摆放在洗手台上右侧，她的在左侧。如今，洗手台右侧洁净无一物。

她近乎于跌跌撞撞地回到卧室，打开衣柜。衣柜除了她的衣服，另一侧空无一物。她的身体虚浮起来，同时却止不住地一直往下坠。她像醉酒似的，头重脚轻，天旋地转。她扶住了墙。墙上一片水淋淋。她这才意识到，她连手都没来得及洗完。

她控制不了身体的颤抖，内心某处崩溃倒塌，难以自持，就像海啸，将她彻底吞没。她跌坐在地板上，似乎骤然间变得苍老和憔悴。

林姣找不到他。

他既然决定不告而别，就不会想让她找到。

她又想，他终有一天会现身的。他们是领了证的，他得回来与她离婚。又想，即便离婚，他也可以不用回来。律师会帮他解决一切。只要他愿意，他可以一辈子都不用面对她。

她先是觉得痛。各种无法描述的痛。

之后是恨。各种无法形容的恨。

然后是厌恶。

最后又恨又悔。也不知悔什么，如果再来一次，她仍旧是那样的她。

到后来，只剩下空荡荡的虚无，寂寂的，无边无际的，冰冷冷的。是地震过后的一片狼藉，忧伤之风，无处不在。

差不多有一个多月，她几乎没办法读书，她无法将自己集于一处，除了机械地对付工作上的事以外。她不愿意回到那个散发着寒气的家，就只能在办公室里耗着。她每天在办公室待到很晚，方才游魂一般飘回家，匆匆洗洗倒头便睡。

不能睡床，床上有他的味道。也不想脱衣服，将就着和衣躺在客厅的沙发上。会一次次从变幻莫测的梦境中惊醒，醒来茫然无措，无限悲哀，万般孤独。就如冬日里街头黑暗角落里的孤儿。不能盖毯子，所有被子和毯子上都有他的味道。半夜冷，她就拖出自己的大衣盖上。有一天，她路过一家店铺，进去买了条新毯子。她抱着毯子走在街头，阳光照在高耸的玻璃建筑上。路两边的楼太高，阳光打不到她的身上。她走在高楼的影子里，感觉自己是个无家可归的人。

她特别害怕周末的时间。白天，她根本不能待在屋子里，屋里所有的物件和陈设，都能折射出他的影子。他的手，他的脖子，他的胸，他的屁股，他的肌肤，所有的感受被拆开，撕成碎片，重的疼痛，轻盈的忧伤。羽毛般轻，石头般重。泥沙俱下，或四处舞动。

屋内冰凉的、滞重的气流时时让她窒息。她的肺管膨胀，她的心脏一次又一次体会到揪心的剧痛。屋子里的气味，让她有在睡眠的绝境中漫游的感觉，如孤魂飘荡。

密实的黑雾般的忧郁，压迫着她的感知，就如处黑洞，片刻都不得安宁。她只能逃去附近的酒吧。她开始喝酒。百无聊赖地喝着酒，微醉，半梦半醒，笑，或者落泪。不久后，她意识到不能这样下去，她还有伟大的梦想，梦想像明镜般在不远处照见她的模样。

她想，人保持冷静和志趣很难，但要努力保持。人要抽离于自己的情绪之外，在任何时候都理性，很难，但得努力去做。人要保持锐气和少年心不易，但得努力为之。永远不要庸俗，不要堕落。

她得回到书的世界。

她离开酒吧，拿着书去了咖啡馆。

在咖啡馆待了一两个月后，她开始试着周末的白天不再出门，她强迫自己安静地坐着，平静地观察着周身的一切。有时她也会脱光衣服，赤裸裸地躺在地板上，躺在阳光里，她试着做深呼吸。慢慢地，她像是置身于家乡的大街，所有熟悉的旧人从她身边走过去，童年时嬉戏着的游戏，有风从遥远的世界吹过来，她听到了一些声音，像是星星在轻语，又像是蛙鸣。在被太阳烤得暖烘烘的地板上，她睡着了。醒来后，除了潮水般涌动的孤寂感，她不再焦躁不安。她爬回沙发，翻开书，她再次被书里的世界吸引，她沉溺其中。

终于，所有属于他的喧闹的气味开始散去，她的房间再次陷入寂静，鸽子在窗外的阳光里飞过。她的日子表面上看似恢复了正常。

十四

这天一大早，林姣接到他的邮件，关于离婚事宜。

公事公办。没有余地。没有解释。没有抱歉。

他早已在故事的阴暗面。他早已离开她梦想的小径。然而，每每从梦中惊醒时，她还是如此地思念他，渴望他的怀抱和安抚。她怀念所有过去的柔绵时光。关于他的一切，已是一道散发着幽黑气息的大门。可他修长健美的身体，他甜蜜的细语，他诱人的微笑，他独特的气味，时时会将她堵在梦境里，与她的忧伤水乳交融，就如跋涉在无边的沼泽和泥潭之中，她明知是梦，却贪恋其中，又身心俱疲。

收到信的这天早晨，林姣再次变得无力。抛弃感甚至让她生出强烈的恨意。她必须得深呼吸，才能与压在胸口的巨痛的重负进行搏斗。

她被他离去的事实死死地禁锢在原地。她甚至都不知道他身置何地，与谁在一起。会是谁？他的女老板？比她更年轻的涉世不深的姑娘？富有的老寡妇？或者是徒有学问的酸教授？还是浪荡江湖的生意人？

在林姣眼里，那个拥他入怀的女色鬼，那个亲吻他嘴唇的小妖精，那个将手伸进他大腿的放荡不羁的女流氓，那个会对他耍花招的小骗子，无论她怎样，与他在一起的女人，肯定、绝对、一定是个坏女人。

一想到他已经与别的女人厮守缠绵，她的心脏就会剧痛，情绪就会起伏。

等她清醒过来时，她又想：他已经离开了，与谁在一起，又与她何干？

这个早晨，她无法集中精力做任何事。她跌坐在客厅的沙发上，耳边全是碎裂声，细小如尘埃飞扬，震耳如阵阵雷鸣。

她浸泡在想象、哀伤、绝望、自怜与狂躁之中。阳光从客厅的窗帘间洒进来，照在她的脸上，将她的脸分成阴的、暗的、有光的、破碎的。她抬起手去挡那些刺眼的光，突然间悲壮地狂妄自大起来。

她猛地站起来大喊："去他的。"喊完，眼角却不争气地滚出颓败的泪来。

这天早晨，林姣上班迟到了。

出了地铁站，就可见她的办公楼。被某种欲念驱使着，她本能地拍拍自己的脸，装着精神抖擞的样子，匆匆跑进大楼。她发现，在装模作样上，她与其他人没什么两样。

电梯还开着，她冲了过去。就快进电梯时，旁边突然闪出一个人，先她一步进了电梯。电梯满了。她只能眼睁睁地看着门关上，看着电梯旁的数字往上跳跃。她的办公室在四十层。上午有一个重要会议。她就一边等电梯，一边试着理一理会议上要讲的话。

当她感觉到楼在剧烈晃动时，她正恼火着，为早晨的一切。她不知道发生了什么事，电梯旁的显示器黑了，电梯卡在了某处黑暗的地方。

她看到人从楼梯里鱼群般大量涌出来。外面的人在奔跑，表情惊恐。她想，肯定出什么大事了。她跟着鱼群出了大厅。

她抬头看，大楼在冒烟。广场上全是人。她别在腰间的BP机在叫。她看到显示在BP机上的消息。楼被飞机撞了。

最初，她站在广场上。她仍旧糊里糊涂的，梦幻的。她搞不清楚，这一切是不是真的。第二幢楼上的人也下来了，因为第一幢楼被撞，他们害怕得都跑出来了。等了不一会儿，他们说应该没什么事了，于是重新回去工作了。有的人是谨慎的，仍旧站着没动。

没几分钟，一声爆炸把天空震撼得晃动起来。高处腾起一团黑雾，然后是大火。全世界都在尖叫和惊呼。第二幢楼也被撞了。

广场上的人全都奔跑起来。

她在烟雾中走了半个小时左右。她在旁人的泣喊与捂嘴瞪眼的表情中回头，看到第二幢楼在不远处无声地塌了下去。

她像踩在厚厚的棉花上，虚浮着，机械地，拼命地，往前移动着。在梦境中似的。浓厚的烟，烟雾里的火光。奔跑的人群。哭泣声。一张张惊恐失措的绝望的脸。纯粹的，条件反射的惊恐。麻木的，无助的脸。被电流击中了。傻了的。本能的无止境的害怕。

某些神圣的、不可描述的事物，在烟雾中坍塌，在火焰中燃烧。

像是世界末日。

没过多久，她看见自己上班的那幢楼也倒了下去，无声的，软绵绵的。没人知道接下来还会发生什么。她环顾周围的人，每个人脸上都挂着茫然和慌恐。

到处都是失魂落魄的脆弱的肉身。

林姣头重脚轻地飘回到位于东村的公寓，像是个中了枪却不自知的梦游者。

她将自己扔进沙发里，蜷缩起来。

窗外的世界，在她的意识里一点点坠落。那么重，那么轻。她在轻与重里浮起来又沉下去。一身身的冷汗。衣服湿了又干，干了又湿。她闻到自己的酸臭味。浓厚的，失控了的。

时间在重叠。记忆在重叠。世界在重叠。

她的过去与现在重叠。她的北方小城。城里狭窄的街道。城里的疯子。城里饥渴的女人。她古怪的邻居们。她无知的同学们。她那瘦小的聋哑的母亲。她沉默的小舅舅。她那坐过牢的阴郁的父亲，在风里雨里雪里摆摊的父亲，发了财的父亲，买了地买了房的父亲，大肚子的父亲，有小女人的父亲，突然死了的父亲……

她瞄了眼窗外，一片灰暗。烟雾浓厚。火在暗里燃烧。

她的思绪变得缥缈起来。空气稀薄。她在稀薄的天地间浮了起来，就像一只气球，没有绳子的气球，没人会抓住她。她依稀能听到窗外呼啸的声音，那声音也慢慢变薄下去，薄成一片纸，薄成一缕烟。

她在那缕烟里晕睡过去，睡在小而封闭的幽暗里，烟火弥漫了整个梦境。

十五

城里的烟雾久久无法散去。日子变得阴沉灰暗起来。每日黄昏，林姣都得在情绪里经历一场危险的暴风雨，她缩在其间，被淋得全身发颤。

她的身体像是个花园，园里的植物没有色彩，花朵没有芬芳，到处都是脓水和腐烂，无精打采的叶子非常冰凉，空气异常幽闷。炽热的光闪烁在园子外面，那么耀眼。人间依旧丰富，街头有个男人抱着百合花，往他爱人的住处去。百合花散发出的香味浓郁迷人，每一个闻到的人脸上都浮荡出了轻微的笑意。

林姣趴在阳台上，看着眼前的一切，没什么表情。花园的空气里充满了叹息声。惊恐变成一头凶猛的兽，它就像是一个黑乎乎的面具，高高地悬挂在空中，可以看到它的轮廓。林姣常常梦到它，被它埋伏，让她无法动弹。

不上班的日子，相关部门给她提供了类似灾后心理援助的电话。

她拒绝去。她觉得这是脆弱的丢人的表现。

她怎么可能需要心理医生？

她宁愿独自将自己埋起来，自舔伤口。

宁愿半夜醒着，她独立阳台，看着阳台外的城市长久地发呆。她时常能在黎明前嗅到一股危险的气味。天亮时，风平浪静，阳光照旧。

她自己遮住了光，遮住了亮，她困在幽深的迷宫般的心境之中。

她努力挣扎。她知道旅程还远没结束，内心的小蜡烛依旧照着她肚脐间的梦想，她不能停滞在黑网里。

她逼着自己每天傍晚出门行走。

她从东村出发，一路往西，经过布莱恩公园，到达中央火车站。在她眼里，这是城市的轴心。她会在火车站大厅里站一会儿，看着涌动的人群以及去向各处的指示牌。有时候，她会在那些英俊的男子、身材姣好敏捷时尚的女子、得体精致的老太、腰板笔直的老头儿身上，在那些轻快的、新鲜的、不息的人流中，嗅到一丝柔嫩的春天的味道，闻到鸟儿的轻鸣，获得某种能量，类似于新生。她在大厅金色的时钟前，感受到时间的熠熠光芒。她会抬头向上看画在拱顶上的星相图，每次她都能一眼就找到属于她的星座。她不知道他是否还研究星相，这是个可以吸引女人的话题，但这似乎已经与自己无关了。他时不时仍会住在她的梦里，但当她醒来时，已经不再那么难以忍受了。

从中央公园出来，黑暗已经沸腾，城市闪着冷酷的亮光。她一步一步走。她穿过一条街又一条街。她看到光影交织，看到盛开与凋落，看到坚韧与脆弱。她在行走中，在筋疲力尽里，洞悉着自己情绪的变化，毫无保留地觉察到一种结实的存在。

她在自己的脚步声里，听到某些声音，那些声音关乎于意义和希望以及接受。

十六

半年后，林姣去了教堂。

她在圣歌里全身颤抖，泪流满面。

那天晚上，她躺在床上，不禁陷入热切的沉思，她在上帝的世界里，看到另一种无限。

她很快就养成了每周日去教堂的习惯。她在教堂里遇到一个老太太。老太太说，十几年前，我生了场病，手术后严重失眠，从那时开始我决定好好享受我的时间，我的生活。

"你是怎么享受的？"林姣漫不经心地问。

"之前医生不让喝咖啡。我现在每天两大杯咖啡，咖啡入胃，我的高血糖高血脂高血压，全没了，也不失眠了。咖啡让我放松。人就是需要放松。如果你想喝咖啡，是因为你的身体需要咖啡。别什么都信医生。命是你自己的。也是上帝的。给你时你不知道，拿走时，你也不一定知道。"她理了理前额的头发，张开嘴笑，她笑起来那么绵软明亮，像个刚掉牙的孩童。林姣看着她，发现她的门牙全掉光了。

"你今年多大年纪了？"林姣问。

"92岁了。"她说。

"啊，你能活过一百岁，一点问题都没有。"林姣以为她最多七十来岁。

"活那么长久干什么！"她天真地笑起来，"我只知道我此时此刻还活着，还在享受阳光，享受人间美妙的声音，可我不想多想，连明天的事都不想。"

十七

有一天，新同事送给林姣一盆兰花。

同事是在美国出生的中国人，兰花是他爷爷从内地带去香港的。几十年前，他父亲把兰花包在纸袋子里，卷在衣服间，带着兰花和家人从香港坐船到了美国。

几十年来，兰花依旧长得好，不断长出新的芽。同事的父亲就隔几年分些新长的兰花送给别人。

林姣将兰花带回家，养着。每日喂它水。它长得朴素、纯静。林姣跟着兰花一起生活，长出些不同于以往的模样。

后来，林姣在教堂里认识了一个男子。男子是四川人。没多久，他给林姣买了个结婚戒指。她戴上戒指那天，他拉着她跑到法拉盛吃了一顿。他喜欢吃四川菜。

林姣被辣得几乎快要精神错乱了。嘴巴火烧火燎，酥麻刺痛，大汗淋漓，毛孔全竖。她感觉身体几乎快被辣味融化了。

他看她狼狈的样子，笑起来，"辣是四川人的蜜糖"。

她用开水漱口，吐着火红的舌头。

他深情地看着她，继续道："现在，你是我的蜜糖。"

听到他说这话，林姣竟然在那一瞬间，无限悲哀地意识到，她该有个孩子了。她需要些绽放在人间的烟火。

没多久，她肚子里就有了一个宝宝。

她把家从东村搬到长岛，将聋哑母亲从东北接来同住，还养了一条狗。狗特别黏四川男。他每天下班第一件事就是带狗出门走一圈。晚上，四川男趴在林姣的肚子上听胎动。他对林姣说："我希望以后能带着一群孩子出门遛狗。"

十个月后，林姣生下了一个胖宝宝。

从此，宝宝成了林姣的蜜糖。

十八

周末，林姣收到一封邮件，是他发来的。

他与她很久没有联系了。他曾经是她的男天鹅。她曾经必须抱着他才能入睡。现在，他早已是个无关紧要的人。是个遥远的人。是个陌生人。

他在邮件里写道："听人说你要生一堆孩子？你肚脐间的那个宝宝呢？你的惊世之作呢？我等着拜读。"

她身体的某处隐隐地痛了一下，像被细针扎到似的。她很快转念又想，他或许过得并不好，不然，何苦来嘲讽她呢？

于是，她简单地回复道："你应该多去教堂祷告。"

回邮件时，她肚子里已怀上另一个小宝宝，大宝宝正坐在她的腿上啃苹果，热尿湿了她一裤子。

（原载《作家》2019年第6期）

鲛在水中央

◎李　频

1

昨夜山间淅淅沥沥一场微雨，我在半睡半醒之间听到雨滴正拍打着这漫山遍野的落叶松、栎树和云杉。

树下开着野玫瑰、老虎花、荚蒿。层层叠叠时远时近的雨声在无边的森林里游荡，雨滴从树叶间滑落的回声又冷又远。

大概昨晚喝得又多了些，蜡烛都没吹灭就睡着了。醒来才发现那支蜡烛在半夜已经自行燃尽，只在桌子上结下一堆皱巴巴的蜡泪，里面还裹着一只小飞蛾的尸体，琥珀一般。

我朝地上一看，那只肥大的塑料酒壶静静卧在我的鞋边，里边还有半壶酒。我每晚都要从这酒壶里倒出一碗酒来，点着蜡烛一边喝酒一边看书。跳动的烛光把我的影子扣在了墙上，比我自己大出好几倍来，像座狰狞的建筑耸立在那堵墙上。

大多数的夜晚，我都是这样打发过去的，点支蜡烛看本书，看上几页了抿上一口酒，再看几页再抿一口。下酒的多是些山里的花鸟鱼虫；或是把山里采来的木耳用开水焯一下，用蒜泥和野葱拌了；或是把土豆埋进炉灰里埋一个下午，到了晚上把烧焦的土豆壳敲开，再往冒热气的沙瓤里撒点盐。

柳木桌上胡乱堆着一摞书和杂志，有《老残游记》《红楼梦》《唐诗百话》《三言二拍》《诗经译注》，杂志多是些《读者》和《书屋》，还有几本破破烂烂的《今古传奇》。除了这张柳木桌，屋子里还有橡木柜、核桃木椅子，都是在我小的时候，父亲用这山里的木材亲手做的。

当年铅矿倒闭后这些家具都留在了职工宿舍里，多年以后我回来打开这间宿舍一看，那些家具居然还是我当初离开时的样子。如同寒潮一夜忽至，不及躲避，冰雪下到处锁着栩栩如生的鱼虾尸体。因为地处深山，铅矿倒闭之后连电也被停掉了，现在这里就住着我一个人。

我朝挂在墙上的那本巨大的日历看了一眼，二〇〇八年四月十七日，这是我住进这座废弃铅矿里的第四年了。每年过年买年货的时候我都要下山买这样一本巨大的日历回来挂在墙上，上面庞大鲜红的数字隔着老远就能跳到人的眼睛里。因为一个人在深山里待久了，会感觉像掉进了时间的黑洞，无论宇宙间又孵出多少个新鲜的日日夜夜，都会立刻被这无底的黑洞吸收进去，被消化殆尽。人被裹挟在这黑洞当中时会有一种类似于要永生下去的恐惧感，无边无涯，有时候过着过着居然连自己的年龄都会突然忘记，一时疑心自己是不是已经活了几百岁。想想一个失去年龄的人就这么无限地奔走在时间里，没有个歇脚处，甚至不知道自己什么时候才能死去，便觉得又是可怜，又是好笑。

我穿好衣裤出门打水。铅矿大门外的树丛里藏着条清澈见底的小溪，山里的溪流都这样，只能满山听见环佩叮咚，似在脚边又似在身后，却终是无迹可寻，在这山中久居才能掌握其秉性。我提了一桶水回屋洗脸刷牙，又在门口的泥炉上熬了点小米粥做早饭。

吃过早饭之后我对着墙上残留下来的半面镜子细细把下巴刮干净，把头发三七分梳整齐，再喷了点摩丝定型，然后穿上一件卡其色衬衣，打好那条蓝底白点的领带，外面再穿上一件深蓝色西服。我一共有三件衬衣三套西服两条领带，三套西服的颜色款式都一模一样，是多年前请同一个裁缝做出来的。所以以前老有人以为我一年到头就一身衣服，从来不换，其实是我来来回回已经换了多少次了别人并不知道。

把自己穿戴整齐是我每天早晨起床之后的一个重要仪式。就是一整天都不过对着这片山林，我也不敢在仪表上有丝毫懈怠。真的是不敢。这是一种站在断崖边上的感觉，稍不留神就会掉下去。一个人住在深山里，整天除了植物和动物，没有任何观众，自然是身上随便披挂个麻袋都能出入，可是我不允许自己这样随心所欲地塌下去，或者，掉下去。

穿戴整齐后我照例在荒凉的铅矿院子里巡视了一圈。铅矿四面环山，如在井底，破败的采矿车间门窗洞开，里面住着年深日久的黑暗。当年卖剩下的几台锈迹斑斑的破碎机和球磨机，如年老的象群挤在黑暗里等待死亡。干涸的浮选槽里长满荒草，槽边是当年开采的矿石，有铁矿石、金矿石、铅矿石。我太熟悉这些矿石了，铅矿石里有紫色的晶体，黄铁矿石里有一种金黄色的光泽，金矿石看起来反倒没有黄铁矿石那么耀眼。废弃的高炉默立着，水塔顶上住着一大群野鸽子，只要往水塔上随便扔块石头，那群鸽子就会呼啦啦从水塔顶上炸起来，仓皇地四散而去，到黄昏时分，又会在一轮血红的残阳里飞回来栖于塔顶。

我站在水塔下仰着头看了会儿鸽子，继续往前逡巡。山里的寂静所产生的压强挤压着我，有时候竟会把我一路挤压向童年。我养了一黑一灰两只兔子做伴。我记得小时候就养过这么两只兔子，每天放学后头一件事就是兴冲冲地跑过去喂它们。这中间的四十多年忽然被挤成了薄薄的一扇门，我推开一看，那一黑一灰两只兔子居然还在门后，好像从来没有长大过，也从未离开过。

我独自走过矿区的幼儿园、医疗室、图书馆，这些阒寂无人的废墟散发着类似于坟墓的气息。但我走在这废墟里还是不由得觉得亲切，像走在曾经的自己里面，从前的那个少年包裹着如今已到中年的我，像小时候玩过的俄罗斯套娃。

我八岁那年随着父母从山东的一个海岛来到这里，父亲从海岛上的一名军人转业成铅矿上的小干部，母亲则在矿上的图书馆做了管理员。我二十九岁那年离开了倒闭的铅矿，四十岁那年又一个人回来了，回来时这里已经是一片废墟。

我重返铅矿的那个晚上，整个矿区没有电，我也没有准备蜡烛，到处是最原始的黑暗。荒草早已过人头，矿区的骨骼和周围毛茸茸的密林如血肉长在了一起。荒山密林之上是一轮巨大的明月，我感觉自己像忽然退回到了最远古的洪荒时代，满目只剩了山林和月光。月光像大雪一样隆重地覆盖着这片废墟，我乘着月光重新游荡在阔别已久的故地。

我记得我推开少年时代最熟悉的图书馆的门进去，门口那把管理员的椅子是空的，布满灰尘和蛛网，母亲曾经就坐在那里。所谓图书馆其实就是两间简陋的平房，几排书架空旷荒芜。我曾借过的那些书都已经不见了，只地上还零散地扔着一些书，月光从门里涌进来，那些书被淹没了，闪着银色的磷光。

被月光淹没的一瞬间，我又有了那种置身于水底的感觉，好像是在童年那个海岛的海水里，我一直向海底游去，直到水压即将把我挤爆。周围海水的颜色在慢慢变深，有大鱼和灯笼般的彩色水母从我身边游过。那时，我看到那些大鱼时往往会觉得敬畏和尊重，我会给它们让路，因为它们看上去古老而庄严，像人类的祖先。

我又好像正潜在那个藏在这深山里的无名湖底，那个湖的周围全是密不透风的参天古木，树林阴森森地看不到头，林间飘荡着鸟儿们各种古怪的叫声。有风吹过时，成片的树林在嘶吼，而湖面却静极了，像面大镜子，在阳光下有一种璀璨的感觉。而那湖底却是幽深恐怖的，水极清澈，能看到大片大片墨绿色的水草，像女人的长发一样在水中鬼魅般地招摇着。鱼儿们在其中嬉戏，柔软的蛇鱼和水草交缠在一起，湖底到处是长满水藻的毛茸茸的石头、贝壳。

在这湖底还有一具人的尸体。那具尸体这么多年里一直就沉在这里，因为，它身上压着一块巨大的石头。

我第一次见到它的时候，它还是完整的、新鲜的，还是一个人的形状，呈现出石灰一样僵硬的滞白。等我第二次再潜入湖底找到它的时候，它已经开始变得残缺不全，鱼儿们把它身上脸上咬得坑坑洼洼的，它的一只眼睛被鱼吃掉了，变成了一个模糊的大洞。右手上的肉已经被鱼啃噬干净了，露出了雪白的骨头，那只露出白骨的手就那么在水中安静地张开着，还有几只一寸长的小鱼正叮在那手骨的缝隙里。

我仔细辨认，不是水，只有满地的月光。我从地上捡起一本满是灰尘的书，就着月光看到是一本破旧的《矿产资源勘查学》。我又捡起几本书走出了图书馆，像小时候来借书一样抱紧它们，仿佛它们可以给我御寒。那个夜晚，我坐在外面的石阶上一根接一根地抽烟，我的背后是黑暗如古堡的图书馆。

半夜了，我听到周围丛林里有沙沙的声音，那可能是一只野兽。巨大的月亮就悬在我的头顶，在这无人的深山里，月亮看上去极大极亮。因为有月亮在，我心里静了些，到了后半夜，居然就靠在墙上睡着了。

第二天我把我少年时代和父母一起住过的那间宿舍收拾了一下住了进去，屋里的家具都还是我当年离开时的样子，只是落满了厚厚的灰尘。

安顿下来之后，又经过一番踌躇，我决定去看看它。

于是我朝着那片藏在这深山里的无名湖走去。我一直相信，除了我，世上没有谁还会知晓这个湖的存在。我还是个少年时就找到了这个秘密的湖，那时候因为刚从海岛迁徙到这山林里，我浑身干燥难忍，于是漫山遍野地找水想游泳。山里只有腿肚那么深的溪流，没法游泳。铅矿的工人们告诉我，这山上是不可能有湖水的。但我相信我在山间已经嗅到了湖的气息。

就这样，我跟着弯曲的山间溪流一路寻找。溪流忽隐忽现，多数时候都是藏在柳树林里的。遇到石头多的地方，溪流就会变急促，喧哗着从柳树林里钻出来，在阳光下明亮地流一会儿，忽然又不见了，再见到它时，却是清泉石上，有一尾野生的金鳟鱼在水中倏忽掠过。

我就这样跟着溪流走进了一片阴森的原始密林，在那不见阳光的密林里穿行了很久。周围的树木越来越高大古老，越来越茂密葱郁，但那条溪流从不曾断开，一直向前流动着。我相信，只要溪流没有断开，我就不会迷路，所以，我一边恐惧着，一边却还是紧紧跟着这溪流前行。忽然，树木一下消失了，前方静静地、耀眼地跳出了一片湖。

湖就在这密林的中央。

后来的很多年里我都不舍得告诉任何人关于这个湖的存在，仿佛这是一个只属于我和这个湖之间的秘密。我一直记得我第一次跳进那湖水里游来游去的感觉，像从干燥陌生的生活里挤进了一道潮湿的裂缝。

后来我一直相信这面湖就是世间留给我的一道缝隙。

我走出铅矿的大门，再次跟着溪流往深山里走去，走进那片阴森的密林，走着走着，忽然有一片湖水像梦幻一般出现在了我眼前。无名湖看起来和五年前一模一样，碧绿的湖面静得可怕，一丝皱纹都没有，似乎在这几年时间里它不曾被任何东西打扰过。我先是在湖边静坐了一会儿，然后站起身来佯装着散步，仔细观察了一番周围，不见人影，只有无边的密林和倏忽掠过的鸟影。我脱了衣服慢慢潜入水中，以免惊起太大的波纹。

平静的湖面下存在着另外一个丛林，有植物，有动物，也许在这样的湖底还有一位维护秩序的统治者，类似于龙王或者水妖。我在鬼魅般的水草间游来游去，寻找着记忆中的那块大石头。终于，我在幽暗的湖底看到了那块大石头，它依然在那里，轮廓没变，只是身上已长满青苔，这使它看起来变臃肿变柔软了。

然后，我看到了压在石头下面的那具尸体。墨绿色的湖底上一点刺目的白。它还在原地，只是已经变成了一副干净的白骨，上面居然连一点皮肉都没有了，那白骨像瓷器一样洁净，安宁肃穆，竟让人不再觉得恐惧。有一条小蛇鱼从它头骨的左眼眶钻进去，又从右眼眶里钻了出来，摆摆尾巴游走了。

在我身边游来游去的鱼儿们看起来似乎都格外肥大，这使得它们身上有一股妖气。我开始使劲划动双手双脚，向泛着微光的湖面升去。

转眼间我已经独自在这深山里住了四年了。四年里我开垦了十几亩山地，种上土豆和莜麦，因为这山上早晚温差很大，特别适合土豆和莜麦的生长。秋天收成了以后拿到山下去卖，平时在山上采的木耳蘑菇晒干了也拿到山下去卖。我太了解这片山林了，每个季节有每个季节的蘑菇，我还知道在这山林里只有橡树可以长出木耳，而且只有冬天砍倒的橡树长出的木耳最多。有时候一棵倒在地上的橡树密密麻麻地长满了木耳，像长出了无数只耳朵。所以在每年冬天的时候我会砍倒十来棵橡树，好等到来年采木耳。

我还在下面半山腰的三条路岔口处开了个小饭店，挂了个木牌，白底上四个红字"岔口饭店"。那是公路还能通到的地方，路边有间废弃的护林人住过的小屋子，灶台是现成的，还有炕，屋里只够摆一张饭桌。

我的饭店里平时只做四个菜，过油肉、酱梅肉、野鸡炖山蘑、烩土豆。只在春天和夏天的时候偶尔用香椿、苜蓿和蒲公英拌点凉菜。我从不用鸟铳打野鸡，响声太大。我的办法是把粮食拌上酒，撒在山林的空地上，野鸡吃了粮食之后就会醉倒，躺在那里就睡着了，如果是冬天，睡着之后就被冻死了。第二天捡到的野鸡已经硬邦邦的，一碰还叮当作响，像用玻璃做的。而且醉倒的野鸡都是一对一对的，因为它们喜欢夫妻结伴而来。偶尔，如果捉到一条蛇，我也会把蛇炖了吃。当我一剪刀下去把还在扭动的蛇剪成两截时，我心里还是会暗暗一惊，为自己身上那些已经暗中发生的变化而吃惊。我曾经可是连只虫子都不忍心踩的人。

去我饭店吃饭的人不算多，多是些进山拉木料的大车司机和进山采木耳的人，偶尔还有些专门赶过来找我的故人。因为我没有电话，这里便成了我和昔日故人们唯一一个隐秘的联络处。

在矿区里巡视完一圈之后，我从大门出去，沿着山路往林子里走了几步路，准备给兔子割些苜蓿。进铅矿的这条僻静的山路没有通公路，早已被世人遗忘在深山里，又经过山洪的冲刷和野草的侵略，已变得越来越窄，有些地方几近于消失了。在这条山路上我从来没有碰到过任何人，如果真的碰到一个人，他看到一个穿着西装打着领带戴着眼镜的男人正在那里割兔草，估计也会吓一跳。

我回去把兔子喂了，又在水塔的周围撒了些玉米粒喂鸽子，然后便准备下山一趟。我大概半个月左右会下一次山。所谓下山就是到山下附近一些村庄的小卖部里买些日用品，那些村庄，即使最近的也要三十里路。我有时候用钱买，没钱时就用我在山上采的木耳来换。木耳的价格很高，山下的村民都认木耳，所以木耳在这一带就像货币一样好使。

我背上包，骑着一辆旧摩托车往山下驶去。刚开始的时候我下山都是靠走路，一走就是半天时间，往回赶的时候还得走夜路。据说在山上走夜路的时候，会碰到有人在背后拍肩膀，这时候千万不要回头，因为那多半是狼在用它的爪子拍你的肩膀。狼在当地被叫作麻虎。我倒不怕遇到狼，因为我知道所有的动物其实都是怕人的，它们不会主动攻击人。而且动物能看出人身上的火焰，遇到火焰高的人，它们就会远远避开。所以我走夜路的时候从没碰到过任何野兽。

走完那段崎岖的山路就上公路了，在这山路与公路连接的地方，常年有一处浅浅的水洼，水洼附近是蝴蝶的家园。夏天每次走到这里都有成千上万只蝴蝶在我身边飞来飞去，有的还会落在我头上、身上。回来的时候又是一身蝴蝶。

这次下山我要去的村庄离铅矿有三十多里路。这个村庄有一个雅致到奇怪的名字，落雪堂，不知道是不是和村口的那棵大杏树有关。这村口有一棵巨大的千年杏树，因为年老，树根盘结突出，竟可以供十几个人同时坐在树根上乘凉。树冠则庞大得有些遮天蔽日，好像整个村庄都不过是这老树孕育出来的子嗣。每年到了清明前后，一树杏花如雪，有风吹过的时候，落花几乎要把整个村庄都埋起来了，一直要到五月，这个村庄才能渐渐从花醉中苏醒过来。

我先是骑着摩托车去了一趟村里的小卖部，买了一支牙膏一块肥皂两包蜡烛，然后再骑到村西的范听寒家门口。

2

村西有处十间瓦房的大院子就是范听寒家。这座院子在整个村子里都显得鹤立鸡群。范听寒在院子的周围种了很多垂柳。

正是四月，门口的一排垂柳绿得如烟似雾，在层层鹅黄烟障的最后面，是一扇带着小飞檐的街门，门口左右各一个鼓形石礅，门的后面是一个几米深的狭长门洞，一个瘦小的老人正独自坐在门洞里饮酒。这个老人就是范听寒。我停好摩托车，站在门口恭敬地打了个招呼，范老师，这是在吃午饭呢？

范听寒闻声连忙站了起来，走到门口迎接我。他大概有七十五六岁，但看起来比实际年龄更老些，奇瘦，而且在我看来他似乎一年比一年瘦，好像正试图慢慢地从这个世界上隐遁而去。驼背，背上扣着一只巨大的驼峰，走路的时候整个人简直就是一把折尺，从腰那里向前弯成了九十度，所以总是身体还没走过来的时候，头已经先到了。

又因为驼背，他走路的时候总是把两只手高高搭在背后，不然一垂下来，两只手都快碰到地面了，估计他是怕给人一种在用四肢走路的感觉。他背着双手，驮着一座大驼峰，像只年迈的骆驼一般慢慢踱到我跟前，努力朝上翻起两只眼睛看着我，用大同口音说，你过来啦？来，进来喝两杯吧。

我也不推辞，跟着他走进门洞，在小木桌旁的竹椅上坐下。木桌上有一碗手擀面，有半玻璃杯白酒。认识也有四年了，我大概知道他的一些生活习惯。他一日三餐只吃手擀面，绝不吃一口稀的，一大把年纪了还是顿顿自己擀面。

他每天早晨天不亮就早早起来，光是穿衣服对他来说就是一项难度不小的工程，得穿很久。因为驼背，他穿上衣的时候必须拼命把衣服向空中甩起来，就像中世纪的骑士甩斗篷一样，甩得越高越好，这样衣服才能比较准确地降落在驼背上。他穿好衣服后背着手出门散步，趁着天还没亮，在田间地头溜达一圈，采两把野菜或几朵蘑菇。走出汗了就回家开始洗漱，他很爱干净，每日洗漱的程序非常隆重，要把好不容易才穿上的衣服全部都脱掉，脱光之后把自己浑身上下擦洗一遍，然后再把衣服甩一次，披挂上去。每天如此。

洗漱完之后他开始动手给自己做早饭。他孙女范云冈在镇上的小学教书，周末才回来一次。五年前他的老伴去世了，据他说，他老伴活着的时候，两个人经常吵架，但从不会因为吃饭吵架，因为他们吃饭的口味出奇地一致，那就是手擀面。他说他儿子和孙女也是只认手擀面，好像在他们一家人眼里，世上只有手擀面才能算得上是饭，别的都是假的，都是骗人的。

早饭就是一碗手擀面，一定要和那种硬得像铁一样的面团，然后用九牛二虎之力把面团擀开。因为面团实在太硬了，擀的时候一定要整个人不时跳起来，把全身的重量都压到擀面杖上才能擀得动。擀好后再切成钢丝一样硬的面条，下锅煮熟，拌点茄子白菜豆腐之类。然后就着一二两酒把面条吃下去。他是一日三顿都要喝点酒的，顿顿不落。且每天都要准时到村里的豆腐摊上割一块豆腐吃，风雨无阻。每天上午割了豆腐往回走的时候，村里人照例要问一句，范老师又出来割豆腐？他一边点头一边微笑，豆腐好，既能当粮也能当菜。

他和我说过，他老伴过世前终日病病歪歪却酒瘾极大，烟瘾也不小。她每天早晨起来的第一件事，就是二话不说先抱住酒瓶灌自己两大口，再歪到炕上抽根烟，一根烟抽完才算正式起床了。一天当中只要趁老头不注意就抱起酒瓶子咕咚咕咚偷喝两口，而且不管把酒瓶藏到哪里，她都能闻着酒味找出来。吃饭的时候还要和老头对饮几杯，两个人有时候就着面条下酒，有时候就着一根黄瓜、一根葱、一个梨、一把花生，统统可以下酒。

有时候她呻吟自己腰疼、腿疼、肚子疼，老头把酒瓶递过去，她只要喝上两口就停止呻吟了，老头得到了暂时的安宁，却又得防备她一会儿之后重新开始呻吟，哎哟，哎哟，就不如早点死了好。

有时候喝多了，她会哭着上街，见个人就拽住问，你看见我家范柳亭去哪里了？他怎么走了就不回来了？有时候喝得更多，她干脆就歪在自家门口的石碾上睡着了，夕阳打在她脸上，透亮的涎水从嘴角流下去，一直挂到胸脯上，蛛丝一般。

后来她重病，临死之前已经昏迷了好几天，昏迷中她一直在说胡话，一会儿说，我在几千人的大会上都讲过话，我不怕你们斗我；一会儿又说，同学们，马上就是期末考试了，要抓紧时间学习，把时间都用在刀刃上；一会儿又说，范秋纹，范柳亭，站住，你们要往哪里去。

昏迷了几天，她忽然醒过来了，眼睛一睁开倒像是开过刃的钢刀，亮得吓人。她向唯一守在她身边的老头招招手，老头子你过来。范听寒便驼着背，两只手背在身后，赶紧走到床前。老伴说，给我口酒喝。老头犹豫了一下，把酒瓶子抱过来递给她，她两只手抓过酒瓶子咕咚一声就咽下去两大口，这才说，老头子，我要先走了，以后就不能陪你喝酒了，你自己喝吧。老头子，我年轻的时候能和父母绝交都要嫁给你，又跟着你发配到这穷乡僻壤，多少年里连碗小米稀饭都喝不上，儿女都没了，你说我恨不恨你……我又丢东西了，肯定是来串门的老太太们偷走的，农村老太太都不识字，人没文化就是不行哪……你这么多年都哪儿去了？你怎么瘦成这样？快坐下，我给你擀面去。擀完面我还要去开会，又快期末考试了……要恢复高考了。说完抱着酒瓶子又闭上眼睛睡了过去，此后再没有醒来。

范听寒不是本地人，是大同人，那是晋蒙交界之处，北魏遗留下来的痕迹浓重，他孙女的名字大约就是出自大同的云冈石窟。

大约是第三次来他家借书的时候，我就问过他，范老师你是怎么来的这落雪堂？他说，他祖上世代都是读书人，他原来是大同师专中文系的老师。一九五八年的时候学校也在轰轰烈烈地打"右派"抓典型，有一个做临时工的老师向教育局检举揭发范听寒用的是一支进口的派克水笔，还成天向别人夸赞外国造的水笔就是好用。那临时工看来也不是观察他一天两天了，"筹备"已久的样子，把他说过的话都记在笔记本上，还注明年月日，大约是想顶替他的工作岗位。教育局很重视，专门成立了调查小组去学校查这件事情，结果很快就证实了。

他的"右派"身份立刻就被确定了，站在全校师生面前被批斗了几次，之后又被发配到这里进行改造。他老伴当时是个中学的校长，辞职跟着他一起流落到落雪堂。后来虽然平反了，但年龄已经大了，城里的房子早被没收充公了，除了落雪堂竟也没有别的地方可去，便留下来在此终老。

我又问他，范老师，你这么大年龄了，怎么顿顿都吃手擀面，还擀这么硬，不怕消化不了？他不好意思地说，早些年饿着了，几年吃不上一口干的，顿顿喝汤。后来我们全家都是一看见稀饭就害怕，每顿饭都要看见面心里才觉得这是吃过饭了。如果是吃了菜啊、粥啊之类的，总疑心自己刚才其实并没有吃过饭。末了他又补充道，我儿子范柳亭小时候老是吃不饱，只能喝米汤，所以个头才长了这么点。

他用手比画到我胸前，范柳亭才长这么高。手比画完放下去了，脸上还抱歉地笑着。

这是第一次听他说起他的儿子，我脑子里轰隆一声巨响，久久没有说出话来。呆了片刻，我又有些疑心自己是不是听错了，便用一种惊讶得有些过头的语气说，你还有个儿子？怎么从来没有见过他？他叫范什么？

他又说了一遍，范柳亭。

我的心脏几乎要蹦出胸腔了，我怀疑我此刻看起来是不是脸色煞白，因为他忽然就问了一句，你怎么了？

我勉强按捺住自己擂鼓般的心跳，想抽支烟，摸了半天却连烟盒都没有摸到。我一只手揣在口袋里，虚弱地笑着说，哪两个字？是柳树的柳，亭子的亭？

是的。

哦，柳树的柳，亭子的亭，范柳亭，好听，读书人家起的名字就是好听。

也是因为我一向喜欢柳树。

好听，这名字真是好听。范老师，你儿子他……是做什么的？能盖起这么大的院子。

他呀，成天就折腾着办厂子了，什么铁厂、油厂、铸造厂都办过，就是瞎折腾。

我终于费力地把烟盒掏出来了，准备点烟的时候看到自己的那只手正在发抖，便又把烟放下了，只是在嘴里很惊讶地反复说，是吗？你儿子原来还是企业家啊？还办过厂子哪？

我忽然发现他好像正看着我那只拿烟的手，那只手还在轻微地发抖，我一紧张就这样。我把那只手重新塞进口袋里，一边假装掏东西，一边找话说，那范老师你就这么一个儿子吗？怎么不见他在家里啊？

本来还有一个女儿的，老人说，叫范秋纹，比儿子大好几岁，当初因为要求进步，没跟着他们来落雪堂，后来才二十多岁就自杀了。范柳亭是他唯一的儿子，几年前外出做生意就再没回来。又过了几年，他母亲都去世了，他还是没有回来，至今生死不明。

我听了又做出非常惊讶和惋惜的表情，嘴里连连说，啧啧，这样啊，唉，真是的。

后来我断定范听寒顿顿都要吃手擀面的另外一个原因就是，吃得下手擀面证明他身体还硬朗，还可以坚持到他儿子范柳亭回来的那天。

那天我敬了他好几杯酒，自己也喝了一杯又一杯。他说，你这么远跑过来借书，不赖，爱看书，真不赖。我说不出别的话来，只是一遍一遍地重复道，有缘分，范老师，我和你有缘分，这就是缘分。

喝完酒之后，他背着驼峰走到院子里一辆改装过的三轮小推车旁边，推车里是一只垃圾桶。他抱歉地对我说，你先坐着，等我先把垃圾倒出去，放久了招苍蝇。说着便弓着腰低着头使劲推那辆三轮，我先是呆呆看着他，然后像忽然清醒过来一样，猛地起身，几步走到三轮前，拎起那只垃圾桶就往出走。

我把垃圾倒到垃圾池里，又在垃圾池旁边蹲下来，抖着手抽了一支烟才走回去。他弓腰站在门口，像是一直在等我，见了我却只说了一句，谢谢你了。我拎着空桶茫然地立在院子里，不知道接下来该做什么，手里明明还拎着那只空垃圾桶，却忽然扭头对他说，范老师，我这就帮你把垃圾——

他没有接话，只是驼着背站在门洞的阴影里静静地看着我。

此刻，又是在他家的院子里，我坐在小木桌的一旁，看着驼背的老人又拿出一只杯子，杯子里有半杯白酒。他把酒递给我，说，锅里还有擀面，你自己吃多少就盛多少吧。我说，我是吃过饭才来的。他说，你老是这样。

然后他坐下来继续喝酒吃面，背着大驼峰，上身折叠在膝盖上，下巴几乎就要搁在桌子上了。从某一个角度看过去，我忽然惊悚地发现，他已经老得不大像人类了。尽管没有下酒的东西，我还是默默陪着他喝完半杯酒，是当地打的五十三度的散酒，叫梨花春。这酒入口烈，但余味爽净，喉间有清香。

杯里的酒都喝完了，他才问我，书又看完了？我恭敬地说，都看完了。说完就从身上背的包里取出几本书和杂志双手还给他。他接过书，连连摇头，像你这么爱看书的人却开个小饭店也真是可惜了，你就没想过再做些别的？我忙说，人各有命，看书也不能当饭吃。他又摇头，可惜，真是可惜了。

他背着手踱回屋又取出两本书和杂志给我，他有每年订阅新杂志的习惯。两本书是《古诗十九首集释》和《雪堂集》。我每次来他家的时候都要先把上次借的书还掉，然后再借几本新的带回铅矿去看。我把新借到的书装进包里，顺便掏出一包晒干的木耳放在了桌上说，范老师，你要多吃点木耳，对身体好，吃完了我再给你带过来。

他点头，又递给我一张叠好的冷金宣纸，说，我又给你抄了首诗，读唐诗就是要多体会那种水中之月的意境。唐诗看起来写的都是些山水，其实那是自然之道，就是天地间本来的样子，所以唐诗里写的其实是一些最恒久最牢固的东西。相比之下，你看我们人的一生反而短暂多变，倒是最不牢靠的。所以读诗能让人心安。

我打开那张纸，是一首用毛笔小楷抄写的《春江花月夜》。我重新叠好，很小心地装进包里，然后开始满院子地找活干。这几年里我已经习惯了，每次来了都要帮他把院子收拾一遍，把垃圾桶倒掉，把厨房的水瓮蓄满水，把菜园子里的杂草除净，给蔬菜和花卉浇浇水。干完活我又低头巡视一遍院子，发现甬道上的一块红砖翘起来了，容易绊倒人，便把这块砖挖出来又仔细铺平了。

好像已经差不多该走了，但我还是想和他多待一会儿，见桌子有点不稳，我就地做了个楔子插进了榫卯里。有穿堂风从门洞里经过，风里带着杏花的香味。我看到他在院子里种的两棵海棠树也开花了，海棠花香很淡，不到跟前是闻不到的，走近了却能感觉到一缕阴柔的冷香。

树下有一口大水缸，缸里养着两条鲤鱼。我朝那水缸里微微瞟了一眼，两条鲤鱼正在缸里游来游去。我只看了一眼便像是感到很嫌恶一样，目光飞快地移向别处。窗台上卧着几只去年收的大南瓜，还有一只洁白如玉的西葫芦。估计都是村民们送给他的，村民们都恭敬地叫他范老师。

这时候我像想起了什么，猛一回头，发现他还坐在门洞里，似在静静地观察我。他脸上半明半暗，看不出是什么表情。我不由得愣了一下，暗暗悔恨自己在这里又待久了。

每次都这样，总是怕自己在这里待得太久却又总是待得太久。

3

记得四年前我第一次出现在他的院门口也是在这样一个春天的午后。

柳枝新染，杏花满天，我也是穿着这身西装，打着领带，他当时也是这样坐在门洞里驼着背正喝着小酒。

当时我站在门口，有些紧张。为了能在与世隔绝的铅矿里待下去，我能想出的最好的办法就是看书。我想问他借书，又怕被拒绝。在门口蹒躇半天，终于还是主动上前跟他招呼道，你就是范老师吧？我听说你家的书特别多，就找了过来，不知道我能不能借几本看看，我保证一看完就给你还回来。

他用略有些浑浊的眼睛打量了我一会儿，慢慢说，以前从没有见过你，听你的口音不是这村里人吧？

我避开他的眼睛说，我小时候是在山东长大的，后来父母调动工作我跟着来到这里，我就是在这附近长大的，也算当地人，只不过不会说当地话。

我说的是实话，这些经历没必要说假话，况且，我确实是异乡口音。

他一直没有放下手里的空酒杯，把目光从我身上移开，似在对着酒杯说话，你父母是从外地调过来的？那是不是县里的晋华纺织厂？那里的外地人多。

我第一次听说县城里还有个晋华纺织厂，我甚至不知道这个厂是不是真实存在的，但我还是回答了一句，是。我不想让人打听关于我太多的事情。

这时又听他说，你是山东长大的，山东什么地方？

我稍微犹豫了一下，说，日照。

他说，哦，海边长大的。

我心里乱跳，不知道他为什么要强调海边。我只好不语，表示默认。

他又问，那你现在做什么工作？我记得晋华厂在九八年就倒闭了。

我说，没工作了，我就自己开了个小饭店。

他问，在哪？

我又犹豫了一下，说，在凤城镇。

他说，镇上啊，我孙女就在镇上的小学教书。那学校你知道吧？离你的饭店远吗？

我有些口干舌燥，但还是听见自己尽量平静地说，不算远，不过我没进去过那学校。

他又说，在镇上开饭店，那你也住在镇上吧，十几里地，你怎么会找到我这里？

我说，听一个去我饭店里吃饭的人说起过，说你书特别多，大概是你们村的人去镇上赶集吧。

我确实是在镇上听别人说起范听寒家里有很多书的，但不是在我的饭店里，是在我卖木耳的摊子边。

他还是没有放下那只杯子，哦，这么说，你喜欢看书？

我忙说，从小就喜欢，我十几岁的时候只要能逮住一本书连夜就看完了。

他说，你上过几年级？

我说，我上过高中，没考上大学。

他说，你来我这里专门就是为了借书？

我说，是的。

他翻起眼睛看了我一眼，我忍不住又一阵紧张，只听他说，你今天是为了借书专门打的领带吗？

我忙说，不是，我平时就这样，习惯了。

他说，讲究点是好习惯。你想看什么书？

我说，什么书都可以。

他说，什么书都可以？喜欢看书的人可不是这样的。

我说，我是来借书的，哪还能挑三拣四。

他说，诗词能看懂吗？

我说，懂得不多，但心里喜欢。

他说，那你等一下，我进屋给你找几本。

他终于放下那只杯子，起身回屋。我坐在那里悄悄看着他那只杯子，却仍然发现它真的只是一只再普通不过的杯子。他拿着几本书出来，驼着背慢慢走到我面前，又把我上下打量一番这才把书递给我，说，你看看能不能看进去。我连忙把书接住，有些惶恐地说，范老师，我保证一看完就还回来。他缓缓掉转了伸在最前面的脑袋，跟在后面的是大驼背，只给我留下了半截背影。他边往里走边说，你这么喜欢看书，要是不想还回来就当送给你了。

我出了门，走过那排柳树，向自己的摩托车走去。他的最后一句话让我眼睛一阵湿润。

4

这时候又是一阵微风吹过，海棠花如胭脂粉团一般簌簌落了一地，有几片花瓣飘进水缸里，那两尾鲤鱼便游上来争相啜食花瓣。

我曾在他借给我的一本书的扉页上看到他用钢笔写下的几行字，"遵四时以叹逝，瞻万物而思纷，悲落叶于劲秋，喜柔条于芳春。心懔懔以怀霜，志眇眇而临云"。

那一刻我忽然有些明白我为什么在后来还要一次次地去找范听寒了。这几年里，其实我已经不止一次地下过决心不再去那院子里了，可事实上，只要过一段时间，我还是会再一次出现在他家门口。

告别范听寒之后，我骑着摩托车出了村，一直向西一路爬山路来到那个三条路的岔口。

停好摩托车开饭店门锁的时候，我一低头忽然发现一只西服袖口已经磨破了。这才想起这件西服已经穿了好多年了，我已经有多年没有为自己添置过一件新衣了，这让我有一种突如其来的悲凉和恐慌，但我还是脱下西服小心翼翼地挂在门后，正了正领带，挽起袖子开始准备做晚饭的用料。

两天前，我在饭店的门缝里收到杨晓武塞进来的一封短信，说他来过一次我不在，两天后的晚上他还会来。我一边做饭一边等着他来。

我把昨天捉到的一只野鸡砍掉头，无头鸡又蹒跚着走了几步才倒下，没有了头的脖子像龙头一样喷着血。我等到它彻底不动了才开始拔毛，收拾干净，剁成块，和发好的山蘑一起炖在锅里。放的野茴香和月桂叶都是我在山里采的，快熟的时候再撒上一种叫栀莫花的香草，香味奇异，虽然它容易招徕回头客，但我又暗自担心这奇异的香味会吸引来更多人。炖上鸡肉之后我在灶洞的炉灰里埋了几个土豆。土豆是去年秋天的收成，我专门挖了个土豆窖存放，这样就可以一直吃到来年秋收。

暮色在一层层加重，渐渐地，外面的山林又一次堕入了巨大的黑暗之中，从这小屋的窗户望出去，幽暗的山林正张着血盆大口欲吞噬一切。远处的山路上亮起两束灯光，灯光蹒跚着渐渐逼近，是进山拉木料的大卡车。大卡车没停，从饭店门口呼啸着过去了，刚才从窗户里打进来的灯光支离破碎地涂在墙上，飞快地繁殖出各种形状，在一个瞬间里长满了这间小屋，又转瞬之间凋落下去。

野鸡的香味近于蛮横，溢满整个房间，我没有点蜡烛，只身坐在黑暗中抽烟。

杨晓武是我当年在监狱里认识的。那是一九八三年，我十九岁。前一年刚刚高考落榜，又没有合适的单位可去，便整天窝在家里写小说，为了熬夜写小说还学会了抽烟，烟瘾竟越来越大。写好的小说再工整地抄一遍，然后去邮局投给杂志社，那时候我成天梦想着能成为一个作家。

我记得是一个黄昏，矿上已经下班了，人声寂静，我写了一天小说也累了，便走到矿区的院子里散步。这时候迎面走来一个姑娘，我不认识，估计是矿上的新职工。那姑娘可能刚去澡堂洗完澡，头发湿漉漉的，穿着一条碎花长裙，抱着脸盆正走过来。平时在矿上看到的基本都是清一色的工作服，在那个黄昏忽然看到一条这样的碎花裙，我忍不住盯着那裙子多看了几眼，等姑娘走过去了，我又回过头看着她穿长裙的背影。第二天我正趴在窗前写小说的时候，矿上保卫科的人突然来我家找我。原来是昨天穿碎花裙子的姑娘告到保卫科了，说我要流氓。

我并不知道当时正在"严打"，矿上的保卫科正愁名额不满的问题，就这样我被关进了监狱。鉴于我确实没有具体的肢体触摸，但毕竟用目光对女性进行了一番猥亵，流氓罪已经坐实，只是刑期不算太长，判了我三年。能和杨晓武在狱中成为朋友，是因为他和我一样，也是高考落榜生，比我还早了一年。一九八三年那年他正在复读，准备再考。那天他正在家里复习功课，他表哥忽然在窗外大声喊他出来帮忙，表哥在和人打架，打不过。他拎着擀面杖出来打算帮表哥，结果只是站在边上观望了一会儿，还没来得及上手就被赶来的公安人员逮捕了。

我坐在黑暗中又点上一支烟，炉灰里的土豆已经烤熟了，散发出一种暖暖的香气。我想起那几年狱中的生活，干活、打架、刷尿桶都不算什么，我最怕的就是看不到字。监狱里只允许看《人民日报》和《山西日报》，就这两份报纸，被我反反复复看了一遍又一遍。我看的时候不是一句一句地看，是一个字一个字地看，很小心地把每一个字含在嘴里，不舍得咽下去，生怕看完就没有了，像在冰天雪地里赶路，必须储备好足够的粮食。

几支烟抽完，估计时间差不多了，我点上一支蜡烛，把炖好的野鸡扣在一只粗瓷大碗里，把烤熟的土豆从灶洞里掏出来，拍了拍上面的灰，堆在盘子里。它们看上去像一堆丑陋的卵石，但是恬静简朴，让人觉得心安。这种心安我在向范听寒借的一本书中也曾读到过："村舍外，古城旁，杖藜徐步转斜阳。殷勤昨夜三更雨，又得浮生一日凉。"

我拿出一壶散装高粱白倒进一把白瓷酒壶里，摆在桌上，又洗了两只酒盅。这套酒具是我父亲当年在矿上评上先进工作者时得的奖品，他到死都没舍得用过一次。多年以后被我从床底下翻了出来，居然还完好无损。

就在这时，门外传来了一阵很轻的敲门声，敲得小心翼翼的，不仔细听还以为是风声吹过。我问，谁？门外的声音说，海涛，是我。他不知道我现在的名字已经改成了郭世杰。

我拉开门，裹着一团黑暗钻进来的果然是杨晓武。他来回搓着手，埋怨自己道，都怪我，其实我已经到了好一会儿了，远远看着你这饭店里一直黑着灯，以为你不在，就在附近的林子里等着你来。这林子在晚上还真是瘆人，看到屋里忽然有亮光了这才敢过来敲门。我有些不客气地说，你一个大活人长着两只囫囵手就不知道先过来敲敲门？你说好要来我能不等你吗？

我们在桌子两边坐下，我给他倒了一盅酒，又扔给他一个烤土豆，说，饿了吧，先垫垫。他把土豆掰成两半，轻轻吹着热气，也不蘸盐，很小心很斯文地咬了一小口，慢慢咽了，然后才说，还行。我不想再多看他，我看着他他就不敢放开吃。我说，来，先喝上一盅，又有一年没见了吧？他连忙举起酒盅，我们连着干了三盅酒，他还是不敢放开吃，一个土豆吃了有一个世纪那么长。他开始是慢慢把土豆瓢掏出来吃，吃到最后就剩下了两只薄薄的土豆壳，贝壳似的。他犹豫了一下，把土豆壳也撕开放进了嘴里。大碗里的菜他只敢挑着吃蘑菇，鸡肉却半天没动一筷子。我说，吃肉啊，别光吃蘑菇。他嘴里嗯嗯着，筷子还是绕过鸡肉挑着蘑菇。

一支蜡烛快要燃尽的时候，他才勉强说了一句，海涛，你这饭店现在生意怎么样？我使劲抽了一口烟，就着猛然跳动起来的烛光打量着他。他穿着一件灰扑扑的旧夹克，里面是一件看不出颜色的圆领秋衣，眼睛下面挂着两个大黑眼圈，嘴角还粘着些土豆泥。

在跳动的烛光里，他看上去浑身好像只剩下这一张脸，这张巨大的脸发着光，而其他的部位都已经被黑暗消化掉了。我不忍心告诉他去擦一下嘴角，只说，吃饱了吗？土豆还有。他低着声音，不太确定地说，饱了。我说，再吃一个。他犹豫了一下才说，算了，饱了。我又抽了口烟，说，这么小的饭店你说能怎么样？有口饭吃就算不错了，我们这样的人还想怎么样？

他坐在那里半天没言语，我也不说话，等着他开口。其实我知道他此行来的目的，无非就是借钱。他比我在监狱里多待了一年，自打出来之后，每次找我基本上就一件事，借钱。说是借钱，其实根本也不会有还的那天，所以和乞讨也没多少区别。正是因为和乞讨差不多，我才没法拒绝他。出狱之后不知道他靠什么为生，他也不说，大约多半是些非法的事情，却又常常连饭都吃不起，四处借钱，然后被要债的人追得东躲西藏。但我知道，他变成如今这个样子并不是什么奇怪的事情，因为，从监狱里出来的人绝大部分都会变坏而不是变好，或者只会变得比从前更坏。我当年在监狱里的时候，正是已经嗅到了这样的危险，才拼命想找到一切有文字的东西来保护自己，拼命写稿子给狱里办的报纸投稿。

猛烈的跳动之后蜡烛彻底燃尽了，蜡尸里冒出的呛人青烟弥漫在重新黑下来的屋子里。我没有再起身点蜡，坐在原处不动，桌子另一边的人也坐着没动。突然而至的黑暗紧紧包裹着我们，让我们都感到了某种奇妙的轻松和熟悉，好像我们昨天还一起在狱中的大通铺上挨着睡过。

那时他一次次对着我的耳朵讲，他第一次高考就差了一点五分，后来又变成了只差了一分，就一分啊，他反复说，就一分啊。似乎只要说得足够多，那一分就会像壁虎的断尾一样自行再长出来。现在，他和我之间就隔着一张木桌，隔着这木桌，我都能感觉到他紧张的心跳声，好像他的神经已经像榕树的气根一样长满了这张桌子。

外面又过去一辆大卡车，车灯的余光扫进屋子里，飞快地掠过他的脸，他的那张脸便在黑暗中短暂地浮现了一下，很快又沉下去了。紧接着照到了我的脸上，我被晃得闭上了眼睛。就在这时候他忽然开口了，他语速很快地说，海涛，有点急用，能不能再借给我一千块钱。

我终于还是等到了他这句话，果然没有任何意外。我反倒放心了些，明明已经放心了却扭过脸，对着他那团黑乎乎的影子说，你不能一直就靠着借钱活吧，你也得自个儿想办法挣钱啊。

他坐在黑暗中忽然低低地笑了一声，这笑声让我打了个寒颤。只听见他说，说是容易说，你说像我这样的人去哪里挣钱呢？

我的声音忽然高了几度，那你也得自己想办法啊。

说完这句话之后，两个人都咔嚓静了下去，半天没一点声音。我有些后悔自己刚才虚张声势的高嗓门。其实，在他来之前我已经把要借给他的钱准备好了。我曾听说当年我们的另一个狱友在出狱后四处流浪，不知怎么跟着人吸上了毒，后来为了向人讨要五十块钱，便随时可以跪下来喊人家一声爸爸。

杨晓武坐在桌子那头像块生铁似的，冰凉，一动不动。我忽然很害怕他会跪在我面前，连忙从口袋里取出准备好的一千块钱递给他。我说，这是一千块，拿去用吧。他不作声，默默地把钱接住，装进了自己口袋里。然后我又说，你赶紧下山吧，你看我这里根本住不下两个人，我就不留你住了。哪天再来提前告诉我。

我不想让任何人知道我住在哪里。

他仍是沉默着，站了起来。我不打算再点蜡，免得看到彼此的表情。他在黑暗中朝我坐着的方向看了几秒钟，又对着窗外黢黑的山林愣怔了几秒钟，却没有再说话。然后嘎吱一声打开屋门，很快便消失在了阴森森的山路上。

我独自骑着摩托车回到深山里的铅矿，整个铅矿没有一点亮光，万顷碧空中斜挂着半轮焦黄的月亮。我回到宿舍点起一截蜡烛，倒了一碗酒喝了两口，身上有了暖意，才慢慢在桌子前坐下，抖着手打开今天白天范听寒送我的那首诗："春江潮水连海平，海上明月共潮生。滟滟随波千万里，何处春江无月明。"

那一晚，我一直不敢脱掉身上的西服和领带，就这身衣服似乎还能给我一点点做人的体面。我就那么穿得端端正正地坐在烛光里，高声把这首诗读了一遍又一遍。"不知江月待何人，但见长江送流水。白云一片去悠悠，青枫浦上不胜愁。"我不敢停下，似乎只要一停下，就会发生化学变化，我就会在瞬间变成杨晓武，或者变成那个给人跪下四处讨钱的狱友。一直读到半夜，终是累了，夜空澄澈，烛光阑珊，最后竟趴在桌子上睡着了。

5

几年前，那是我第四次出现在范听寒家门口。

我停好摩托车，从那排柳树下走过。微风过处，无骨的柳梢从我脸上拂过，柔软得不像是这人世间的东西。我闭上眼睛仰着脸任由它抚摸。从我上次知道他是范柳亭的父亲之后，我就知道我不该再来这里了。可是，一个月后，我还是又一次来到了他的家门口。

他正戴着一副老花镜坐在门洞里看书，看书的时候，他的上半身往前趴着，整张脸几乎都要埋进书里去了。我站在门口无声地看着他，我想，就这么站一会儿也是好的。可他像是已经嗅到了我的到来，把脸抬起来向门口看过来。

我走进来把上次借的书还给他，又给他带了一包干木耳和一包羊肚菌。我说，范老师，看书呢？我还书来了。

他摘下老花镜，说，是你啊，可有段时间没来了。

我忙说，最近事情多，老抽不开身，这是上次向你借的书，都看完了，还想向你再借几本，不知道行不行？

他说，你都什么时间看书呢？

我说，晚上。

他说，晚上就不看电视？

我说，我不爱看电视。

他说，也不用给孩子做饭什么的？

我略略迟疑了一下，说，有我父母和老婆给孩子做，用不上我。

他说，怪不得有时间看书，家里都不用你管。这些天你也读了一些诗了，和我说说有什么感受。

我听到自己的声音里忽然跳动着一种喜悦，我知道这样也许并不好，却也不想太掩饰。我说，在晚上读诗，读完后心里觉得既安静又亮堂，连心里的害怕都少了。

对面的老人手里拿着花镜，忽然抬起头盯着我又仔细端详了几分钟。我背上一下绷了起来，意识到刚才还是有些忘形了，一阵后悔，不知道该坐该站。只听他慢慢说，也不知怎么，我总觉得你不大像是开饭店的，但我也说不好你到底像干什么的。

我好像被什么笨重而巨大的东西狠狠地往前推了一把，猛地站了起来，像是急于要离开，却终究没有迈出步子。只是口干舌燥地辩解道，我真是开饭店的，别的我都干不了，又没文凭，正经单位进不去，我也想去坐办公室，人家哪会要我。我就做饭还可以，所以只能干这个。我看书真的是为了打发时间，真的，没事干的时候看看书就是个消遣，和别人打牌看电视是一样的，就是个消遣。

他盯着我看了半天，忽然就笑了那么一下，极短促，他说，看来你那饭店也忙不到哪里去啊。

我有些疲惫地坐下说，小饭店。

他驮着自己的大驼背慢慢站起来，顺势把两只手背在身后，说，你倒真是个喜欢看书的人，不少喜欢看书的人都想自己也写一本书出来，你想过没？

我飞快地摇摇头，没，我不是那块料。

我感觉他的眼睛还一直盯在我身上，只听他说，确实，大部分人都写不好的，我那儿子年轻时候也想过写书当作家呢，后来也发现自己不是那块料。其实看书不光是为打发时间，养心最重要。你等一下，我进屋给你找书去。

听到他再次提起儿子，我打了个激灵，像是忽然感到了一股寒意，整个人却又变得异常兴奋，没话找话道，那他后来怎么就不写了呢？要是一直写着说不定也成作家了。

他没搭话，慢慢走过去掀开竹帘进了屋。我独自站在阳光里，阳光煦暖，我却感觉自己仿佛又沉入一片湖水中，而范柳亭坐在一只小船上正漂过湖面，他恰好就位于我的头顶，我能窥视到他的身影，他却看不到湖中的我。我没想到，他年轻时居然也想过写书当作家。我独自冷笑了一声，抬起脸来看太阳，阳光蠕动在我脸上，我忽然就感到一阵难以抑制的心酸，不知究竟是为他还是为我，差点掉下泪来。

这时范听寒抱着两本书出来了，把书递给我，书里夹了一张冷金宣纸，他说，看你还挺喜欢诗词，读多了你就知道了，好诗都是有蕴光的，有一种山水之外的东西，读完以后会觉得心性宁静疏朗。

两本书是《纳兰全词》和《二十四诗品》。我放好，道谢。他忽然指着放在桌上的木耳和蘑菇说，每次都带木耳来，你都哪里来的？

我镇静地说，山上采的。

他费力地抬起头看了我一眼，说，这么说你经常上西山？

我没有看他，其实我很讨厌自己不看着对方的眼睛说话，但我更讨厌自己盯着对方。我听见自己说，只是偶尔去一趟，采点木耳蘑菇什么的回来，我饭店里做菜也要用嘛。

他的声音忽然之间有些异样，或者我怀疑只是我听错了，他说，那山上都有什么？

我感觉自己插在口袋里的手又在发抖，我悄悄吞吐了一口气才故作轻松地说，山上嘛都一样，到处都是树，有的树下有蘑菇有的树上长着木耳，对了，山上还有野鸡。

他说，到处是树，那你进山里采木耳不会迷路吗？

我说，我会看树叶，树叶长得稠的是东面，稀的是西面。这也是我听别人说的。

他说，听人说那山上还有狼？你也不怕？

他说的是狼，不是麻虎，这让我再次感觉到我们两个其实都不过是异乡人，是某种同类，这让我感到一种虚弱的安全。我攥紧的拳头在口袋里略略放松了些，说，好像确实有吧，不过我没见到过，狼也得晚上才出来吧？

我没有说野兽其实都是怕人的。在他面前，我生怕哪一句话就忽然说错了。

他说，唉，这么多年里我一直想着要上那山上看看究竟有什么，因为腰不好，一直没去成，现在老了，就更去不了了。

我从自己的声音里听出一种虚假的客套，我说，不怕，哪天你想上去了我带你去。

他笑笑，只说，这两本书你先拿去看吧，看完再来。

我装好书并不急着走，先帮他把垃圾桶倒掉，又在院子里转了一圈。我发现菜园子里的两架豆角已经枯死了，便和他商量，拔掉豆角种些别的菜吧。他拿出一把芹菜籽，是去年留的。我拔掉豆角，简单翻了一下地，种了两排芹菜，又进厨房把水瓮接满水。这时看见他驼着背要往出走，说要出去打点散酒回来。我忙说我帮你去买。我去小卖部买了一桶五斤装的梨花春，买了一斤五香豆腐皮和一包卤花生米拎了回来。我说，范老师，你晚上自己慢慢喝点，这是些下酒的，今晚就不要擀面了，省点事。要不要我留下来陪你喝点？

嘴里这么说着我却不肯再坐下。他转身去看海棠树，驼背上落了两片叶子，因为驼背几乎是水平的，如果不帮他摘掉，估计这叶子他会这么驮一整天。再加上他走路的姿势，倒像是刚刚加入人类的一只天真的老龟。

他没有回头看我，只说，天黑了路上就不好走了，你先回吧。

我对着他的背影说，范老师，那我走了。

他像是没有听见，还是不回头，只是翘首默默看着海棠树。

他的背影看起来分外瘦小，驼峰却奇大。

我注意到他坐的那把椅子已经很老了，一坐上去就嘎吱作响。

6

晚上我给自己倒了碗酒，先喝了一口，然后在烛光里展开范听寒夹在书里的那首词，"十年生死两茫茫，不思量，自难忘。"一句读罢，脑子里轰的一声，他难道是故意让我读这首词？难道他已经觉察到了什么？我没有心思再读下去了，披上衣服，走到外面去抽烟。

山里的温度要比山下低出好几度，入夜之后凉意更重。我一边抽烟一边在草丛里徘徊，荒草上的露珠打湿了我的鞋袜也不觉得。大约已到半夜，山中虫鸣越发幽咽，风入废墟，草木萧瑟，我甚至能在夜风中闻到藏在深山里的无名湖上传来的潮湿气息，这缕潮湿的气息像只从黑暗中伸出来的柔软的手，只把细细的指尖从我脸上轻轻划过。我出了一身冷汗。抬头一看，一轮金色的大月亮正压在头顶，月光澄净，好像要逼着这山间所有的鬼魅都现出原形。

我回到宿舍，又喝了两大口酒，然后就着烛光，壮着胆子把那首《江城子》读了一遍，"十年生死两茫茫，不思量，自难忘。千里孤坟，无处话凄凉。纵使相逢应不识，尘满面，鬓如霜。夜来幽梦忽还乡，小轩窗，正梳妆。相顾无言，惟有泪千行。料得年年肠断处，明月夜，短松冈"。

一遍读罢，算是读懂了，我的眼泪忽地就下来了。少年时代母亲总对我说，一个男孩子家不能老是爱哭，没出息。没想到二十多年过去了依旧秉性难改。我披衣出门，在青铜器一般古老的月光下又高声吟诵了一遍，这次仿佛是专门为了那早已葬身湖底的人读的。如果可能，我倒真的希望他能听到这首词。

在这个深夜里我觉得自己像个神秘的信使，正往返于阴阳两界传递着什么。

7

又到了凤城镇赶集的日子，我一大早起来把兔子喂了，把鸽子也喂了，自己吃了一口昨晚的剩饭，然后把这几个月攒下的干山蘑干木耳装了半口袋，准备拿到集上去卖。

临出门的时候我站在半面镜子前照例犹豫了一下，我知道这样穿着西装打着领带蹲在集市上卖木耳会让我显得过于扎眼，而且看起来多少会有些怪异。但也就犹豫了那么一下，我终究还是不能允许自己脱下这身西服。我打了那条暗红碎格的领带，头发上喷了摩丝，梳成一丝不乱的三七分，戴上眼镜。这样的装束虽散发着危险的气息，却也给了我某种与世绝缘的安全感，好像在这样的外表下我就可以自行繁殖，在最内里处生生不息下去。穿戴好之后我把蘑菇木耳和折叠马扎绑在摩托车上便出发了。

凤城镇离铅矿大概要四十里路，逢每月的农历十五都是赶集日。我赶到集市上的时候，大大小小的摊位都已经摆出来了，把街道的两边塞得密不透风。摊主大多是附近的村民，也有远道而来的游贩，他们以赶场子为生，像猎狗一样只要嗅到哪个村子里有集市就会赶过来。他们开着改装过的三轮车或四不像（一种又像摩托又像拖拉机又像汽车的乡间交通工具），晚上就猫在车厢里睡觉。

集市上有卖袜子的、卖内裤的、卖秋衣秋裤的、卖纱巾的、卖小孩衣服的，还有卖老人们死前要穿戴的装裹。这些衣物都用竹竿子高高挑起来好引人注意，因为要竞争，竟是一家挑得比一家高。一有风吹过，挂着的衣物们便你追我赶，迎风招展成一大片，有种富丽堂皇的感觉，硬是把下面赶集的人都淹没了。

也有卖蔬菜的卖水果的卖干货卖零食的，就不像卖衣服的那么招摇凶悍，很自觉地聚集在另一片，画地为牢一般在各自面前摆块小摊，人就在后面招揽生意。我放好摩托车便也向人们挤了一个小摊位。

果然，我在一群小贩中间很是扎眼，来来往往赶集的女人们都会朝我多看两眼。有的走过去了还要回头看一眼，有的边看我边窃窃私语，有的在捂嘴偷笑，还有的本来正聚精会神地挑干货，一不小心眼睛在我身上瞟了一下，就像看见空气一样，继续低头挑木耳，低下头去却像忽然感觉到了哪里不对，连忙又抬起头补看了我一眼。这一眼，才真正看到了我，对方直直地盯住我看了有一分钟，然后先感到不好意思了，又慌忙低下头去。买了木耳后匆匆离去，又忙把走在前面的一个女人叫住，回头把我指给她看。

我一点都不觉得奇怪。前些年里，我即使在公园里看湖水的时候，也会有年轻的女孩子故意把我拍进照片里做背景的。早年在广州还遇到过两个有钱的中年女人提出要包养我。因为我不仅对着装有要求，对自己的体重和身材也一直控制得比较严格。我知道这么多年里我一直保持这个样子其实对我并不利，最好的办法是我能让自己在十年八年之内变得面目全非，完全变成另外一副模样，直到没有人能认出我。可是我终究不忍心那样去放逐自己，那是一种被赶入时间黑洞的感觉，我将彻底失去最后一点尊严。

我一低头又瞥见了那已经磨破的西装袖口，它像一道盔甲上的破绽，又像一种从我身体内部蔓延出的疾病。我居然迟迟不肯再为自己添置一件新西服。这不是什么好兆头。我心里一颤。

正午时分，赶集的人们纷纷回家做饭，集市上冷清了不少。小贩们也开始吃午饭，大都是随身带的干粮，馒头、火烧之类，就着凉水吞咽下去。我也不例外，随身带了两个馒头，一瓶蘑菇酱。只是，蒸馒头的时候我在面里掺了些山上摘来的槐花，所以馒头里有一种槐花的清香。蘑菇酱也是我用山上采来的蘑菇自己做的。

在山上隐居的几年时光里，我悟到一点，人只要随四季而动，便能获得一点心安。我会在春天的时候去采摘那些山中的榆钱、槐花、野韭。夏天的时候采摘山蘑、木耳、各种野菜。秋天的时候漫山遍野的野果，我会把沙棘熬成果汁，把山桃做成罐头，把松子剥下来在炉子上炒熟了。冬天的时候我会在雪地里捉野鸡，捕獾炼油，会把藏了一年的好酒拿出来在冬夜围着炉子喝掉。

在我慢慢嚼馒头的时候，周围的几个小贩都好奇地瞅着我。可能一个穿西装打领带戴眼镜的人蹲在这里嚼着凉馒头确实滑稽了点。这时我旁边一个摆摊卖粉条的老头凑过来搭讪，伙计，你不是这里人吧？看着你是个高级人，怎么也来赶集挣这两个小钱？

我眯起眼睛看了看正午的阳光，金色的会繁衍和滋生一切的阳光，和二十二年前的阳光并没有任何不同。

一九八六年，我从狱中被无罪释放，陆陆续续还有些当初被错抓进去的人也被放了出来。出狱后的第一件事自然是找工作，没有工作就意味着没有收入，但工作还是很难找，又是从监狱里出来的，虽说是无罪释放，但各种单位还是避之唯恐不及。当时社会上正流行下海从商，很多有公职的人都辞职下海做生意。经过再三考虑，我决定也下海经商，便和一个也是刚刚放出来的狱友赵胜利结伴南下广州贩卖小商品。

第一次去广州的时候，我俩坐了三十二个小时的绿皮火车一路蜿蜒到岭南，下了火车，手脚都是肿的。广州的植物叶子阔大，藤萝交缠，看起来都杀气腾腾，到处是榕树、木棉、棕榈这些宽嘴大眼、长相奇怪的植物。我们靠路边小摊上的肠粉和鱼蛋充饥，用麻袋把当时北方还没有的那些小商品贩回去。五块钱一个的电子表，回去后卖四十块，零售则八十块。十五块钱一副的麻将回去后卖一百五，零售价三百。《金瓶梅》一套三十块，回去后卖一百五，零售价三百。一块五一身的童装，回去后卖十五。三十块钱一盘的录像带回去后可以卖到一百五。回去之后，一下火车就已经有小贩们在车站秘密等着接货。我们偷偷把带回来的货物批发给他们，他们贩到手后再到解放大楼前、五一大楼前、海子边这几个据点高价零售掉。

此后一年多的时间里，我和赵胜利就这样，坐着拥挤不堪的绿皮火车一趟一趟往返于山西和广州之间做着二道贩子，在当时也被称为倒爷。

有一次，我和赵胜利正走在广州的街头，有一个乞丐过来向我们讨钱，让我们吃惊的是，他讨钱时说的竟是山西方言。一问才知道，他也是早几年南下广州做生意，结果钱被骗光，自己身无分文，又没有亲戚朋友在广州，无处投靠，想回家连张车票都买不起，最后只好流落街头靠乞讨为生。乞丐在听到赵胜利说出乡音的那一瞬间，泪哗哗地流了一脸，把一张脏脸冲得沟壑纵横。

那次我们回山西的时候就把那乞丐也一起带了回去。后来偶尔也联系一下，前几年他告诉我他当上会里乡的乡长了，让我尽管过去玩，他包吃包住包玩，还说要让我甩开腮帮子好好吃几顿会里乡的柏籽羊肉。

这样来回跑了一年多之后，我们手里渐渐有了些钱。那次在广州过夜的时候，赵胜利说要带我去找小姐。那时正赶上岭南的回南天，广州的雨下得无日无夜，到处都是雨滴的滴答声，滴答滴答，滴答滴答，水珠像泪痕一样顺着潮湿的墙壁缓缓往下爬。

那是一栋破败的广式小楼，小姐住在楼上，斑驳的墙壁长出了滑腻的青苔，腐朽的木楼梯上生出了蕈子，阳台上养的一棵三角梅像蛇一样爬满了整个阳台，有一枝水红色的花枝还爬进了房间，像蛇信子一样。窗外是一株巨大的木瓜树，挂满了大大小小乳房一般的木瓜，熟透的木瓜在雨中跌落到红土里，发出沉闷笨拙的回响。

那个小姐是个广东土著，矮个子，高颧骨，大嘴巴，褐色皮肤，假睫毛，血红嘴唇。我不敢问她的年龄，因为她不会说自己的真实年龄。也许在半夜，我会看到她忽然现出原形，银灰的头发，嘴角的皱纹，竟然像我慈祥的母亲盘腿坐在这雨中的阁楼里。

我说，就和我聊聊天吧，这样下雨的夜晚最适合聊天。她说，大佬，倾计都要畀钱嘅。我说，我会付你钱的，你要多少？她说，二百蚊。我说，我给你，你陪我聊天就行，你要不愿说话就听我说。她说，好嘅，多谢喇。

窗外的雨一晚上都在滴答，滴答，滴在塑料棚盖上，滴在木瓜上，滴在三角梅上。榕树的气根在雨中吐出舌头，欲缠住一切。我整个晚上都坐在那阁楼的木床上不停地说话，我的声音像雨滴一样滴在腐朽的木地板上。

"我讨厌这样的雨，都快发霉了。"

"哦。"

"我喜欢小时候待过的海岛，不过后来我更喜欢大山里，你不知道，在山林里有多好，就是挣不到钱也不会饿死。我可以一个人在山林里一躺一天，什么都不想。"

"哦。"

"我讨厌广州，讨厌粤语，像到了外国。"

"哦。"

"我要说我坐过监狱，你会不会怕我？"

"系咩。"

"干这个真的不适合我。"

"哦。"

"我觉得世上最好的工作是当个图书管理员，像我妈那样，清静自在，还有书看，你觉得做什么最好？"

"哦。"

"我也讨厌我自己。"

她忽然就说了一句："边个唔憎自己？"（哪个不讨厌自己）

"……"

这是我最后一次跟着赵胜利到广州，此后就再没去过。在家赋闲半年之后，我顶替父亲成了铅矿上的一名正式工。二○○四年我独自隐居到废墟般的铅矿上时，赵胜利已经摇身变成了资产数亿的开发商。

二十二年后的阳光不多不少地落在这个小镇的这条街道上，落在我和一群小贩的身上、脸上。身边卖粉条的老头见我不想说话，便转头与别人聊去，一边聊一边喝着装在大罐头瓶里的凉开水。

我挺直腰板坐在一堆蘑菇和木耳的后面，努力遮掩着那只磨破的西装袖口，怕被人看到。

我忽然想起很久以前在哪本书上看到的一句话："一旦我想要向另一个人诉说它，它就立刻变成乌有。"

8

我再次来到范听寒家门口。那晚读完那首《江城子》的时候，我又一次以为我再不会来了。

天气已经热起来了，我还是穿着那件卡其色的衬衣，打了那条蓝底白点的领带。我把前几天刚做好的一张核桃木椅子从摩托上卸下来，走过柳树下，柳叶已经长如小鱼。我正了正领带，门大开着，门洞里没有人，我提着椅子穿过阴凉的门洞走进了院子里。

菜园子里，我上次种的芹菜已经半尺高了。他穿着一件改制过的斗篷一样的白汗衫罩住驼背，一条铁灰色大短裤，露着两条爬满青筋的秸秆腿，脚上却规规矩矩地穿着袜子和皮凉鞋，正站在院子里的水缸边低头看鱼。

我恭敬地立在那里，说，范老师，我来还书了。

他艰难地把白花花的头颅连带着整个上身都向我转了过来，像在掉转一辆重型卡车的车头。他说，过来啦？又有阵子没来啦，快坐。

我把新做的椅子摆在地上，说，我看你的椅子太老了，就抽空给你做了一把新椅子，核桃木的，能用得住。

他弯腰盯着新椅子看了好几分钟，说，原来你还会木工？手真是巧。这木料是从哪来的？

我被夸了一句，略有些忘形，张口说，木头是从山里找的。说完这句话我一阵后悔，慌忙打岔，范老师你坐下试试，本来早该过来还书了，就是最近又比较忙，老是抽不出空来。

他说，忙着打理你的饭店？说明生意还不赖。

我惶恐地连连摆手道，生意就那样，我也就是混口饭吃，现在干什么都不好干了，不比八十年代，钱越来越难挣了。

只听他坐在椅子上说，八十年代你也就二十多岁吧，那时候你在做什么呢？

我缓了口气才说，当年我不是没考上大学嘛，就在家里闲了两年，每天在家里跟着我妈学做饭，后来就顶替了我父亲的班去厂里当工人了。九八年的时候工厂不是都倒闭了嘛，我下岗之后就出来自谋职业开了个小饭店。

他点点头，那时候能顶班算是好出路了。

额头上的汗珠悄悄凉了下去，我唯恐他话里再有埋伏，便主动问道，范老师你最近身体还好吧？

他的目光不再看我，只看着院子的某个角落说，身体还行，就是怕躺着，晚上睡下之后要想翻个身，那实在太困难了。这驼背太大，像个龟壳一样都翻不过去，必须得坐起来，再换个方向躺下去。我看见你们这些能躺着翻来翻去的人就羡慕。现在年纪越来越大，腰越来越弯，连坐起来都开始费事了，得用两只手慢慢拄着自己，半天才能起来。

我说，范老师你这背怎么驼成这样？

他说，当右派被批斗的时候脊梁骨被打伤了，后来又得了骨质增生，也没治，脊柱都变形了，就彻底直不起来了。

我说，可不是，那时候还有人都被打死了的。

他说，其实我也差点要被打死了，好在我钻了个空子。我刚被下放到落雪堂的时候，村里人知道我原来是个读书人，到了晚上没事做就凑过来让我给他们讲《红楼梦》，讲《三国演义》。那时候又没电视，村里人识字的也少，晚上没什么娱乐，我就讲书给他们听，从《红楼梦》讲到《水浒传》，他们把我当成了说书人，把我家原来住的那间破房子围了一圈又一圈。后来我挨的批斗越来越厉害，晚上关在牛棚，每天挨打呀，就快要撑不住了。一天晚上，忽然有个村民进来悄悄把我带了出去，但他不让我回家，而是把我带到他家藏了起来。他家是老房子，有个以前挖的地道，他就把我藏在里面。每天白天的时候给我送两顿饭，到了晚上他就去地道里找我。你猜他要干什么？他让我讲书给他听，他不识字。我就凭着记忆，把看过的书一本一本地讲给他听。在他家地道里藏了几个月出来后才知道，当时和我一起挨批斗的那几个"右派"，已经有好几个都死了。我能活到今天，你说这不是钻了个空子是什么？

我手指间已经只剩下一个烟屁股了，就快烧到指头了，我还是就着烟屁股狠狠又抽了两口才踩灭。然后我说，真不容易啊。

他忽然紧盯着我那两根熏黄的手指说，你抽烟一直这么省？

我略微点了一下头，淡淡说，就是个习惯，要不一年下来烟钱也要花不少。

这个习惯是我在监狱里养成的，在监狱里没有烟抽，等母亲从外面送烟总迟迟等不到，烟瘾犯了就在地上捡别人扔掉的烟头抽，有的烟头已经小得可怜，可我还是有办法让自己从最小的烟屁股上再抽上一口。

他还是盯着我的指头说，我以前也抽烟，后来我老伴抽得比我还厉害，我就戒了，省下给她抽。她抽烟喝酒都比我厉害，我都由着她，人家年轻时候跟着我私奔出来，没享过什么福，还落了一身病，成天七病八痛的，要不抽点烟喝点酒，活着还有什么乐趣。

我说，你们老两口每天在一起抽烟喝酒，也挺有意思的，像哥们儿一样。

这时候毫无预兆地忽然就听见他问了我一句，你觉得我儿子还会不会回来了？

我并没有看他，只是很专心地又点上了一支烟，想了想才说出一句，这个不好说吧，主要是谁都不知道他到底去哪了。

他好像正盯着我的脸说话，有时候我觉得他肯定还会回来的，你看我不就活下来了吗？你知道为什么我能活下来？有时候，只要能找到一道缝隙，人就活下来了。

我只是专心抽烟，并不言语。

他又说，可有时候我又觉得他可能再回不来了，他再回不来也有他的道理。其实他并不是块做生意的料，却总以为自己什么都比别人强。大概是活在一个小村庄里，没见过世面却偏偏比别人多看了几本书，也是被我害的，还不如踏实地做个农民。

我抬起头眯着眼睛装作在看天上的云。我漫不经心地说，都是为挣钱养家嘛，做生意也没有错的，只要不坑蒙拐骗就好。

他一动不动地看着我，你说谁？

我从天空里收回目光，笑着说，这年头骗子还少吗？有些人为了赚钱什么事都能做出来。我看现在有些骗子还专门跑到村里来骗老人，范老师你可要当心啊。

他还是坐着一动不动，嘴里说，我都这把年纪了，没钱没家产，还怕被骗？倒是我那儿子，我就怕他是在外面被人骗了。

我忽然就无法克制地冷笑了一声，说，怎么会呢？他那么聪明的人怎么会被人骗，估计只有他骗别人的份儿。

他的头猛地从驼背上昂了起来，他急切地问了一句，怎么，你认识我儿子？

我意识到自己刚才太愚蠢了，便抽了两大口烟来平复表情。我听见自己终于平静地说，不认识。但像你读过这么多书的人，以前又是大学老师，你的儿子怎么能不聪明。

他复又叹气道，他呀，初中上完就没再上过学，成分不好，老被人欺负。闲在家里倒是看了不少的书，我平反后托关系给他安排了个中学英语老师的工作，可他根本教不了。在学校混了两年，实在混不下去了，后来就辞掉工作跟着别人下海去了。

我说，还有人离家十几年了又回来的，说不定哪天他忽然就站在家门口了。

想到范柳亭可能已经在我之前把范听寒的这些书都看过了，不禁生出了几分奇怪的恍惚和悲伤，还有一种愤怒，好像我身上的某些部分和他已经交缠到了一起，我连甩都甩不掉。正胡乱想着，忽见正屋的竹帘一挑，从里面走出一个人来。

我吓了一跳，因为每次来都是范听寒一个人守着个空荡荡的大院子，没有想到屋里竟还藏着个人。这人站在屋檐下，肩膀倚着墙，手搭凉棚朝我们坐的方向张望了一会儿才走过来。走近了才看清楚，是个二十多岁的女孩。薄嘴唇抿着，眼睛看人直愣愣的，长着和范听寒还有范柳亭如出一辙的瘦长脸，上身一件半袖T恤衫，下身一条低腰牛仔裤，中间露着一截白晃晃的腰。她光脚穿着拖鞋，露出的脚趾用指甲花染成了红色。

只见她一走过来就冲范听寒说，爷爷，我和你说过多少次了，不要见人就说我爸的事，你又不知道他到底在哪，谁也不知道他是不是还活着。我又不是没出过门，出门在外的人怎么可能几年不想和家里联系？

她讲的既不是落雪堂的方言，也不是范听寒的大同口音，她讲的居然是一口异常标准的普通话，字正腔圆，显得略有些滑稽。在这样一个小村庄里，忽然听到有人用这么字正腔圆的普通话说话，倒好像这普通话是偷来的，听的人只觉得比说的人更不好意思。

听她说完这几句话，我心里明白了，大约这就是范听寒说起过的他那个叫范云冈的孙女。她平时在镇上小学教书，只有周末才回来。原来今天是个周末，在山中待久了，早没有了周末的概念。以前虽没见过，但老听范听寒说起，我倒也大致了解一些她的情况。范云冈八九岁的时候，范柳亭做生意赔了，还欠了不少债，范云冈的母亲便和他离了婚，远嫁他乡。范柳亭又经常在外做生意，所以范云冈基本就是由爷爷奶奶带大的。1995年的时候，范云冈十六岁，因为范柳亭的生意再次亏本，家里用钱紧张，范云冈为给家里减轻负担，便考取了一所师范学校。

事实上她是这个国家的最后一批中师生中的一个。因为在她刚刚读完三年中师的时候，师范学校就或被取缔或经过合并被改成了大专。她毕业那年，政策刚刚由国家包分配改成双向选择，她说，凭什么只能你选我不能我选你，便一个人跑到省城去找工作。在省城跑了两个月之后，又灰头土脸地回到了落雪堂，只要有人问她工作找得怎么样，她便暴躁地吼道，当初是谁让我去上中师的？是我自己愿意去的么？后来村里人明知道她会怎么回答，还是故意要一遍一遍地问她，免费看马戏一样。

吼多了以后她渐渐疲软下来，不再像个母金刚，索性连门也不怎么出，成天闷在家，不是陪着爷爷奶奶喝酒就是翻范听寒的书解闷，倒也练出了一身酒量。有一年过年前和奶奶一起出门买年货，却在村里碰到了几个放寒假回家的大学生正聚在雪地里一起聊天。她连奶奶都不要了，不顾她在雪地里走不动，只顾自己像个石头雕成的英雄一样，大义凛然面无表情地从他们身边经过，又面无表情地走到了自己家的院子里，直着腿进了屋，关好门窗，方才扑到床上号啕大哭起来。她上中学时有个要好的女同学，后来因为这女同学考上了大学，她便自此和那女生绝交了，连面都不再见，只要远远看见疑似对方的影子就赶紧撒腿往回跑，一进院子就关门关窗。

除夕夜，爸爸仍是没有回来，她和爷爷奶奶三个人包好饺子，煮熟了，端上炕桌，然后三个人便盘腿坐在炕桌边上吃着饺子喝着酒。窗外有鞭炮声稀稀拉拉地响着，海棠的枯枝上挂了一盏红灯笼，映着漫天的大雪。三个人喝了一番，渐渐都有些醉了。她奶奶不吃饺子，喝几杯酒，抽一根烟，然后再喝几杯酒，再抽烟，烟就是下酒的。她抢了奶奶的一根烟，点着，叼在嘴角，吐了个烟圈，对爷爷奶奶说，看我像不像个女流氓？爷爷奶奶都看着她笑，奶奶说，你还真是横了心地要做个女流氓。她又道，爷爷，你好歹也是读书人家出来的，以前还是个大学老师，半辈子就窝在这落雪堂，甘心不甘心？

她爷爷抿了一口酒，咂咂嘴唇道，前半辈子是不甘心，后半辈子倒觉得在落雪堂也挺好，每天种花读书喝酒，哪有比这更好的日子？她又问奶奶，奶奶，你从前也是有脸面人家的小姐，你甘心吗？她奶奶扑哧扑哧吸了两口烟，眯着眼睛看着她，笑而不语。她抽完一支烟，拿起酒杯，里面有半指深的白酒，一口就喝下去了，大概喝多了，倒在炕上又是流泪又是撒娇，你们俩也有一天会像我爹妈一样丢下我不管的，肯定会的，等你们都不在了，我就一个人天南海北地去流浪，死在哪里算哪里，好不好？

她奶奶叼着烟拍着她的脑袋说，我陪你一起去，我们去那遥远的地方，半个月亮爬上来。一根烟还没抽完就醉倒在范听寒的驼背上。范云冈在炕上打着滚叫道，爷爷快给我读《红楼梦》，就读黛玉和湘云在凹晶馆赏月那段，我最喜欢那段。

范听寒弓腰坐着，只是慈祥地看着炕上老少两个醉鬼笑。过了午夜十二点，窗外鞭炮骤响，大雪初歇，灯笼如血，形状各异的烟花争相蹿到夜空中把午夜照得一亮一亮的。炕上一老一少已经睡得东倒西歪，范听寒披上衣服，驼着背，踏雪走到院子里放了一串鞭炮。然后又走到门口，借着飞起来的烟花看着院门口的那条路，路上盖着一层厚厚的原封不动的大雪。上面没有一个曾走到家门口的脚印。

范云冈在家赋闲了近一年之后，还是范听寒舍下脸皮去求了些熟人，最终把她安排到凤城镇小学当了个语文老师。

上班以后有人劝她参加个成人高考，好歹混个文凭，毕竟中师文凭是个正在被淘汰的文凭，估计很快就要沦为古董。她嗤之以鼻，好像对自己即将沦为古董这件事毫不惊怵。她上课并不认真，总是有些失魂落魄，有一次一只脚上穿着一只黑色皮鞋，另一只脚上穿一只白色坡跟鞋就去了教室。上课中间觉得有些纳闷，怎么有几个小孩不看黑板只顾偷偷地往她脚上看？低头一看，看到一黑一白两只鞋正像兔子一样蜇伏在她脚上咧嘴笑着。然而，她假装什么都没看到，硬是淡定地把一堂课讲完又等学生走光了，她才踢着黑白两只兔子走出教室溜回了宿舍。

还有一次是上课中间，老觉得最后排的几个高个子男生盯着她的胸在看，她心里嘀咕，莫不是这些高个子的男生发育得快，已经萌生春情了？她反倒不好意思起来，想把两只胸尽量藏起来，不料偷偷往自己胸前一看，才发现是早晨出门时没照镜子，胸前的纽扣都扣错了。

范云冈在镇上小学教了一年多的时候，范听寒在落雪堂都听到了关于孙女的谣言，说她和镇上的一个黑社会老大好上并同居了。范听寒一大早给自己擦了澡，穿戴整齐，拎着一只二十多年前的人造革黑皮包，坐着一路上哇哇唱儿歌的公交车去了镇上找孙女。他像只老龟一样，背着大龟壳，慢慢地从公交车站挪到了镇上小学，又和门卫解释了半天他是来看孙女的。门卫一听找的是范云冈，嘴角轻轻一抿，似笑非笑，让他进去了。

他找到单身宿舍的时候，范云冈正拿着手机在屋里和人骂架，大约电话那头也是个女人，他听到范云冈骂了几句忽然就把怒气刹住了，另外换了一副娇媚的湿哒哒的腔调，软软地像蛇一样瘆人地对着电话里说，不用急，你还没见过我和他在床上的样子呢。

范听寒扭头就走，又像只老龟一样慢慢挪回到公交车站，一口饭没吃，一滴水没喝，又坐着唱儿歌的公交车颠颠回到了落雪堂。连着好几个星期范云冈都没有回家，而他直到死也再没有去过一趟镇上。大约又过了半年时间，范云冈忽然回家来了，脸色灰黄，头发都不梳，只随便在脑后挽了一只大丸子。她变得越发不喜欢说话，只在那些人少的角落里随便把自己发酵成一团，没有形状，可是旁人还是远远就能嗅到她身上散发出来的牙齿般的气息，酸凉坚硬，让人不得安宁。

又过了几天，范听寒才听村里人说，那镇上的黑社会老大前几天忽然暴尸街头，是驱赶几个外地来的毒贩时被对方拿刀砍死了。对方拿着劈柴的砍刀，一刀砍在他胸前，划了个大口子，血喷出几尺远。又一刀砍在他脸上，脑袋顿时飞出去半个，连着头发落在路边一个老头的南瓜摊上。

我正想着她说话的口气听起来既骄傲又天真，一副见过世面又未老先衰的样子，却接着又听见她说，我看我爸只有两种可能，要么他自己犯了什么罪，怕被抓起来，不敢回家，只能隐姓埋名躲起来。要么就是他已经死了，被别人害死的可能性更大。

听见她最后那句话，我的手一抖，一截烟灰齐齐掉到了裤子上，只听范听寒说，小孩子家不要乱说话。我掸掉烟灰忙接话道，这就是范云冈吧，听范老师说起过。只听范听寒叹气道，不是她是谁。

这时范云冈抬起眼睛直直看了我一眼。一双眼睛黑白分明，目光倨傲冰凉，里面还飘荡着一缕水草般模糊的东西。我忽然觉得一阵熟悉，再一想，是当年在范柳亭脸上也见过这种眼神。我不知道她为什么会喜欢上那个比她大十几岁的黑社会老大，只是隐约觉得应该与她无父无母有关。我心里一阵感慨，一时竟说不出一句话来。这时只听见她对我说道，你就是那个老来我家借书的人吧，老听我爷爷说起你。我爷爷说你每次来借书都打着领带，还真是。

我心里对她有些怜悯，却也只是对她点点头，说，习惯了，对别人也是一种尊重。

她像凶猛的鸟类一样一眼又一眼地上下打量着我，忽然问，你真喜欢看书？

我说，打发时间而已，我不喜欢看电视，电视剧我都看不进去，看半天也不知道什么意思。

她慢慢晃到了我面前，目光有些挑衅。我不再看她，低下头去点烟。只听她又问，喜欢看书你为什么不去书店里买书，倒总喜欢跑到我家来借书看呢？

我吐了个烟圈笑道，为省钱呗，借书看一年也能省下不少钱。书店里的书卖得死贵，我哪有那么多闲钱买书？

她并没有撤退的意思，还在我眼角的余光里顽固地晃动着，听我爷爷说你开了个饭店，生意好吗？

我淡淡地说，小本生意，勉强糊口，挣不了几个钱的。当老师多好，旱涝保收，还有寒暑两个假期，我羡慕你都来不及。

她的目光还像刺一样钉在我脸上，又问了一句，你是不是还经常上西山？我吃过你带来的木耳，都是山里的吧？

我说，偶尔上山采点蘑菇木耳，饭店里做菜要用嘛，顺便捎给范老师一点，总不能白看人的书。

说完我看了看天色，做出想走的样子。她却像只小狗一样，紧咬着裤腿追着跑，西山上好玩吗？我从来没去过，哪天你能不能带我上去看看？

我笑着说，好啊，随时都可以。

说罢我再次看看天色，然后站起来说，范老师，我还有点事情要办，得先走了。我能再问你借几本书吗？下次来了还你。

那次从范家出来之后，我没有直接回铅矿，而是顺着溪水穿过山林又到了那片无名湖边。我在湖边呆坐了好一会儿之后，起身脱掉了衣服。西边开始下沉的夕阳在湖面上铺下了一层碎金，扔进去一块小石子都能看到金色的湖面被犁开了一圈又一圈。仔细看看周围确实不见别的人影，我便缓缓潜入湖中。

我像上次一样游到湖底，找到那块大石头。因为黄昏的缘故，湖底看起来更加昏暗阴森，长长的水草几乎要缠住我的手脚把我永远留在湖底，那些游在湖底的鱼看起来似乎更加肥大狰狞了。我还是就着夕阳最后的光线看到了压在石头下面的那具白骨。它还在那里，还是那个姿势，好像已经在这里一千年了，看起来一点没被动过。看起来这世界上根本没有第二个人会找到它。

我游上岸时，铁青的暮色已经笼罩四野，周围的密林黑压压地朝着这湖围拢过来，我感觉自己正在一口井底，抬头看到遥远的夜空里亮着那么几点稀薄的星光。没有月亮。

我回到铅矿的宿舍，点起一支蜡烛，喝了两口酒，一边随手翻着一本刚向范听寒借到的《南北朝诗文》，一边在脑子里反复想着今天范云冈说的那些话。难道她已经觉察到了什么？她为什么提出要跟着我上山？也或许，她真的只是觉得山上好玩？

为保险起见，以后真的不能再去范家了。

我合上书本，盯着跳动的烛光发呆。烛光昏暗，把我和几件家具的影子都拉长拉虚，看上去满屋子都是影影绰绰的人，都在暗处悄无声息地看着我。夜已深，窗外山风呼啸，万木齐鸣，我走过去把窗户关上，把灯花挑了挑，让烛光更明亮些。我又想起了今天范听寒说过的那句话，有时候只要有道缝隙，人就活下来了。不错，总有些人是在这样的缝隙里求生下来的，范听寒能活下来，或许我也能。他希望范柳亭也如此吧。

我呆坐一会儿，又喝了几口酒，身上热起来，心里却仍不宁静。忽然那本《南北朝诗文》里掉出一张纸来，我捡起来一看，上面用钢笔抄了一首诗，诗的开头写着父亲二字，"明月何皎皎，照我罗床帏。忧愁不能寐，揽衣起徘徊。客行虽云乐，不如早旋归。出户独彷徨，愁思当告谁。引领还入房，泪下沾裳衣"。然后在诗的结尾处，我看到一段话："以诗一慰思念之情，先此驰禀，敬叩福安。儿范柳亭叩禀，二〇〇二年八月十五夜。"

我悚然一惊，差点把手中的书扔掉。因为，早在一九九九年，范柳亭就已经离开人世间了。

烛光再次昏暗下去，屋子里明明灭灭地多出了很多影子，都在墙上、在角落里无声地站着，看着我。

9

我拎着一瓶酒、一碗饺子和一篮果子独自在寂静的山林里穿行，我要去看我的父亲。

大约在山路上走了半个小时我停下了，前方林间稍微稀疏的地方出现了两座坟墓，一座是我父亲的，旁边那座是我母亲的。今天是我父亲的忌日。当年他在得病之后为了能让我尽快顶班，连病都不肯治，也不肯去医院，只求速死。只是，他已经无法知道，现在的铅矿已经是一片废墟，这废墟里如今只住着我一个人。我把饺子和四色果子摆在他坟前，又在坟前倒了三盅酒，点了一支烟给他插在坟头。

我在坟前的草丛中躺了下来，阳光从树枝的缝隙里筛落下来，雨点一般洒在草丛上和我身上、脸上。在这山里，我知道每一棵香椿树的旁边都陪伴着一棵臭椿树，知道有一种叫沙和尚的鸟会吐人言，知道各种草药的名字，知道榛蘑和猴头菇长在哪里。我想起父亲去世前的那个白天，忽然有了些精神，把我叫到床前对我说，人在这山里就算没有一分钱也饿不死的，你哪天要是走投无路了，就回到这山里来。

当天夜里他就在昏睡中走了，再没有和我说过一句话。

现在想想，难道他当时就有某种预感？或者，他只是明白了这山林的牢靠与人世的无常？我静静地躺在他身边，还有一旁的母亲。我们一家三口相对无言，像极了多年前那个夏日的午后。在铅矿的宿舍里，父亲躺在凉席上闭着眼睛摇着蒲扇，母亲在缝纫机前赶制一件我的衬衫，我坐在桌前正翻着一本从图书馆借来的《包法利夫人》。宿舍前紫藤的花香从青色的竹帘里钻进来，泅得满屋里都是，如苔侵石井。那个寂寥的午后我们彼此之间没有说一句话，现在我却忽然明白，那其实便是世上最坚固恒久的时光了。

此刻的父亲再不会和我说一句话，而我果真如他多年前的预言，终是有一天回到了这寂静的山林。

那是一九八七年，父亲去世后，我顶替他成了铅矿上的一名正式工。我第一次穿上铅矿的工作服站在镜子前看自己的时候，觉得镜子里的人完全是从父亲身上复制下来的，甚至，因为父亲尸骨未寒，我从这镜子里的人身上似乎还能闻到血腥味。而除了复制，我别无他路。在铅矿我一开始做的是采矿工，每天下井采矿石，要在井下齐膝深的水里推矿车，每天十六七趟。

干了半年之后因为受寒腿疼，改做了风钻工，做了风钻工之后才知道为什么没有人愿意做风钻工。因为每天拿着大功率电钻钻矿石的时候，整个人都会跟着电钻一起震动，然后在工作的时候不知不觉就会射精出来，一天好几次，自己根本无法控制。反复如此，没过一段时间人的身体就垮了，浑身无力，形如肺痨。我只好又改做了炉前工，终日在高炉前守着高温炼硅。

当时铅矿的领导可能已经开始意识到矿产资源会枯竭的问题，所以也试图做了一些预防工作，但到了一九九二年的时候，终于还是因为矿产资源彻底枯竭，铅矿宣布倒闭。这铅矿上的一切，车间、学校、医疗室、图书馆全部跟着结束了自己的使命。我的母亲就是在这一年去世的。

我把她葬在了父亲身边。

母亲下葬那一日，山林极其静美肃穆，滤掉了人世间所有的悲喜，恍如另一个遥远星球的表面，在那里，一个脚印可以保留上百万年，而每粒微尘皆可永生。那一日我坐在父母坟前久久看着他们，就像看着两个婴儿，我想着他们在地下如植物种子般幽暗生长，或许他们会长出这地面长成两棵树，也或许会永远如种子尘封在地下的世界里。我忽然觉得这一切都不重要，因为我们的团聚是必然的。到时候我的新坟就陪伴在他们身边，看上去就像是一个大人领着两个满脸皱纹的老小孩在山林里玩耍。

铅矿倒闭后领导要卖机器设备，便把我留下做一些善后工作。那个白天，因为机器价格和那群来买机器的人争执了一番，晚上，我正一个人在宿舍里睡觉，门忽然被踢开，拥进一群黑影，拿着铁棒使劲敲我的腿，把我右腿敲骨折方才离去。在医院接右腿的时候，医生说这右腿肯定是要残疾的，就是恢复得好，也会比左腿稍短一截，变成个跛子。

石膏拆掉后，右腿果然比左腿短了两厘米。在练习走路的那段时间，每天起床后我都要有一个漫长的梳洗穿衣的仪式，穿上衬衣打上领带，再套上西服，头发三七分开，打上摩丝，穿上黑色的三接头皮鞋。越是困顿，我便越是隆重。我扶着墙练习走路，昂首挺胸地迈出一步，再迈出一步，白天晚上我都在一遍一遍地告诉自己，我不会就这样垮掉的，我决不可能成为一个跛子。

半年之后，我走路时已经没有人能看出我一条腿长一条腿短了，连我自己也不再相信我的右腿比左腿短了两厘米。

10

　　范听寒家门口的柳树已是浓荫匝地，被包裹在一片柳荫里的院子看起来也不再那么真实，像是用水墨幻化出来的一幅卷轴。

　　我忽然有些明白他为什么要种这片柳树了。

　　门是半掩着的，推门进去，门洞里空荡荡的，我亲手做的那把椅子也是伶仃的，好像久没有人坐过的样子。穿过门洞，一院寂寂的花树，却并不见人影。我正站在那里疑惑，忽听见屋里有人在咳嗽，便走到竹帘下，隔着竹帘问了一句，范老师在家吗？里面有人回应道，在，进来吧。我挑起竹帘进了屋，这是我第一次走进他的屋里。

　　屋里有一种墨汁的寒香和老年人身上的荤腥混合在一起后的奇怪味道，滞重、遥远，像黄昏里开始生锈的金属，又像月光下缓缓朽坏的竹帘。屋里有几件简单的木质家具，书架上密密麻麻的全是书，墙上挂着几幅他写的书法，白纸黑字，有一种镂刻在古老石碑上的肃穆。然后我在炕上看到了范听寒，他披着件夹衣歪在那里，看起来出奇地枯瘦，便显得那个驼背愈发巨大而坚不可摧，好像他整个人都不过是寄生在这驼背上的一株植物。我走过去，弯下腰说，范老师，你这是怎么了，怎么大夏天就穿上夹衣了？

　　他指指地上的椅子让我坐，嘴里说，病了有段时间了，还没全好，身上老是觉得冷。你可有阵子没来啦，我以为你不会再来了。

　　我坐下，从包里掏出那几本上次借的书放在桌上，又掏出一包党参。我说，最近的事情多，有点忙。怎么会呢，我还借着你的书怎么能不还回来？这包党参你留着泡酒喝吧，人参喝了会上火，但党参不会。

　　他盯着那包党参微微动了一下，看得出他整个人都被背上那只龟壳扣押着，动弹不得。他说，这党参也是你从山里挖的吧？

　　我只点点头，不想多说什么。看来这座山在我身上留的痕迹太重了，躲避都不及。

　　他说，你给我倒杯水吧，范云冈今天早晨回去上课了，明天才能回来。

　　我连忙起身找到暖壶，里面是空的，于是我先捅开炉子烧水。我看到他的手指甲已经很长了，开始向里卷曲，也像是某一种兽类的指甲。我忽然明白，他其实离人的世界正渐行渐远。我心里一阵难受，呆坐了一会儿，终于开口道，范老师，我给你剪一下手指甲吧，指甲长了不方便。他沉默了一会儿，终于还是点点头，说，剪刀在中间那个抽屉里，我用不惯指甲刀，就用剪刀吧。

我用了很大的力气才捞起那只苍老的手，上面布满褐色的老年斑，青色的血管散发着植物根茎腐败的气息，年老的指甲则变成了一种坚固的贝类，我剪下去，手却一滑，差点剪到他的指头。一定是因为我们中间的一个人太紧张了，我以为那个人是我，后来才发现那个人其实是他。因为在后来剪指甲的过程里，他的那只手一直在微微发抖，而我的手也越发笨拙，只勉强剪了两个指甲便停了下来。

我装作不在意地放回剪刀，心里却沉沉的，我一时不明白他为什么会忽然如此紧张，而这种紧张显然压迫着我。上次来过之后我已经决定不再来，可后来我发现不行，我还是必须再来看看他。

这时候我才发现身上已出了一层汗，和衬衣粘在了一起。我松了松领口，并没有试图要解开领带。他在炕上看着我又说，你一年四季都穿衬衣打领带啊？

我说，习惯了。

他说，在这乡下，别人看你这么穿都觉得有点别扭吧？

我又说了一句，习惯了。

从竹帘里透进来的阳光已经开始西斜，桌上的一只老式三五座钟的秒针咔嚓咔嚓地贴着我们身边走过去，脚步幽深古老，自有一种庄严感。我坐在那里听着这时间的脚步，忽然就有了一种很深的没有指向的无力感，在这些年里，这种无力感时不时就会发作出来。我下意识地摸出一支烟来，想了想又放回去了。

这时只听歪在炕上的范听寒咳嗽了几声，说，其实我早想对你说的，要是就为了来借书，你不用穿得这么隆重的。

我也有些急了，忙说，不是为借书，平时我一个人的时候也是这么穿的，就连在山上给兔子割草我都这样穿。

炕上的人忽然就不说话了，屋里的空气骤然黏稠紧张起来，连呼吸都有些不畅。我说，范老师，我先出去抽根烟，没办法，烟瘾犯了。

说罢我走到院子里点了一支烟，狠狠抽了两口。落日熔金，西边的群山上猎猎燃烧着一大片金红色的晚霞，浸泡在晚霞里的村庄祥和而诡异。院子里的门大开着，我盯着那扇门出神地看了几分钟，却坐下来继续抽烟。

我悄悄打量自己身上的衬衣和领带，其实我早有预感，我身上的这些衣服迟早会出卖我的。可是就算如此，就算到了现在，我仍然不愿脱下它们，脱下它们我怕自己只会加速质变、消失，到最后连自己都不再能辨认出自己。

我走到那口水缸边，往里看了一眼，里面的两尾鲤鱼又大了一圈，正笨拙地在缸底嬉戏玩耍。我看着那两尾鱼，身体里面一阵不舒服，想要呕吐，连忙往后退了几步。这时候屋子里又传出几声咳嗽声。

我回到屋里对床上的范听寒说，范老师，范云冈不在，今天我给你做晚饭吧，你想吃什么？

他缩在自己的龟壳里说，不用，不用，你忙你的去吧。

我说，今天我不忙，你想吃稀的吗？要不我给你煮点小米粥，烧个茄子？

半晌他才说，你要是真不忙就给我做点手擀面吧。

我来到厨房烧水擀面，我故意把面擀得很硬，因为听他说过，必须得吃到像钢丝一样的面条才算是吃过饭了。擀面的时候，我想到他顿顿必吃手擀面，连生病时都不例外，恐怕是不敢例外，不由得一阵心酸。我盯着那烧红的炉子出了会儿神，水烧开了，把面下锅，出锅，浇上茄子西红柿卤头，拌上黄瓜丝，给他端进屋里。

果然，他只吃了两口就实在难以下咽了，却还是挣扎着又填了一口下去。我给他舀了一碗面汤，说，不想吃就不要吃了，吃了反倒难受。他捧着汤碗对我说，谢谢你。我坐在对面看着他像个婴孩一样小口小口地喝汤，心里忽然有什么东西汹涌而过，我脱口就说出一句，范老师，范柳亭要是一直不回来，我会一直照顾你。

他突然就沉默下去，连汤也不喝了。我自知又失言了，暗暗悔恨。相对沉默半天，他终于说了一句，老是麻烦你，你也快去吃一碗面吧。我说，我中午吃多了，还不饿。他的声音似有些不满，你从来不在我家吃饭，是怕什么？

我看不清他的脸，只能感觉到他的目光正游动在我的脸上。我坐在一团透明的黑暗中，想起了当年范柳亭的目光落在我脸上的感觉，却反而心平气和地说，我不太喜欢给别人添麻烦。

过了好一会儿，他才慢慢说，如果你只是来借书，是不需要为我做这么多的，我喜欢爱看书的人。

我努力驱赶那些翻涌上来的陈年的委屈，笑道，不能白看人家的书。

他若有所思，你和当地人确实不太一样。

我说，我记得以前就和你说过的，我小时候是在海边长大的，大概十岁以前吧，后来我父母调动工作，我就跟着过来了。

他的声音忽隐忽现，我没见过海……给我讲讲海边吧。

我看着窗外的夜色说，小时候我常在海边捡贝壳捡螃蟹什么的，海边每天有渔船出海打鱼，你在海边的小饭店里能吃到很新鲜的牡蛎、蛏子、海瓜子。吃鱼的话就架一口大铁锅，把刚捞上来的鱼剁成块，鱼嘴还在动呢就扔进锅里焯一下，鲜得很。如果炖鱼的话把玉米面饼子贴在铁锅上，焖一会儿，鱼好了，饼也熟了。

他的声音更加隐幽，海边长大的，那你游泳一定好吧。

我盯着窗外的夜色微微一愣，我说，马马虎虎吧。

他的声音好像一只手一样在黑暗中神秘地寻找着什么。他说，不知怎么，我最近老在想那西山，那山上到底有什么？我们这一带雨水稀缺，但那山上能有那么密的原始森林真是有点奇怪，会不会是因为山上根本不缺水呢？你说，那深山里会不会藏着一条大河或大湖什么的，只是没上去过的人根本不知道那山上到底有什么。

我在黑暗中听到自己的心脏通通通一阵剧烈地狂跳，我疑心是不是连范听寒也听到了这可怕的心跳声，然而我的嘴角只是微微笑了一下。我用过于轻松的声音说，那谁知道呢，反正我上去采木耳是从来没见过，要是有人看见了大河大湖那还不都上山捞鱼去了？只听过有人上山打猎没听过有人上山捞鱼的，是不是？

我干笑了一声，笑完觉得不妥，于是又补充道，山里怎么可能有大河大湖呢？山里是长树的地方，只有森林，对了，还有野兽。

他的声音还倔强顽固地立在我面前，你上山采木耳的时候，除了野鸡，就真的没有见过别的？比如会吃人的野兽？

我说，还见过钻山鼠，山里的老鼠个头真大，比猫还大，我觉得它们能把猫都吃下去。可能野兽们都是晚上才出来吧，晚上谁还敢上山？那不是把自己往麻虎嘴里送吗？

最末一句话，我故意把狼叫成了麻虎，似乎这样多少能证明我并不是一个完全的外地人。

他的声音终于肯委顿下去一点了，他说，是从没听人说起过。

这时候我故意开了一个玩笑，我说，范老师你到处找湖做什么？是不是想吃鱼了？改天我给你带一条大鱼过来。说完眼前却又出现了那些无名湖底的大鱼，不禁胃里一阵翻滚。

他像是立刻嗅到了什么，问了一句，你怎么了？

我说，胃疼，可能是饿的。

他嗔怪道，让你吃饭你死活就不吃，现成的饭吃一碗怕什么呢？

我想了想，说，锅里还剩点面条，那我就吃了，要不放到明天也不好吃了。天黑了，屋里的灯要给你打开吗？

他说，不用开灯，招蚊子，你快去吃吧。

我起身立在黑暗中忽然说了一句，范老师，我觉得你住在落雪堂也挺好，没有什么甘心不甘心的。

他没有吭声。

我便挑起竹帘出了屋子，来到厨房端了一碗面，就蹲在厨房前面的台阶上哧溜哧溜几口倒进了肚子里。我蹲的这个位置正好就在正屋对面，中间隔了几道影影绰绰的花影，我知道躺在炕上的范听寒隔着竹帘便可能看清我的一举一动。我大口吃完面，喝了面汤，又进厨房刷碗，动作幅度都略有些夸张，似乎我正站在旷野中灯火昏暗的古戏台上演一出不为人知的戏文，而下面坐在阴影中的范听寒是我唯一的观众。

我刷了锅擦干了灶台，走出厨房，在院子里点了一支烟，边抽烟边在花影中徘徊，做出一副赏花状。我发现，只要离开铅矿的夜晚，我就会变得紧张烦躁，甚至连灯光都无法适应。

我开始想念深山里的那盏烛光，烛光之外是废墟，废墟之外是群山，群山之外是人世间，那盏烛光似乎就是这个世界的心脏。

院门仍然洞开着，我随时可以离开。可是一支烟抽完之后，我做出了决定。我在范听寒的目光注视下挑起竹帘进了屋，说，范老师，你一个人连口水都喝不上，范云冈不是明天回来吗？今晚我留下来陪你吧。

炕上的那团影子一动不动，我都疑心他是不是已经睡着了，忽又听他在黑暗中低声说，你还是回家吧，省得你老婆不放心。

我走到他平时看书的一把竹躺椅旁躺了上去，说，没事，我出来前就和他们说过，要是天太晚了我就不回去了。

他却说，里屋就有电话，还是给你家里打一个电话吧。

我后悔刚才要留下的决定，有时候我像个透明的魂魄一样明明看到了自己正在做什么，正要做什么，却无力阻止那个自己。有时候我又觉得我身上所有的苦行都不过是为了让那个魂魄安宁。

如果此时站起来要走又实在唐突，我只好说，没事的，你放心吧，我又不是头一次晚上不回家。

他不再坚持。

我们两个在夜色中平行躺着，如风平浪静的海面上远远漂来两只小船，月亮从云层后面爬出来，海面上铺满碎金碎银，海天一色。我在半睡半醒之间又想起范听寒抄给我的那首诗，"不知江月待何人，但见长江送流水"。这诗竟像是从波光粼粼的海面上一路漂过来才漂到了我面前。我闭上了眼睛。

我以为这个夜晚就要这样过去了，却忽听见炕上的人又开口道，我总感觉你不像是有家人的人。

我一惊，睡意全无。半晌，我听见自己干巴巴笑了一声，范老师你这话就奇怪了，我有老婆有孩子还有爹妈，一家人都生活在一起，我老婆和我妈还成天闹矛盾，这婆媳关系啊，怕是哪家都是个难题，可是你说还能怎样？难不成一辈子不娶老婆就打了光棍？无儿无女的，成天独来独往的又有什么意思？

他没有言语，咳嗽了几声，我连忙起来给他倒水。他喝了两口，隐入了黑暗中。沉默了片刻，他又道，我早就想问你一句话了，你是不是和范柳亭认识？起码见过他？

我越发知道了这个晚上留下来是个错误，与此同时，却又感觉到一种被惩罚之后的奇异快感。这惩罚迟早都是要来的。窗外一阵晚风拂过，树影和花影匍匐在窗户上，窥视着屋里的两个人。我没有再犹豫，很干脆地回答了一句，不认识。两个人又沉默了一会儿，我主动打破沉默，范老师，给我讲讲你儿子吧，老听你说起，但从来没有见过他这个人。

他叹息道，唉，他这个人啊，没什么好说的。我原来就和你说过的，他因为教不了书就去做生意了，我也拦不住，就随他折腾去。开始的时候还赚了些钱，这院子就是他当年刚有钱的时候盖的，一定要盖个村里最大的院子，说这是对我和他妈早年在村里窨房檐的补偿。后来的生意大约就越来越不好做了，时好时坏，他也从不和我说真话，我都不知道他每天在外面到底忙些什么，赔了钱也不会告诉我，从哪里弄钱我也不知道。后来那次，他只说要出去谈生意，可出去了就再没有回来，活不见人，死不见尸。要是能找到他的尸体我倒也死心了。我已经老了，可是你看他那闺女，谁也管不了。别看她咋咋呼呼，从小就没了妈的孩子，根本没有安全感。

我也叹了一口气，他要是真在外面被人害了，估计那凶手也逃不了的。可是你说好端端的，人家为什么要害他呢？

他没有言语，半天才说，谁知道他在外面干了什么事。

我听到自己的声音里忽然略带嘲讽，我说，范柳亭不是很爱看书的吗？我记得你说过他是很爱看书的。

他道，年轻时候是爱看书，可是看那么多书有什么用呢？

我忽然就失态起来，蹭地从躺椅上坐起，声音陡然变高变粗，怎么没用呢？爱看书的人起码变不成坏人，起码不会为了钱去坑蒙拐骗。

我们之间哗一下就安静了下去。

大概已是半夜时分了，沁凉的夜色像水一样淹没了整间屋子，我恍惚又来到了幽暗的湖底，到处是女人头发一般的水草和毛茸茸的青苔，我和范听寒在这幽暗的湖底对视着。终于，我小心翼翼却又万分疲惫地问了一句，范老师，如果范柳亭真的不会回来了，你会怎么样？

他沉默了很久很久，我才听到他用一个真正的老人的声音对我，或者是对黑暗中的另一个影子说了一句，那也是他的命。

我几乎泪下。我在黑暗中闭上眼睛，假装睡着了。

11

几天来我每天都在山里转悠，终于捕到了两只野鸡，还用夹子夹到了一只獾，顺便采到些榛蘑。我把去年收成的莜麦磨成莜面，做成莜面鱼，准备和土豆片放在一起蒸一大锅。又把那只獾剥了毛皮，把肉切成块，先用獾油炸一遍，再放上茴香大料肉桂草果芫荽籽，最后倒进去一瓶红腐乳，在泥炉上用小火炖整整半天做成酱梅肉。次日又把两只野鸡杀了和榛蘑炖了一大锅。

准备就绪之后已经是农历七月十四这天。林中短暂的黄昏之后，天色渐渐暗了下来，岔口饭店很快被黑黢黢的密林吞没。我坐在小饭店里，一边抽烟一边等着客人们到来。

今晚要来三个客人，孙口心、文刚、刘国栋。平日里我们彼此之间没有任何联系，互相杳无音讯，但几年前我们就曾约好的，每年的农历七月十四见一面。近三年来我们四个人的见面地点就定在了入夜之后的岔口饭店。

这三个人是我当年在太钢工作时关系最好的几个工友，一九九八年我们四人是同一拨下岗的。

一九九二年底，我的腿伤痊愈之后不久，铅矿就把我们这些失业的矿工统一调到了太钢，因为当时还没有出现下岗这个说法。从我八岁来到铅矿，到二十九岁离开，在这深山里已经待了二十一年，我的父亲母亲都葬在了这大山里。太钢则地处平原，周边是一片荒芜的旷野，只在厂区院子里种了几排大白杨。厂里到处是巨大的机器，轰鸣的钢炉、摇摆的天车、喷着白气出出进进的小火车。

冬天，一场大雪之后，那些黑色的车间在白雪中愈加刺目苍凉，大白杨的顶端基本都筑着一个或两个鸟窝。树叶早已落尽，在冬日阴郁的天幕下，铁画银钩的枯枝小心翼翼地托着一只白雪覆盖的鸟窝，好像是大树把自己的心脏掏出来了。偶见一只大喜鹊离开树枝，张着黑色的翅膀露出白色的肚腹，一个俯冲飞到了雪地里觅食。

一九九三年，能在太钢做工人还是一份被很多人羡慕的工作。刚进厂的时候，我做的工作是铸板工，半年之后我做了班长，然后是副锻长，锻长。我为太钢拟出了一套新的交接班制度，一直到一九九八年破产之前全厂用的都是我这套制度。

进太钢的第二年，就是我三十岁那年，我和本厂的一个女工认识三个月便匆匆结了婚，两年之后我们离了婚，没有生育子女。后来又短暂地谈过两个，都吹了，此后就一直独身一人过。

一九九八年五月二日，太钢宣布了第一批下岗名单。那时候我还叫梁海涛，我、孙口心、文刚、刘国栋都在名单里。太钢让我们买断工龄，一人两万块钱便卷铺盖回家，从此和太钢再无关系。

下岗之后我折腾过很多事情，在太钢门口开过录像厅，不料后来下岗的工人越来越多，来看录像的人越来越少。后来我又开了个刀削面馆，却因为利润太薄，也没挣到几个钱。冬天的时候我雇大卡车贩卖白菜，一斤白菜五分钱，晚上还得睡在冰窖一样的车厢里，第二天继续卖。后来身边的下岗工人越来越多，随便什么小生意，都有人一拥而上抢着去做，彼此之间还恶性竞争。为了抢生意，昔日的工友们彼此在背后谩骂使绊子，看对方的摊子上多了一个顾客，便恨得咬牙切齿，一定要卖得比对方更便宜来拉客。对方呢只好卖得再便宜，以至于卖一样东西只有几分钱的利润。

和我一起下岗的孙口心、文刚、刘国栋三人隔阵子便过来找我喝顿酒，互诉衷肠。我们四人经常坐在麻叶寺巷口狭窄的五元火锅店里，一位五元，酒钱另算。正值三九天，大雪已经下了几天几夜，把门都封了，早晨开门的时候还得用力往外推。窗外飘着漫天大雪，火锅店里我们四人围坐着一张油腻的桌子，桌上的火锅沸腾着，雪白的蒸汽吞掉了我们四人的面孔，撞到玻璃上，顷刻便化作水珠一道一道流下去。

我们吃着火锅里的白菜和豆腐，几乎看不到肉，喝着廉价的散装白酒，红着眼睛一遍一遍商量着该去哪里挣钱。那段时间，我们唯一的话题就是怎么挣钱。几乎每次吃完都会有人喝醉，醉了便滑到椅子底下，抱着椅子腿哭。有一次我也喝醉了，吐得衣服上到处都是，我倒不记得自己哭过，但是他们后来告诉我那天哭得站都站不起来。我打破头都想不起来，看来是根本不想让自己想起来。

就这样折腾了一年，到一九九九年夏天的时候，忽然有一个一起下岗的太钢工友要拉我们几个入伙做生意，说他认识一个企业家，从八十年代就开始做生意，先后开过油厂、铁厂、铸造厂，赚了不少钱。人家父母都是知识分子，人肯定可靠，现在这人要扩大铸造厂的规模，需要融资，他要找人入股，入股后一年分一次红。又说他这铸造厂已经开了好几年了，销售渠道多得是，稳赚不赔的生意，急等着扩大规模呢。我们几个又跟着那工友去他说的那个铸造厂考察了一番，果然是个规模中等的厂子，有几十个工人正在车间里忙活着。我们又和这个企业家见了一面，瘦长脸，个头不高，但很会说话，确实像个文化人，印象很好。这次见面之后我们四个人就约好一起入股，同进同出。随后便各自把从太钢出来时买断工龄的两万块钱都投了进去。

两个月之后这个企业家忽然就联系不上了，他的铸造厂也忽然像聊斋里现出原形的鬼宅，厂房还在，里面却空无一人。

这个企业家叫范柳亭。

窗外夜色已至。

我静坐在小饭店里聆听着入夜之后大山里的各种虫鸣。虫鸣里还掺杂着几声鸟叫，我能从中分辨出猫头鹰、乌鸦、布谷和喜鹊的叫声。我还曾在最幽深的山路上赶过夜路，夜空中没有月亮也没有星星，路两边的森林已经变成了没有任何缝隙与光亮的黑森林。

可是我却连害怕都感觉不到了。自从在湖底见过那具尸体之后，就是在世上最幽暗的地方走路我都感觉不到害怕了。

我记得，就是在那最幽深最黑暗的山路上赶路，我还是看到了几点微弱的光亮，很细很小，在我周围飞来飞去。那是几只萤火虫。

有人在敲门，我点起一支蜡烛，开了门，是文刚先到了。他进来坐下，我们先抽了一会儿烟，一支烟快抽完了，我才开口问他，这次是从哪儿过来的？他说，二连浩特。

我想了想，那边地广人稀，倒也是一个好去处。我说，那你老婆孩子怎么办？他说，都接过去了，小孩就在那边上学。

正说话的当儿，孙口心和刘国栋也陆续赶到了。我趴在窗前仔细看着饭店外面还有没有别的跟过来的身影，观察了一会儿不见什么，便放下窗帘，把门从里面拴住了。

我把煨在泥炉上的酱梅肉盛在大盆里端上桌，把炖好的野鸡榛蘑也上了桌，然后摆上一大笼屉热气腾腾的莜面鱼蒸土豆，配上一碗炖好的西红柿酱，好蘸着酱吃莜面。最后把焖在炉灰里的几个烤土豆掏出来，像敲蛋壳一样敲出裂纹，也端桌上。我拿出两坛三十年的青花瓷汾酒，也是早早为今天的聚会准备下的。

桌子的中间立了一支蜡烛，烛光忽明忽暗，四个人的脸都若隐若现。我们围桌坐定，一时都不知道该说什么。饭店之外的世界像一场大寐，我们几人遗世独立在这里。不知为何，坐在这世外的烛光里，我忽然想到的并不是别的，却是晏几道那首《临江仙》里的最末两句"当时明月在，曾照彩云归"。

如今我们四个人都分散在不同的地方，也都不再是原来在太钢上班时的名字。一九九九年电脑还没有普及，不像现在什么都上了网，那时候改个名字还是比较容易的，在派出所找个人，偷偷塞给两百块钱就把名字改了。每年到了农历七月十四这天，不管各自正在哪里谋生，四个人都会赶到这深山老林里来喝上一顿酒。

文刚去了二连浩特，孙口心后来去了榆林，在小煤矿里做矿工，刘国栋则躲到方山和临县的交界处种红枣去了。

我挑了一下灯花，烛光照亮了我们四个人的脸，每张脸上都看不出太多表情，灰白的墙壁上坐着我们几个人巨大的影子，像神庙里画像上的祖先一样正从另一个世界里神秘地看着我们。

我们闲扯了一番红枣和土豆的收成，又聊到现在的小煤矿马上都要不行了，估计很快就会被吞并到那些大煤矿里，煤老板们一铲煤出来就收入百十块钱的日子估计也不多了。几圈酒喝完，红枣、土豆、煤矿这些话题也被说了一圈，四个人围着一盏烛光再次安静下来。这时候在这安静中忽然听见文刚怪异地笑了一声，说，现在我很快活。

刘国栋接了一句，你快活个屁。

文刚笑嘻嘻地举起酒杯看着周围说，我们几个还能在一起吃肉喝酒，这不是快活是什么？

刘国栋说，你老娘的三七过了吧？

文刚拿手里那杯酒敬了一下屋里某个黑暗的角落，好像那里还静静坐着一个人，他仍是笑嘻嘻地举着杯子说，我老娘死在我前面是好事呢，我高兴，我最怕的就是我死在她前头了。说完仍是笑，只是越笑眼睛便越脆越亮。我把一个烤土豆扔给他，说，趁热吃。

这时忽听见孙口心压低声音说，海涛你这做派怎么多少年都改不了呢？非得穿西装打领带抹头油不可，你说你这身打扮，走在人堆里还怕没人注意你？

我低头不语。

刘国栋接话说，海涛你这年龄了还没个一儿半女，这事也过去七八年了，我看不是很要紧了，要是有合适的人你还是找个女人生个一儿半女吧，女人不可靠，但儿女总是自己的，不然你以后老了连个依靠都没有。

我冷笑一声，我们这样的人还要什么依靠。

四个人一时又没了言语，像是集体沉到水底下去了。蜡烛已经燃成了一个矮矮的烛头，垂死的火苗却忽然肥大起来，扑啦啦地上下跳动着，感觉空气里有很多隐形的飞蛾正在横冲直撞。这时候我忽然听到一个声音，小心翼翼地，陌生地，像蛇一样正探头探脑。

海涛，你可……把它藏好了……你也不告诉我们到底藏到了哪里。

我独自饮下一杯酒，说了一句，你们放心就是。

但那个声音还继续在我们四个人中间缓缓爬行着，可千万不能被人找到了，一旦找到了，我们就都完了，你也知道的。

我手里仍捏着那只酒杯，朝那三个人的脸上轮流扫了一圈，才慢慢说，它藏在哪里，还是我一个人知道的好，这样，我死了就能直接带进棺材里。

这时候忽然有另一个声音不知从哪里斜着刺了进来，听人说你去过他家。

我去他家借过书。

借书比命还重要？

这时候最后一点烛光倏地熄灭下去了，整个屋子咣一声掉入了黑暗中。我的眼睛在适应了最初那种轰隆隆的黑暗之后，开始能分辨出在我面前立着的三尊黑影了。他们一动不动。我忽然打了个寒颤，我想起自己宰野鸡宰蛇的手也是不曾哆嗦过的。毕竟我也是坐过三年牢的人。那点血无论对他们还是对我都真的不算什么了。

一种奇异而巨大的悲伤忽然袭击着我，我却在黑暗中连着笑了几声，然后说，我有点喝多了，我想给你们读首诗，你们不要笑我。

我当真在黑暗中昂首读道："梦后楼台高锁，酒醒帘幕低垂。去年春恨却来时。落花人独立，微雨燕双飞。记得小初见，两重心字罗衣。琵琶弦上说相思。当时明月在，曾照彩云归。"

窗外一辆大卡车的车灯像闪电一样劈过去了。

吱嘎一声推开饭店的门走出去，我们都被头顶的大月亮骇了一跳。马上就十五了，大雪一样的月光落满了无边无际的山林，脚下银色的山路看起来纤尘不染，没有一片树叶，也没有一只飞鸟。整个世界洁净得像是回到了远古，在那里，大地正静静等待着必将到来的一切。

12

这天我刚刚骑着摩托车来到岔口饭店前，就见门上贴着一张白纸，纸上还有字。我心里一怔，从未有人以这种方式联系过我。我连忙放好摩托车，一把扯下这张纸，四顾无人，便迅速开门进去又关上门，这才站到窗前看了起来。纸上只有十几个字，每个字有两厘米大：我爷爷病危，想见你最后一面。范云冈。

看到上面的话我简直大吃一惊，她居然能找到这里？她怎么会知道我在这里？她居然敢一个人进这样的深山老林？

我立在窗前一根接一根地抽烟，把那张纸上的每个字都翻过来倒过去地看了几十遍，竟好像一个字都不认识。抽完的烟头就往砖墙的缝隙里一插，过了一会儿一抬头竟吓了一跳，前面的墙上长出一大片烟头，毒蘑菇似的。我又使劲盯着那片烟头发了一会儿呆，纸上说的话可能是真的，但也可能是她在骗我。我可以假装没看到这张纸，甚至，我可以说自己连日来都没有来过岔口饭店。我本来就不是固定营业的。

我透过窗户看着外面苍莽的山林。

没有人比我更熟悉这片山林。不可能有人找到我。

我把饭店重又关了，骑着摩托车在山路上盘旋着往上爬。车开到了最高挡，山路两边的树贴着我的耳朵嗖嗖往后疾飞，它们一边后撤一边死命把我往前推，我觉得我的速度越来越快、越来越快，好像马上就要弹起来飞到另一个阒寂无人的星球上去了。飞出公路飞进蝴蝶谷，然后是那条崎岖的土路，就这样一路狂奔到铅矿门口方才停住。

我扔下滚烫的摩托车，回到宿舍坐在了床上喘气。外面的世界终于又被我甩在了身后。这时候一低头忽然又看到了西装的袖口，那只已经磨破的袖口。前日立秋了，山中早晚凉意顿生，我又穿上了这件西装。遥遥想起似乎早在春天的时候就盘算过，应该换掉这件衣服了。没想到，等到秋后还是把这件衣服穿上了。这个秋天和那个春天没有任何缝隙地对接上了，也就是说，对我而言，时间正在失效。我低头愣愣地看着那只袖口，像看着一道可怕的伤口，我能从里面闻出一种腐败的气味。我打了个寒颤。

然后我一抬头，正好看到几本书摆在桌上，是我上次去范听寒家时借的。我随手打开一本，假装专心致志地看了半天，却是一页没翻。我眼前出现的一直是他那弯到九十度的驼背，看上去非人非兽。到了下午，我不再挣扎，终于把书合上，坐在那里抽了支烟，然后把几本书都装进了包里。

我骑着摩托车往落雪堂赶去。他家门口那排柳树依旧，我却有一种久别经年之感，恍惚觉得已物是人非。穿过阴凉的门洞，又是那片熟悉的院子，只见有几个陌生人在院子里忙活着什么。一见有陌生人，我本能地想退避出去，忽见海棠树下横着一个庞然大物，色彩艳丽又鬼气森森，再仔细一看，居然是一具棺材。黑漆上描画着亭台楼阁，红桃绿柳，仕女稚童。我一惊，心想，莫不是人已经入棺了？

正在这时又看见范云冈站在屋檐下使劲向我招手，便急急走过去。虽然已立秋了，竹帘还没有来得及卸下。我挑起竹帘进去，范云冈并没有跟进来。屋里光线幽暗，弥漫着一种秋后才有的萧索和灰败。炕上躺着一个人，一动不动。我心里一阵害怕，朝外面张望一番，见并没有人注意到我进来，便慢慢走过去，走到炕头。我看到他侧身躺在那里闭着眼睛。

他越发瘦，四肢缩小如婴孩，只有背上的那只驼峰却如龟壳一般更大更坚固了，看起来他整个人很快就要缩进那只龟壳里去了。

我轻轻唤了一声，范老师。

他慢慢睁开了眼睛，全身上下就只有这双眼睛还能动，在他身上这唯一的活物看上去多少有些瘆人。我不由得后退一步，说，范老师，我来还书了。

他目光模糊呆滞，像是眼睛里有一层障子挡住了他。他忽然声音发抖，是范柳亭回来了吗？

我呆呆站着，半天才说了一句，范老师，是我，我来还书了。

他的眼睛慢慢眨了几下，好像终于看清我是谁了，这才说了一句，你来了？不用还了，留个纪念吧。

这句话忽然让我很伤感，我把几本书整整齐齐摆在他面前，说，借了就得还，要不你下次就不借给我了。等你身体好了，我再来借书。

他躺在那里，用浑浊的眼睛又看了我好一会儿才慢慢说，你来了就好，我是想告诉你，其实人这一辈子都说过假话，都骗过人的。我本不叫范听寒，我本名叫范福星，我上面有四个姐姐，我父母老来得子，所以叫我福星。范听寒是我上师专之后自己改的名字。我也没有家学，我的父母都是不识字的农民。就是当年在师专当老师的时候我也只是一个最普通的老师。

我只觉得被他两束微弱的目光箍着，动弹不得，又是烦躁又是紧张，我口干舌燥地说，范老师，不要乱想。

他忽然笑了一下，眼睛还想紧紧盯着我，目光却已经聚不到一个点上了，这使他看起来就像正拼命看着我身后一个遥远的地方。只听他又说，我说过假话，范柳亭说过假话，你也说过假话。万物刍狗，所以，谁也不要怪谁。

我脑子里轰的一声，张开嘴又闭上，又张开又闭上，只觉得有千言万语要说，却是一个字都没有说出口。

这时只见他又闭上了眼睛，嘴里开始发出一些奇怪的破碎的谵语，我轻轻抓着他的手，不停地叫他范老师、范老师。我忽然想把很多话都告诉他，这些话已经藏了太久。然而连他的谵语也渐渐熄灭下去了，我更用力地握着他的手，那只手正在我手心里迅速变凉变硬。

我连忙挑起竹帘叫人，院子里帮忙的村民们一拥而入，见床上的老人已经过去了，便七手八脚地开始给他换老衣。又有人和范云冈商量，说范老师这驼背太大，老衣穿不上去，过会儿进了棺材也躺不平，要不要把弯曲的脊椎骨压断了？

我躲出去了。艳丽的棺材躺在海棠树下，一阵秋风吹过，几只血滴一样的海棠果儿叮叮落在了棺材上。西山上的天空被夕阳染得鲜红。

旁边的花圃里不知什么时候已经换了一片翠菊。

13

一九九九年九月，梁海涛从这个世界上消失了，取而代之的是郭世杰。

变成郭世杰之后，我先是坐火车躲到福建，在一个叫永定的县城开了家刀削面馆。一年之后面馆生意渐渐冷清，我又从福建辗转来到广州做小生意。那时候的小生意已经远没有八十年代好做，做了两次小生意把身上仅有的一点钱全部赔光了，只好应聘到一家歌厅做服务生。当时是歌厅生意最红火的时候，在我做服务生期间，有两个中年富婆每次去歌厅都提出要包养我。为了躲开这两个女人，在广州只待了半年我便又辞职去了珠海，在那里找了个偏僻的小渔村做了一年渔民。之后又向西辗转到了贵州、云南。我在每一个地方都不会待太久，所以我的行李总是少得可怜，不管走到哪里，行李箱里只有固定的三套西装三件衬衣两条领带，还有几本书。

一直到二〇〇四年，我终于做出决定，一个人回到铅矿。

14

我一个人在大山里走着。

秋天的山林斑斓而安静，似乎全世界的寂静都聚集在这山林里了。我走到一棵榆树下的时候，一阵风过，满树金黄的榆叶像场雨一样落了我一身。我抬头看着这棵树的时候，也看到高天上的云正变幻着无数种面孔。

我向那山顶爬去，黑龙峰，是方圆几百里之内的最高峰，我从未上去过，也不知道在那上面究竟能看到什么。从早晨一直爬到黄昏时分才终于上到山顶。一上山顶我就先被那轮巨大的夕阳击晕了，它看起来那么大，那么近，血淋淋的，似乎只要我一伸手就能够着它。从这山顶上看下去，整片山林都被染得血红，有风吹过时便状如波涛。就在这一片汹涌的波涛中，我却看到了一块凹进去的癞疤，我很快明白了，那是铅矿的位置，也就是我的藏身之处。然后，换了一个角度，我看到血红的波涛里居然亮着一面闪光的镜子。我盯着那镜子看了很久，终于明白，那镜子其实就是密林中的无名湖。原来，只要有人能登上这山顶，无名湖便不再是这世上的一个秘密。

我本能地抬头看了看天空，玫瑰色的晚霞正在迅速消散，取而代之的是一大团雄壮的云堡正在我头顶聚集。云堡中间开了一处小洞，夕阳最后的光线从里面射下来，照着我和这片森林，宛如一只巨大的无所不知的眼睛。

又在顷刻之间，狂风骤起，云堡坍塌，一场大雨将至，森林里有怒涛滚滚而来，那林间的癫疤和镜子似乎转瞬之间便会被吹得支离破碎，无迹可寻。

这一日，我骑着摩托车下山，又来到落雪堂，来到范家门口。穿过那排柳树，见门正开着。幽深的门洞里空无一人，那张小木桌和我做的那把椅子却还在原处，好像上面还坐着一个隐形的老人。我对着那桌子和椅子默默站了一会儿，然后走进院子里。

我吓了一大跳，院子里一片狼藉。一只箱子在阳光下敞着盖子，里面是一堆五颜六色的衣服，房檐下的台阶上横七竖八地铺了一地书，晒着太阳。有几张写着毛笔字的条幅也被扔到院子里，好像正在院子里闲庭信步。各类生活用具零散扔了一地。仿佛这院子刚刚被洗劫过。我站在院子问，有人吗？

竹帘晃了一下，闪出一个人影来。我一看，不是别人，正是范云冈。如今这整个院子里就剩她一个人了，她远远站在那里，看起来分外瘦小，竟把这院子衬得空旷了好几倍。我心里一阵难过，口气倒更蛮横了，你家这是怎么了？被强盗打劫了？

她向我走过来，脑后还是梳着一只蓬乱的大丸子，眯着眼打量了我好几眼，好像这才勉强想起我是谁，说，是你啊，打领带那个。你又是来借书的么？你还真敢来。

这最末一句话让我对她又有了几分警惕，但我还是不动声色地问了一遍，你家到底怎么了？

这些书都是我爷爷的，你喜欢哪些随便拿去，反正我都是要送人的。

我惊诧道，你爷爷的书你怎么能送了人？他自己保存了那么多年，还给好多书包上了书皮。

她耸了耸肩，两手一摊，说，我算看透了，他再爱书，死了还不是一本都带不走。留这么多东西做什么，都是累赘，不如早些送了人，还算做了好事。

我的口气忽然就有点气急败坏起来，像个长辈一样大声训斥道，你爷爷允许你把他的书都送人了吗？

她挑起一只嘴角嘲笑我，你是我家什么人？

我自觉失言，便坐下点了支烟猛抽起来。她立在我旁边说，喂，给我一根。我瞪着她，小姑娘家抽什么烟，抽烟抽多了连肺都能被熏黑。她叫道，那你怎么还抽啊。我又抽了两口才说，我烟瘾大，年龄也大了，戒了就没什么乐趣了。说着递过去一支烟，她点着了，装腔作势地抽了一大口。

她一边抽烟一边说，我要出门了，说不定一走就是几年，我把工作都辞掉了。一个人守着个十间房的大院子，晚上都觉得瘆人。

我猛抽了几口烟，把自己呛得直咳嗽，我痛心疾首地说，你爷爷费多大的劲才给你找的这份工作。

只见她叼着烟在满地狼藉的院子里游弋着，说，我八岁就没有妈了，跑了，以后再没看过我。二十岁的时候我爸失踪了，生死不明。二十四岁的时候我奶奶病死了，然后，就剩了我和我爷爷，我知道他也会走的。我在心里早就做好准备了，我知道他们一个一个都会离开我的，最后会只剩下我一个人。所以我早就想好了，只剩下我一个人的时候，我该怎么办。我总不能一辈子就在一个馒头大的小镇上待着吧？大城市我也不去，累得慌，我可能去西藏、新疆，还可能去内蒙古。你看人家那些少数民族，成天骑着马在草原上跑来跑去地放羊，喝着酒唱着歌儿，不用找工作，不用巴结人。死了就拉倒，活人也不用为死人哭，因为人人都要死。每当我想为我爷爷大哭一场的时候，我就想，我也会死的，反正大家都一样。

她说得并不伤感，我的眼泪却差点下来了，默默抽完一支烟，把眼泪硬憋回去之后才说，人家是游牧民族，和我们不一样，那种生活在电视上看看就行了。人最后都是需要安稳的，我年龄比你大好多，你听我一句，其实在一个小镇上当个小学老师真的挺好的。

她叼着烟看天，不吭声。

我以为刚才的话起了作用，忙又继续，不要以为自己比别人多看了几本书就和别人不一样了。你爷爷还是希望你有份稳定工作，找个好人结婚，再过几年你就知道了，其实安心比什么都好。

她忽然冷笑一声，既然结婚这么好，你怎么不去结？

我心里一惊，嘴上却硬撑，谁说我没有结婚，我儿子都十几岁了，个头比你还高。

她并不说话，只是嘎嘎大笑。我这才想到，虽然我还是愿意把她当成一个孩子，但事实上，她已经二十九岁了。我忽然想到，范听寒在去世前会不会已经把他所知晓的秘密告诉了他的孙女。

我心里一动，却不再有以前那种动辄一身冷汗的激灵感。我想到了那天站在黑龙峰上看到的无名湖，它像面小小的镜子一样裸露在大地上，反射着血红色的夕阳。也许，这世界上根本不止我一个人知道它的存在。想到这里，我反而有了一种莫名的轻松。

秋天的阳光烤着我，我微微闭了会儿眼睛，阳光里飘着翠菊的花香。再睁开眼睛时，忽见她抱着两只酒瓶子站在我面前。她把酒瓶朝我晃晃，你看我爷爷存下的老白汾也带不走，我不说嘛，人活一世就是个过客。怎么样，中午一起喝点吧？

她把菜园子里最后一个茄子和最后两根黄瓜摘了，把茄子蒸了，拌上蒜泥，又把黄瓜拍了，淋上香油。又说她爷爷在缸里还养着两条鲤鱼，要不要也炖了下酒。我连忙说，我从不吃鱼。她便只把茄子和黄瓜端上来，两只酒杯里都倒满酒，然后我们就在门洞里的小木桌前坐下来对饮。

秋风带着剑气从门洞里钻过，已经明显有了凉意。她举起杯子，我也举起，我们碰了一下。她说，以后要是去了新疆、西藏，怕是就喝不到这么好的酒了。我说，去了哪里都有好酒喝的，就是过了阳关、玉门关，照样有好酒。不管去哪里，我还是希望你能找个好人结婚，一个人真的太孤单了。

她挑起一只嘴角看着我，一个人太孤单了？

我不再接话。

我们默默地喝了三个来回，我放下杯子，忽然正色问道，你爷爷去世前，你是怎么找到岔口饭店的？

她用一根修长的手指轻轻敲打着桌面，意味深长地看着我说，因为镇上去山里采木耳的人曾经在你那饭店里吃过饭，你那饭店根本不在镇上。而且你那饭店里只做四样菜，过油肉、酱梅肉、野鸡炖山蘑、烩土豆。我没说错吧？

我不语，夹了一筷子黄瓜，满嘴咔嚓咔嚓脆响。她补充了一句，我早和你说过，一个馒头大的小镇能瞒住什么，镇东吃肉，镇西就能闻见味道。

我仍不说话，又夹了一筷子黄瓜，正使劲地嚼着，忽听她淡淡说了一句，我男人也去你饭店里吃过饭。

我的咀嚼猝然止住，我抬头看她，我们正好四目相对。我脑子里努力拼凑着那个男人的样子，却是怎么也聚拢不成一个人形。她说的应该就是那个凤城镇上暴尸街头的黑社会老大。他居然去过岔口饭店？而我却根本不知道坐在那里吃饭的人可能是谁。

我不寒而栗，却咧嘴笑了一下。

她给我倒上酒，我又和她喝了一杯，才假装漫不经心地问道，他去我那里吃饭也是进山采木耳吗？

她那根指头似乎闲得发慌，还在不停地敲打桌面。她说，他倒不采什么木耳，他只是对你好奇，觉得你是有些来路的人。一个人为什么要把饭店开到山里去呢？

我听到自己的心脏在胸腔里很响地跳了几下，但我的声音反倒越发轻快，我说，进山里拉木料的大车司机也要吃饭吧，总不能所有的人都把饭店开到城里去。

那根指头还在敲，发出单调可怖的声音。她并不接我的话，只说，你不是经常去镇上卖木耳吗？他早就注意到你了，因为你的穿着就和别人不一样。

我想到直到那个男人被砍死在街头，我都没有见过他一次，甚至至今都不知道他长什么样。而当我在镇上卖木耳的时候，他可能就坐在我对面正仔细打量着我。

看来今天我根本不该来，范听寒已经不在了，我却又放心不下他这个孙女，毕竟，她没有了父亲，又没有了爷爷。听她的口气，她像是已经知道什么了。

我下意识地朝着门的方向看了一眼。离我并不远，我断定我可以随时从这扇门里离开，她毕竟只是一个年轻姑娘。做好打算后，我不动声色地给她倒了一杯酒，又给自己倒了一杯，然后笑着问她，注意到我？就因为我喜欢穿西装打领带？

她也笑了一下，他说他还没有想明白你到底是什么来路，如果是一个犯过事的人，大概也不敢穿成这样。他觉得你很奇怪。

看来她并不确定。我又想到那个男人既然能找到岔口饭店，会不会也已经知道了我住在哪里。我便试探道，他在我饭店里吃完饭都不和我打个招呼？既然都认识，怎么能不去我家里坐会儿呢？

她微微一笑，把杯里的酒一饮而尽，说，你家？你家在哪？

我不说话，看着她的眼睛。

她回看着我的眼睛，说，我男人那次下山后曾对我说，他猜你很可能就住在山里。

我纹丝不动，他还说了什么？

他还说他觉得你没老婆没孩子，应该是一个人过。

我竭力用平静掩饰着内心的狂风巨浪，我看到自己端起酒杯的手又在发抖，但我还是勉强和她手里的酒杯碰了一下，一口喝干，这才说，其实他要是早说的话，我一定请他去我家里坐坐，让我老婆给他炒两个菜，我和他好好喝顿酒。

说完这话，我又点了一支烟，一边递给她一支。

她把烟点着了，叼在嘴角，锋利的眼神忽然就钝下去了。她极安静地说，没机会了，后来他死了。

我没有说话，只是埋头抽烟。

她抽了几口，不再看我，只看着门外说，他这个人吧，你可能没见过，长得特别像个坏人，打架斗殴，还蹲过监狱……他只是长得像个坏人。你不知道他其实还像个小孩，喜欢捡树根做根雕，会用麦秸编篮子，会把南瓜刻成灯笼。

她没有声音地流着泪，嘴角还叼着那支烟。

我感觉自己身体里滚烫，手脚却冰凉。我便走到水龙头前把头伸下去灌了几口凉水，一抬头，正看到那只大水缸里盘着的那两条大鲤鱼，它们不知吃了些什么，越发肥硕。我胃里一阵抽搐，又伸头灌了两口凉水。

我重又回到桌前坐下，她脸上的泪珠已经收起，那根手指重新在桌上可恶地敲了起来。她边敲边忽然想起了什么，对了，你还有个奇怪的地方，你和我爷爷说过，你小时候是在海边长大的，对吧？但是你却不吃鱼。

我盯着她那根手指看了一会儿才说，不是这世上所有的事都能解释清楚的，有人讨厌吃鸡肉，就会有人讨厌吃鱼肉。

她诡异地笑了一下，说，是吗？那你觉得我爸爸还可能回来吗？他已经消失了八年了。

我说，我记得以前你自己不是说过吗，觉得他只有两种可能，要么是他犯了什么罪躲起来了，要么就是已经被人害了。

她目不转睛地盯着我，那是我说的，不是你说的，你觉得哪个可能性大？

我摊开自己的手心比画着，说，我不会算命，这个我不知道，真不知道。

她又独自饮下一杯酒，然后，那根可恶的指头继续在桌上有节奏地敲着，笃笃，笃笃，笃笃笃。她慢慢说，你想知道我男人是怎么看待这个事的吗？他给我讲过，一个人几年不回家的可能性有很多，比如他以前的一个狱友，判刑之后被发配到新疆戈壁滩改造，刑满之后也不能回内地，就只能在那戈壁滩里待着，和家里人也多年没有了联系，家里人都当他已经死在新疆了。又说他知道有一个年轻女人离开家里去呼和浩特的一个饭店打工，她在工作的第二天就被奸杀了，公安通知了她父亲，她父亲不敢把真相告诉她母亲，就骗老伴说女儿跟着一个有钱男人跑了，过上了好日子，吃穿不愁，就是不记得往家里打个电话。一骗就骗了三十年，一直到他老伴去世前还在等着他们的女儿回家，而杀人犯是在那女的死了十多年后才被抓住。他还给我讲过，有个生意人被人抢钱害命，却几年里就是找不到尸首，家里人和公安局方圆几十里地找，怎么都找不到，就成了无头案。结果你猜后来是怎么找到的？邻村有个人喜欢钓鱼，有段时间老去一个很远的废水塘钓鱼，他发现钓起来的鱼都比别的地方的鱼肥大，他就感觉有点不对劲，那人胆子大，决定到水下看看究竟有什么，结果看到水底有一具被大石头绑着的尸体，尸体上的肉已经被鱼吃光了。

我刚端到嘴边的酒杯忽然停住了，她也忽然住了口，整个世界像被一把利刃齐齐剁了开来，没有一点儿多余的声息。我端着那杯酒，再次迅速朝那扇门的方向看了一眼。

片刻的死寂之后，我说，你那男人，死了真是可惜了。

在幽暗的门洞里，她目光灼灼地看着我，忽然间她骄傲地微笑起来，说，我一直都这么觉得。

我还是举着那杯酒，说，我想敬他一杯。然后，我一饮而尽。

夕阳西下，我们两个人都喝得有些醉了。我心中想着还是快些离开，便摇摇晃晃地站起来，说，天快黑了，我该走了，把你爷爷的书送我一本吧，用他的话说，留个纪念。

我爷爷，她怔了一下说，临终前老念叨一句话，万物为刍狗。嗯，他说过，是要让你留个纪念。

我拿起一本《花间集》，打开，里面居然也夹着一张写字的纸，看起来又是一首范柳亭致父亲的家书，"谁道闲情抛弃久，每到春来，惆怅还依旧。日日花前常病酒，不辞镜里朱颜瘦。河畔青芜堤上柳，为问新愁，何事年年有？独立小桥风满袖，平林新月人归后"。落款时间是二○○六年三月十八日。我想我真的是喝多了，我竟对范云冈晃着这张纸说，看，你爸爸的信，你看他一直在给你爷爷写信呢。

她神秘地笑了，我爷爷经常给自己写信。

我把那本书小心翼翼地揣在怀里，然后终于向那扇门走去。她跟在后面，一直把我送到门口，门口不见人影，只有我的摩托车停在那排柳树下。我又是怕她，又是感激她，我知道这一定是我最后一次来这里了，我觉得我应该说点什么，把那些本想和范听寒说的话都说给她听，我甚至想和她聊聊她的父亲，我毕竟认识他。最后我却只客套地说了一句，你走的时候，我来送行。

她又习惯性地挑起一只嘴角，看着我的眼睛说，不用卖我人情，你走了就走了，反正我也是要走了。

我一只脚已经跨在了摩托车上，另一只脚踮着地。这时候我发现她是真的在让我走，是真的。我反倒犹豫了片刻，最后还是使劲一踩油门，摩托车突突突地发动了起来，就在那一瞬间，我心里仿佛有山洪涌过，我忽然扭头对她喊道，你上不上车，我现在带你去一个地方，就在这山里，我带你去看一个你从来没有见过的湖。

她愣了一下，眼睛里忽然波光闪闪，却依然站在柔软的柳枝下，没有动。然后，她假装什么都没有听到，只用更大的声音喊回来，你说什么，我听不见，我一点儿都听不见。在摩托车飞出去的同时，我看到她转过身去，消失在了幽深的门洞里。

15

我潜入水中，再次向着无名湖幽暗的湖底游去。

（原载《收获》2019 年第 1 期）

失路之人

◎鬼　金

　　你在活着的时候应付不了生活，就应该用一只手挡着命运的绝望，同时，用另一只手草草记下你在废墟中看到的一切。

——卡夫卡

一

　　赵挺弋乘坐的南方航空公司的飞机晚点了，降落在沈阳桃仙机场已经五点半钟。

　　在武汉天河机场候机的时候，他就烦躁，机场广播里一次次重复着飞机晚点，什么时候起飞请等待通知的消息。每听到一次，他的烦躁就开始繁殖。赵挺弋觉得这是一次未知的旅程，一次次广播通知让他的旅程变得漫长，无限漫长，同时也存在取消航班的可能。他因此陷入失落、茫然和孤独之中。这样说，好像他归乡心切似的，其实不是。他随身带了本普利策戏剧集《怀疑》，翻了几页，看不进去。每次都是这样，不带本书在身边又觉得虚度时光，生命里空了一段似的，带了，又几乎不看。贱。他在心里狠狠骂了句自己。

　　早上六点多从出租屋滴滴叫车，路上堵车，两个多小时才赶到机场。在机场外面连着抽了三支烟，把打火机扔掉，走进航站楼，取票后，闲逛了一会儿，开始过安检。有两个拎着土鸡蛋盒子的男人在同一个地方先后把盒子散落在地上，鸡蛋从里面掉出来。这样的巧合让等待安检的人都笑了。赵挺弋也笑了，他想到地球引力。其中一个男人，鸡蛋干脆不要了，还用脚踢了一下盒子里的鸡蛋，直接跑向安检口。机场清洁人员走过来，把碎鸡蛋从地上捡起，可以看到散开的蛋黄和蛋清搅和在一起，摊在镜子般的地面上，像是要做煎蛋似的。赵挺弋盯着清洁人员把碎鸡蛋壳放到垃圾袋里，蹲在地上开始用抹布擦拭地面上的蛋黄和蛋清。蛋黄和蛋清，还有灰尘混合到一起，变得浑浊。等清洁人员从地上站起来，安检也排到赵挺弋了。十几分钟后，过了安检，他找到49号登机口。候机的人还很少，他数了数，五人，加上他，六人。其中，有三个外国人，两男一女。女的脱了鞋，躺在椅子上睡着了。左侧是一台挂起来的电视机，里面播放着一场盛大的会议。透过窗户可以看到外面停泊的飞机。因为时间未到，赵挺弋坐了一会儿，去书店看了看，几乎没有要看的，文学类的好几本小说他都有。再次回到座位，乘机的人开始陆续多起来。赵挺弋听见广播里飞机晚点的消息，怔住，他不能相信自己的耳朵，再听，晚点是真的。他看了看身边的人都没有表情，但他们的嘴里开始嘟囔、埋怨了。很多人坐在电视机前面观看那场盛大的会议。他也关注了一会儿，视线被几个站着的人挡住了，他掏出那本《怀疑》，看了几眼，其中几句话让他停下来思考。整个人都走神了。

……

弗林　是的。人们编故事来阐明理念，这是寓言的传统。

詹姆斯　生活中的真实事件不比虚构的故事更有阐明理念的价值吗？

弗林　不，生活中真实的发生是无法阐释的。真实无法成为感人的布道。它既令人困惑又无清晰的结论。

赵挺弋从走神状态中回来，看到人们已经拿着登机牌排队去登机口领盒饭了。他把《怀疑》放回到背包里，掏出手机看了下时间，十二点半啦。他站起来，去排队。一个登机牌一份盒饭，一瓶饮料。排队的时候，他听到前面的母女俩说着东北话，让他感到亲切。差不多十五分钟后，他领到一份盒饭，可是他看到别人拿的冰红茶饮料，他也想要一瓶。工作人员说，没了，只有雪碧和可乐。早上，他没喝咖啡，最后要了罐可乐。拿着盒饭和饮料回到座位，看到那三个外国人不见了。他们的座位上坐了几个学生模样的人。看上去是搞音乐的，其中一个男孩对着大提琴模样的盒子拍照。那个盒子能有一人多高，立在地上，就像一个人偶。赵挺弋坐下来，吃饭。米饭。土豆丝炒青椒。半个咸鸭蛋。一个鸡翅。还有一小撮咸菜。没想到青椒很辣，鼻尖儿上都见汗了。也许因为饿了，他把整个盒饭都消灭掉，把筷子和带着几粒米和青椒丝的盒子扔到垃圾桶里。49号登机口处弥漫着饭菜的气味，还有人只吃了饭，就着从机场买的周黑鸭吃着。那是一种很辣的食品，他曾经吃过，差点儿把他这个东北人的胃辣穿，胃疼了好几天。他右手拿着可乐，站在垃圾桶旁，边喝边盯着窗外。飞机就停在那里，为什么不起飞呢？航空管制是一个什么东西？赵挺弋很少坐飞机，不知道。他把喝空的可乐罐扔进垃圾桶，懒散地闲逛，看到那装盒饭的大盒子里还有几盒，他没跟工作人员打招呼，顺手拿了一盒，有些胆怯，像偷了。他竟然有了一种做贼的快感在里面，拉仇恨似的，蹲在窗前，盯着那飞机尾翼上的航空公司标志，狼吞虎咽地吃着。尽管蹲着，他仍能感觉到身体的紧张，小腿肌肉颤抖。他目光不时瞟一眼工作人员。只吃了一半，就扔进垃圾桶里。这一举动竟然没被人发现，他心中窃喜。广播里又在重复飞机晚点的消息……也许因为多吃了个盒饭，飞机晚点的消息让赵挺弋感到心理平衡和安慰。

　　四十分钟后，开始登机。赵挺弋给在南京出差的余薇发了条信息，我已登机。余薇没回，他想，可能在忙吧。

二

　　这是赵挺弋从轧钢厂辞职离开家两年多，第一次回望城。他此次回望城是办理离婚的。左晓丽催了几次说，这样下去也不是办法。几次他都因为在外地写剧本没回去，前几天，左晓丽又打电话来，他想，是时候了。也许，左晓丽在这两年里有了别人，不能耽误人家。再说，自己这样让一个女人守活寡，也不好。何况，在这两年里，他遇见了余薇。即使没有遇见余薇，他也想着要给左晓丽一个答复。不爱了，在一起也是折磨。不是一路人，还是分了吧。辞职是因为轧钢厂的效益越来越不好，倒一个月班，连奖金都拿不到，开到手的也就一千七八百块钱。这让在银行工作的左晓丽很是瞧不起。尤其回左晓丽家的时候，他都要低声下气的，哪句话说不对了，都要遭到左晓丽的抢白，在岳父岳母面前尊严尽失，又不好发作，只能忍气吞声。从岳父岳母家回来，他们之间就开始冷战。一个星期不说话都是常事。那个时候，他已经开始写作，在论坛上认识一些朋友。左晓丽又开始对他的写作冷嘲热讽，点灯熬油的，又没钱挣。左晓丽平时怎么抢白他都行，他都可以忍受，谁叫自己没能耐呢？但左晓丽拿他喜欢的写作来讽喻他，他受不了。那是拿刀子在捅他的心，噗噗几下，他疼啊，他心在流血啊！那天，他终于按捺不住心中的怒火，爆发了，左手颤抖着，不受控制似的，右手也愤怒了，落在左晓丽的脸上，只听啪的一声，在空气中炸开，左晓丽的脸上出现一个手印，血从她的鼻孔和嘴角流出来。左晓丽没哭，竟然上来抓他的脸，说，我跟你拼了。他用手一挡，把左晓丽弄个趔趄，撞到墙上。赵挺弋知道自己下手太狠，有些后悔，但看到左晓丽嘲讽的目光刀子般看着他。他没有道歉。左晓丽用手擦了下嘴角的鲜血，说，能啊，还打人啦？一个吊车司机挣不了几个钱，打起老婆到很有能耐啊？赵挺弋说，我告诉你，左晓丽，你拿什么伤害我都可以，但你不能拿写作这事儿伤害我，你如果再拿写作说事儿，我还……左晓丽问，怎么？你还怎么？除了打人，你还有什么能耐？跟女人较劲算什么能耐？有能耐你去外面挣大钱，去跟社会上的人打去啊？赵挺弋知道跟左晓丽说不明白，干脆拉开门躲出去了。自从他打了左晓丽后，他常常下班回来，左晓丽都不在家，家里冷冷清清的。凌晨一两点钟，左晓丽才回来，酒气熏天的。为了应付繁重的夜班，他必须休息好，就一个人搬到客厅里去住，并在客厅里看书写作，像一个寄居者。

飞机上，赵挺弋把《怀疑》放到前面座位的口袋里，他想，也许可以翻翻。飞机起飞了，大气层里白色的云，就像是望城一场大雪后堆得满地都是的雪堆，等着清洁人员把它们装到汽车上。悬浮于半空的感觉有些像他在吊车上，可以俯瞰下面的人和事物。他在轧钢厂俯瞰到的只能是那些坚硬的成捆的钢铁，还有三两个干活的人。此刻，他看到的是那些雪堆一样的云。在那些云里面，没有人类。没有。那一刻，他突然感觉到一丝轻盈。在轧钢厂的吊车上，他还要注意那些人的生命安全，还要顾及是否违章操作。很多东西无形地束缚着他。囚徒，是的，轧钢厂的囚徒。他这样命名自己。悬于半空的囚徒。他的敏感对于他，是痛苦的根源。他关注着肉身，同时寻找着精神困境的突围。邻座的女人四十多岁，戴着一个帽子，染着红色指甲，手里拿了一本精装的《西藏生死书》。这让赵挺弋刮目相看。他也有这本书，是平装本，但看上去更像是一本盗版书。在飞机上翻看这样一本书，让赵挺弋觉得多少有些诡异。女人安静地坐在那里翻看，很是专注。对于这本书的内容，他忘得一干二净。他是一个无神论者，更是一个唯心主义者。他拉下小窗板，还是留了一个缝隙，光从窗外照射进来，在他双腿上留下一小条光亮地带。他闭上眼睛，从早上折腾到现在，他感到很疲惫，身体是沉的。座椅位置狭窄，让他很不舒服，膝盖顶在前面椅背上，近乎蜷曲。前面的乘客回头厌恶地看了看他，他连忙把膝盖拿下来。此刻，他是飞机上的囚徒。是天空的囚徒。在飞机起飞后，他看到下面的大地，线条和色彩更像是抽象画。他竟然感慨这片山河的伟大，可是一些人恰恰在糟蹋着这伟大的山河。赵挺弋睁开眼睛看见那个女人仍旧专注地阅读，沉浸在生与死的迷宫之中，是否能从书中寻找到属于她的道路，未知。

那本《怀疑》封面从前面椅背的袋子里露出来，是两个修女的照片，那个年轻的修女明显受了委屈，手放在嘴唇上，泪眼蒙蒙的。老修女手里拿着一个篮子，篮子里面放的什么，看不清楚，明显是老修女在质问年轻修女什么。在老修女背后是一座模糊的圣像。

赵挺弋把书往椅背的口袋里掖了掖，他突然厌倦书。这几年来，即使书也没把他从无力感中拯救出来。没有。但书籍在他的生活中又是无法剔除的一部分，就像一个生病的人，药不能停。书籍是他的药。他闭上眼睛沉在无力感之中。整个人在无力感中摊开，飘散在虚无之中。这种虚无时常侵袭他，让他也成为虚无的一部分。他的脑海里肉身在椅子上散去……但是，这个飞机的空间仍旧囚禁着他……他在意识里又把那散去的部分拽回来，先是拉扯着，然后，果断出手，拽回到身体里，他声音近乎恐吓地说，哪里逃啊？还是待在这个臭皮囊中吧！那散出去的部分乖乖地回到他身体里，像一条小狗，驯顺地蜷缩在身体的角落里。赵挺弋还记得小时候父亲从外面抱回来一条小狗，稀罕了几天，突然，小狗蔫蔫的，没几天就死了。他当时伤心得哭了，哭得心都疼了，眼瞅着父亲把它埋在菜园里的一棵梨树下面，一锹锹土落下去，盖住小狗身体的时候，他转身跑开。某个深夜，他竟然听见小狗在梨树下面吠叫，当他穿上衣服跑出去，在梨树下面转了一圈，却什么都没看见。只有那棵老梨树孤独地长在那里，它的年龄据说比逝去的爷爷的年龄还大很多。很多。他瞪着眼睛看着，发现一只乌鸦站在树枝上。朦胧的天光中，那乌鸦铁铸一般。他从地上摸到一块石头，投过去，乌鸦聒噪地叫着。那叫声让暗夜变得更加深入、坚硬起来。乌鸦飞走了。第二天早上，他听见父亲在菜园子里大骂，而且很恶毒，直至祖宗八代。父亲骂谁呢？他从炕上起来，跑出去，才知道，那狗不知道被什么人刨出来，偷走了。老梨树下面只剩下一个土坑。敞开的墓穴。他问父亲，偷一条死狗能干什么？父亲说，能干什么？还不是吃肉。都馋死啦，吃了也让他们全家死光光。他站在父亲身边想象着几个人吃着狗肉的画面，眼泪瞬间流了出来，咧嘴号哭。好像这样，那狗会回到他身边似的，然后，躺进那个梨树下面的土坑里，再次被埋葬。从那以后，他家再没养过狗。几天前，余薇从学校下班回来说，有朋友想送她一条哈士奇小狗，问他要不要。他可以在写作休息的时候，遛遛小狗，当锻炼身体。他拒绝了。后来，余薇再没提这件事。他们租的房子与余薇工作的学校只有一墙之隔。二十一楼。站在楼上，用望远镜可以看到余薇。只要他在出租屋里写作累了，想余薇了，他就会给余薇发个微信，只要余薇不忙，就会从教研室里出来，站到门口，假装工作累了，出来呼吸一下新鲜空气，伸伸腰肢。他从望远镜里就可以看到她，是那么清晰，连粉红色的耳垂上耳钉都可以看到。余薇在遇到赵挺弋后，有一天她躺在他怀里，突然对他说，我要去扎耳洞。赵挺弋问，为什么？余薇说，为你。赵挺弋说，很疼的，何必呢？余薇撒娇说，为你不疼。我不能把处女之身献给你，但我要把这耳垂之血献给你。赵挺弋听着余薇的话，觉得怪怪的。第二天，在赵挺弋的陪同下两人去扎了耳洞，是激光打的，一点点血。余薇有些失望，用纸沾下来，把带耳垂之血的纸折叠保存起来。在经过发炎、化脓之后，两个细小的耳眼透过坠着两个珍珠耳钉，看上去很美。在两人做爱的时候，赵挺弋噙着那珍珠拉扯着，让余薇的身体一次次迎合着他，直到高潮。从那之后，每次做爱，在高潮即将来临的时候，余薇都让赵挺弋噙住那珍珠。余薇站在那儿对着他微笑，摆手，偶尔还会噘起嘴唇来一个亲吻的动作，就像在面前似的。最后，他延长的目光会落在余薇的腰上，那细腰的浮力真大，带劲儿，爽歪歪了。甚至有几次，余薇没课，跑回来，两人做爱。

这几年在外面混，每次人们问赵挺弋，哪里人？只要他说是东北望城的。人们就会说，哦。听说东北那旮旯整个经济已经沉陷（模仿赵本山的语气）……电视上说，正处于滚石上山，爬坡过坎阶段……你相信东北会好吗？赵挺弋板着脸，说，不知道。我又不是国家领导人。因为是东北的，很多人竟然小瞧赵挺弋，眼神是鄙视的，好像他来自一个万恶的旧社会似的，让他尊严丧失。赵挺弋慢慢也学乖了，甚至狡猾了，他在乎了，本来他的口音就不像东北人，很像天津人。某些场合他干脆说自己是天津人。但他来自东北这不争的事实，像隐疾一样，无论在电视上，在其他媒体上看到，东北经济荆榛满目这样的字眼，他都会心痛。虽然，他逃出来了，可是那毕竟是他出生的地方，是他生活了近三十年的地方。东北会好吗？这不光是他这个逃离的东北人要问的问题，也是很多还生活在东北的人要问的问题。他不知道答案，他相信那些人也不知道答案。人们都处于一种惶恐、失落的等待之中。

赵挺弋起身去了趟卫生间，旁边的女人站起来给他让路，回来的时候，女人再次站起来。他闻到女人身上淡淡的香味。赵挺弋想和女人说说她手里的那本书，最后还是没说。生与死真的可以探讨吗？

孤独的两个多小时终于过去，飞机在沈阳桃仙机场落地。他，赵挺弋又回来了，闻到东北这旮旯清冽的空气了。他下飞机后，先是去看了看回望城的班车。因为飞机晚点，班车已经没了。他就不着急了，出了大厅，到外面借了个火，开始抽烟。下雪了，空气里透着清冽的味道。有顽皮的雪花从他的衣领钻进脖子里，凉丝丝的，但他没管，仍在抽烟。天地间被纷纷的雪花连接着，像一个万花筒，同样也令他看不清晰。除了纷纷扬扬的雪落下来，远处一片白茫茫的。视野内再看不到什么了。他是喜雪的。他在垃圾箱旁边抽烟。有来自南方的人尖叫着，下雪啦，下雪啦。一惊一乍的，都夸张了。他看到人们心切地坐车离开机场。他不急。没了班车，他可以在机场宾馆住一宿或者打出租车，回到望城也是要住宾馆的。那个他和左晓丽的家，他不想回去，也不能回去。当初离开的时候，他就把钥匙留下了。赵挺弋掏出手机拍了一张下雪的照片，通过微信发给余薇，说，沈阳桃仙机场。雪。余薇回信说，冷吗？给你准备的羽绒服穿了吗？赵挺弋说，穿了。余薇说，作品研讨了一天，很累，也没研讨出来什么，都是套话、假话、空话，把狗屎一通赞美，都恶心到我了，差点儿当场就吐了，我跑到卫生间抽了支烟，才回去……聚餐我都没去吃，就回宾馆休息了，刚洗了澡，躺在床上。后天，回武汉。赵挺弋回话说，我办完事儿就回去，无意外，也后天回去。他给余薇发了一个亲吻表情。余薇回了一个同样的表情。余薇是搞当代文学评论的，她认为很多人丧失了批评的本质，甚至人格。

翩翩落雪，犹如灰白的幕布飘摇着悬挂在天地之间，让赵挺弋伤感和惆怅起来，是啊，这雪覆盖了一切可以看见的，而那些看不见的永远看不见。在白雪幕布后面到底上演一场什么样的人间大戏，没人可以预料。他在脑子里虚构着：

狂风暴雪都是戏剧的背景，挣扎的人们鬼魅般从黑暗中爬出来。墓地散发着死亡的味道。人们失去了方向，在迷茫的暴雪中，瑟瑟发抖。路淹没在雪中，人们饥饿地在雪地里寻找老鼠作为食物。没有引领的人，没有。人们呆滞地望着远方的山峦，渐渐矮下去，露出平原的辽阔，但人们已无力走过去。人们在雪地里徘徊着，犹豫着，也许回到墓地，才是归宿，毕竟墓坑可以给他们温暖，而不是墙的冰冷和禁锢。天上仍在落雪，那不是雪，而是他们在天上的梦碎裂后落下来的碎片，那梦随着宫殿的坍塌一同落下来……碎片……墓穴里面的声音在召唤，是的，召唤……归来吧……这里将建造新的宫殿……只对你们这些苦难中的人开放……一个坐轮椅的男人在前面引领着他们……前行……

　　他作为一个写作者都无法虚构下去。近年他整个人都陷入一种无力感之中，不能自拔。他坚信呈现这种无力感也是文学之一种。一个时代的人类情绪就是高级的艺术表现方式。因为下雪，机场连出租车的影子都看不见，都是私家车，他偶然看到辽E的车牌子，眼睛唰地一亮，跑过去，微笑着问，可以捎我一趟吗？回望城。被人拒绝。冷漠地拒绝。他从地上抓了一把雪，握成一团在手心里，真想像手榴弹一样投掷出去，但他没有，他握着，握着，直到雪在手心里融化，从手指缝里滴出水来。他把剩下的小雪团扔到地上，趴的一声，碎掉。他走回到垃圾箱旁，用手指从雪中抠了几下，从里面抠出来一个打火机，冰凉的，他握在手心里，等打火机有了他的体温，他才按了几下，火苗蹿出来，羸弱如一颗小心脏在跳动。在火苗蹿出来的瞬间，他走神了，手感到了热，烫了，他连忙把蛇芯子般的火苗对准叼在嘴上的烟，让它舔着纸烟。失控的火苗差点儿燎到他鼻子。在距离他三米远的地方站着一个五十多岁的男人，张大着嘴，呼吸，每吸一口，好像要把整个世界吞进嘴里似的。每呼出一口，又像把整个世界再吐出来似的。看上去是那么夸张。这个男人突然神经质地背诵起那首，北国风光，千里冰封，万里雪飘……听到那个男人的背诵，赵挺弋的身子一阵凛然。也许是刚刚手里握着个雪球的原因，赵挺弋有些冷，瑟缩着，抽完烟，转身回到大厅内。看到那些下飞机的人匆匆忙忙走出大厅，归家心切的样子，在落雪中钻进来接他们的车辆中。在机场远处的城市里，有灯火和家等着他们呀。赵挺弋没有呀，他是孤独的。孤单的。此刻。他那个"家"

在武汉，那个女人在南京出差。他忘记在什么上看到过一句很酸的话说，你心爱的女人在哪儿，哪儿就是你的家。

他在心里已经与这片地域有了隔阂。是的，隔阂。有了陌生感。是的，陌生感。疙疙瘩瘩了。那种刚下飞机后的亲切感顿失……无影无踪。白雪无法掩盖的荒凉……侵入骨髓……在身体里面弥散开来，五脏六腑都冷了，骨头都冷了。

在机场的灯光之外，更远的地方是黑，黑黢黢的一片，看不到尽头的黑。在凝固的黑里面，什么都看不见，看不见。他的脑子里蹦出来两个字：空茫。

机场大厅里暖气充足，赵挺弋仍旧感觉到冷。冷。冷。那种归乡的情愫再一次翻涌起来，他突然很想回去，很想。他想起二勇当年因为偷了点儿电线给母亲买药，被轧钢厂开除。开除后，二勇靠给人开出租车谋生。不知道二勇现在是否还在开出租车？他在手机通讯录里找二勇的电话号码，竟然看到一个逝去的人的电话号码——老古。老古是赵挺弋和二勇的师傅。他翻到二勇的电话号码，拨过去，过了一会儿才有人接通，问，谁啊？说话的语气很冲，还是那个茅坑里的石头，又臭又硬的二勇。赵挺弋说，我，赵挺弋。二勇说，谁啊？我不认识姓赵的。赵挺弋说，靠，你不认识姓赵的，那我就姓赵。是你认识得不能再认识的人，差不多跟你穿一条裤子的人。二勇说，别磨叽，你到底谁啊？我他妈的没跟人穿过一条裤子。有事儿说事儿，别没屁搁捞嗓子，我开车呢。赵挺弋说，我是挺子。你认不认识？二勇说，操，挺子啊？工厂里这么多年都叫你挺子，都他妈的忘了你还姓赵。你他妈的还活着啊？你他妈的辞职后鸟么悄儿地就消失了，搞人间蒸发啊，都传你抑郁症跳楼死了……赵挺弋说，哦，谁他妈的传的，咒我死啊。二勇问，你哪儿呢？赵挺弋说，你还开出租吗？二勇说，开啊，不开，咋活啊？赵挺弋说，我在沈阳桃仙机场，你能不能来接我回望城？我给你钱。二勇说，操，跟我提钱是不是？你不是打我脸吗？我俩啥关系，你要跟我提钱，我就不去接你。赵挺弋说，好，不提钱。二勇说，这才是兄弟，你等着，这儿刚下雪，路滑，开得慢，你别急，我给我妈买些晚上吃的，就过去。赵挺弋说，沈阳这儿也下了，到了打我电话。二勇说，哦了。

撂了电话，赵挺弋突然觉得有些饿，上飞机前的盒饭已经被他消化掉了。

要不就是因为冷，他需要食物的热量来让身体暖起来。他去了机场大厅内的一家肯德基，要了一个炸鸡腿、两个汉堡、一杯咖啡，坐在那里。喝过咖啡，他的身体暖和了很多，从里面往外面热着。他拉开羽绒服拉链。

这时候，进来一个坐在轮椅上的男人，看上去四十多岁，面容有些显老，头上都谢顶了。他点了餐，瞅了眼周围环境。只有赵挺弋的桌子是一个人，他转动轮椅来到赵挺弋桌前，停住轮椅。在等餐的时候，赵挺弋看到男人从背包里拿出来一本《荒野侦探》，坐在轮椅上翻看。他看上去是那么淡然，好像周围没人似的，就像书里面有一只手，一下子就把他拽进去了，在那个世界里奔向光明似的。赵挺弋对在公共场所看小说的人都有好感。对于写作者赵挺弋来说，那些看书的人都是亲人啊。可是，这样的亲人并不多。更多人手机才是他们的亲人。那人的餐来了，他轻轻地把书放好，小心翼翼的，才开始吃起来。他吃得很文雅，很旁若无人。二勇还没有打电话来，赵挺弋不想出去，去接受那寒冷，去面对那白雪遮掩的荒凉……还有即将来临的夜的黑……那轮椅上的男人吃完了，拿纸巾擦擦嘴，转动轮椅走了。赵挺弋目送着他走出肯德基，消失在大厅的人群之中……想到二勇要来了，接他回望城，他突然心里面有些紧张，甚至怯怕。他也说不好为什么会这样。拿起桌上的咖啡，喝了一口。赵挺弋突然觉得这个坐在轮椅上的男人很像老古。真的很像。难道老古没死？不可能。赵挺弋冲出肯德基，但是已经看不到那轮椅上的身影。他叹息着，又回到肯德基内。坐在那里把杯子里的咖啡喝完。作为他的师傅，老古在他心里是被尊敬的。尽管老古死了，自杀，而且采用那么一种决绝的方式，但这丝毫不影响赵挺弋对老古的好感。或者说，赵挺弋至今还在写作，不仅仅因为生存，还有热爱，还有他在延续老古的梦想。赵挺弋想起师傅老古，整个人都变得悲伤了。他想，回到望城后，他要去老古的坟前看看。他还记得当时老古身上的遗书只写了一句话：把我轧钢厂的公墓卖了，随便换一个地方，我受够了。另：给我立一块碑。多年后，离开轧钢厂的赵挺弋才理解老古说前一句话的意思。（那块碑还是赵挺弋和几个人凑钱给买的，拉到墓地山下，最后还是赵挺弋和二勇轮番着背到坟前的。）是啊，老古受够了轧钢厂的生活。赵挺弋辞职后，第一件事就是把轧钢厂用公墓金买的那块墓地给卖了，作为离开望城的路费。买主是一个六十多岁的老头，是给他自己买的。两人看完墓地，在墓地门口，那人就把钱给赵挺弋了。那人说，你先走，我再在这儿待一会儿。赵挺弋想，这个人是不是有病啊？他拿着钱，坐着轧钢厂公墓到般若岛码头的小火车，离开了。

手机铃声把赵挺弋从老古的回忆中拽出来。

三

二勇问，你在哪儿呢？挺子。你出来，我在7号门口等你。赵挺弋听了二勇的电话，有些激动，连忙说，好。好。马上。赵挺弋拉着行李箱，往7号门走。刚才在肯德基内他有些热了，把衣服敞开。现在，他停下来，把羽绒服的拉链拉上，把帽子也戴上，才敢去面对外面的寒冷。更多是心理作用吧，其实，下雪天，没那么冷，还没到数九寒天呢。他推开机场大厅的门，还是被冷风撞了一下，整个人一趔趄，他迎着冷风走，看到一个站在出租车旁边抽烟的男人，他喊着，二勇。二勇奔过来，没有接他的行李，而是在他的肩膀上捣了一拳头说，妈的，回来啦。赵挺弋说，嗯。他本想回他一拳的，但没。他扔下行李给二勇一个拥抱。那拥抱让他觉得就好像从来没有离开过一样。二勇在肩膀上捣那一拳让他的肩膀有些疼。二勇说，离开几年啦？赵挺弋说，两年多。二勇说，来张照片吧？二勇掏出手机拉着赵挺弋背对着远处的空茫来了一张照片。二勇说，我要发朋友圈。赵挺弋没说什么。二勇问，还适应这冷吗？赵挺弋说，还好。二勇帮他把行李装到车上，两人进了车内。他坐在副驾驶的位置。二勇坐在那里发了个朋友圈。两个人开车奔向望城。二勇说，雪大，路滑，刚才来的高速上，有三辆车追尾了。赵挺弋说，哦，那我们慢点儿。二勇说，好。这次回来还走吗？赵挺弋说，回来办点儿事，办完就走。二勇说，哦。是啊，能走最好了，这望城经济已经完蛋了，我跑出租车感受最明显了。一到晚上九十点钟，路上就没人啦，像电影里的宵禁似的。一个城市连夜生活都没了，经济注定是完蛋的。赵挺弋在脑子里想象着二勇描述的街上空无一人的场景。赵挺弋说，轧钢厂不还生产吗？二勇说，是啊，可是工人们的奖金从原来的七八百减到一二百，谁还敢出来消费呢？够吃饭就不错了。赵挺弋沉默。雨刷器在挡风玻璃上刮来刮去，发出刺耳的声音，雪铺天盖地落下来，要把他们的车掩埋在里面似的。前面的两个大灯开着，他们像行驶在一条隧道之中，透着阴森，这隧道随时都可能因为不堪重负的黑而坍塌似的，让人的心悬着。尽头——地狱？赵挺弋的脑子里一闪，又迅速掐灭这个联想。他在生活中也常常走神，把现实世界幻化成另一个场景。赵挺弋借着光亮侧目盯着二勇，那脸的轮廓很像他喜欢的演员段奕宏。二勇老了。这两年自己也老了。时间这把杀猪刀真他妈的残酷。当年他们技校毕业才二十岁，就投入到工厂里……叽叽喳喳的，像一群喜鹊，没想到工作了两年都变成了乌鸦……二勇握着方向盘，目光里带着一股子杀气，透着冷。赵挺弋说，我在机场大厅里看到一个人长得很像老古。二勇开着车，收音机里放着一个直播节目，是关于男女关系的，主持人给打电话的听众解惑出主意。二勇没听清，把收音机音量关小，问，你说啥？赵挺弋说，我在机场大厅里看到一个人长得像老古。二勇说，哦。二勇的语气里带着歉意似的。二勇说，这两年天天忙着跑车，也没时间去看他。赵挺弋说，我想办完事儿去看看他。二勇说，好。你提起老古，我想起来，有一次几个开出租的晚上没活，喝过酒去一家歌厅。我看到那老板娘就是老古的女人。但她没认出我来。我也没说我是老古的徒弟。女人看上去很老了，满脸褶子，涂了很厚的一层粉，笑起来，直往下掉沫子。有两个哥们喝多了，和老古的女人打情骂俏，我在一边坐着很难受，后来，有人对她动手动脚了，我急眼了，把酒瓶子扔到地上……很多人都傻眼了。我不好说什么，只说喝多了，就离开歌厅回家了。赵挺弋叹了口气。其实，二勇说的这个老古的女人不是老古的妻子，是老古的情人。东北又叫铁子。

赵挺弋的手机响了一下，是余薇的短信，问，睡不着，想你，到望城了吗？赵挺弋说，在路上。师兄弟二勇开出租车过来接我。雪好大，要淹没一切似的。余薇说，让他慢点儿开，注意安全。赵挺弋说，好的。余薇说，翻翻书，再睡。赵挺弋问，看什么书呢？余薇说，新买的《论美国的民主》。赵挺弋说，回去我也翻翻。吻。早睡吧，明天你还要应付那操蛋的研讨会。余薇说，嗯。赵挺弋说，就当他们放屁好了，等我小说哪天卖了影视版权，我们就不为了那点儿会务费去给人捧臭脚了。余薇发来一个亲吻的表情。其实，赵挺弋只是安慰一下余薇，写作几年来，他的小说根本无法改编成影视作品。他不是一个会讲故事的人。他的故事从来不是完整的，他只写人，写人物的性格和气质，给人下一场定义。这样坚守着自己的小说理念，让他和余薇的生活有些捉襟见肘，所以余薇才常常出去开一些会，混些会务费来贴补他们的生活。他知道余薇不喜欢这样四处说假话，说空话的会议，可是他又没有太多挣钱的渠道……好在余薇支持他的写作，并认为他的写作是高级的，尽管不被主流接受……尽管不是那种所谓的光明……抵达人的内心，呈现人类的情绪，这才是高级的文学，也包括其他的艺术门类……

眼睛盯着窗前的落雪，有种让人喘不上气来的窒息感。赵挺弋把窗户摇开了道缝隙，瞬间，冷风就钻进来袭击了他。他哆嗦一下，又把窗户摇上，把冷冬和黑夜阻拦在窗外。

二勇说，挺子，有句话，我不知道该不该说。赵挺弋说，咱俩，有什么不能说的吗？二勇说，左晓丽还是你老婆吗？赵挺弋说，你怎么问这个问题？二勇说，我就问问，是还是不是？赵挺弋说，不瞒你说，这次回来，我就是处理这个事情的，马上就不是了。二勇说，那就好。赵挺弋问，咋啦？二勇说，没啥，就是有天晚上，我开出租车看到她和一个男的钻进我的车内……赵挺弋说，哦。马上她就自由了。二勇说，那就好。你在外面也有人了吧？赵挺弋说，嗯。二勇问，干啥的？赵挺弋说，大学老师。二勇说，有文化好。我记得你上班的时候，就跟老古写诗写小说什么的，现在还写吗？赵挺弋说，写。二勇说，啥时候出书给我一本，看看你都写了些啥。赵挺弋说，好。二勇说，我给你提供个素材。赵挺弋说，好。二勇说，你还记得陈国柱吗？我们当时都叫他柱子。赵挺弋说，记着啊，在技校的时候，因为他舅舅是电视台的，跟我们装逼，油头粉面的，勾引在校的女生，被我们揍过的那个人。二勇说，对，就是他。赵挺弋说，咋啦？他。我记得他技校毕业后，好像没到轧钢厂报到，直接调走了。二勇说，是的。他调去电视台扛摄像机，当记者了。到电视台就跟一个女记者结婚了，后来，又看上女记者的妹妹，在跟女记者的争吵中，把女记者掐死了，进监狱了。前不久竟然被放出来了，说是证据不足。谁都明白是咋回事，他舅舅当了管文化系统的副市长了。赵挺弋说，哦。赵挺弋说，当年我们技校吊车班的一个败类。不说他了，像吃了只苍蝇。

车内给着空调，赵挺弋有些困。他再次把窗户摇一道缝隙，冷风刺骨地钻进来，他清醒很多。点了支烟，递给二勇，自己也点了支。赵挺弋问，你妈还好吗？二勇说，不好，已经看不见了，糖尿病拐带的，眼睛看不见了。赵挺弋说，你呢？这一阵都说别人，没说你呢？二勇说，老样子啊！活着而已。要不是有我妈，我也早逃了，离开这狗日的东北。前不久还有朋友说在深圳给我联系个开长途汽车的活，可是，我妈这样，我离不开……熬吧。二勇叹了口气。车灯外围的冬夜，让灯光所及的范围内更加空茫，是的，空茫。这是赵挺弋在脑海里找到的唯一准确的一个词。二勇说，没想到今年的第一场雪就这么大。赵挺弋把窗户再次摇上，窗外的风呼啸着，伴着黑漆漆的夜，风犹如一群飘浮在落雪中的鬼魂，寻找一切可能的机会来袭击人类。路上相撞的三辆轿车还停在那里，几乎被雪覆盖了，看不到有人。二勇开车绕过去。赵挺弋看了看手机上的时间，已经晚上八点半了。目前看，距离望城还有一半的路程，到达望城，也许要十点多钟。赵挺弋说，我问的是你的个人生活。二勇说，哦。小南在幼儿园出事后，林南燕就整天神情恍惚的，班也不能上了，现在在康宁医院（望城精神病院）。没送她去康宁医院之前，我们尝试过了，可是，一进入到她的身体里，就像碰到冰似的。尝试几次，我们还是放弃了。她的精神越来越恍惚，我只好送她去住院。那半年来，我几乎不说话了，都他妈的要成为哑巴了。我想过自杀，可是……

　　小南的事儿，赵挺弋没辞职的时候就知道，当时，还是他陪着二勇把小南的尸体包裹起来，黑夜里抱到河边烧掉。赵挺弋曾建议拿到山上去烧，可是二勇坚持在河边，二勇说，山野之上黑黢黢的，小南到时候会害怕的。赵挺弋再没说什么，跟着二勇来到河边，抱着两捆柴火，二勇抱着小南的尸体。之前，二勇在河边已经准备了些木头和汽油，藏在河边的草丛里。林南燕要跟着来，被二勇阻止了，说，你去什么去？在家待着，我会处理好的。林南燕哭着扑出门来，被二勇一脚踢进门里，只见林南燕披头散发地坐在地上。二勇连忙把门锁上，林南燕在门里喊叫着，用拳头，用脚砸门。二勇说，别管她，我们走。赵挺弋跟着二勇顺着巷子走出来的时候，只听到林南燕号啕的哭声从屋子里传出来，在巷子上空回响着。把小南尸体放到河边的沙滩上，支起柴火，在柴火上浇了瓶汽油，在柴火熊熊燃烧起来的时候，把小南的尸体放到火焰中……那一刻的赵挺弋不忍心去看，他转过身去抽烟，耳边的河水在缓慢流淌着，发出呜咽的声音。二勇一直站在那里盯着火焰焚烧，直到一切化为灰烬，只听二勇动物般地咧着嘴号哭起来。赵挺弋劝说着，二勇，你们还年轻，可以再要一个嘛。这样的劝说是徒劳无用的。二勇蹲在沙滩上哭声震天。赵挺弋也跟着掉下眼泪。二勇哭着哭着一屁股坐在了地上，赵挺弋把他扶起来，两人把滚烫的灰烬投入到流淌的河水之中。他陪着二勇在河边又坐了一会儿，下雨了。赵挺弋说，回吧。二勇说，你先回去吧，我再坐一会儿，陪陪小南，我仿佛听见河水里传来小南喊爸爸的声音了。赵挺弋心疼地看着二勇，没再说什么，陪着他一直坐到深夜，雨淋着他们，但他们不觉，就那样坐着，偶尔点支烟取暖。被雨淋湿的河，更加沉重，缓缓前行。

沉默。

痉挛。

整个宇宙在颤抖。

长久的沉默过后，二勇爆发一声霹雳般的喊叫：小南啊……

喊叫声像一把刀子扎进黑夜的心脏，扎进世界的心脏。世界瞬间变得暗下来……

就这样两人又坐了一会儿，二勇一直仰望着天空。天空犹如黑暗的庙宇，可是漏雨了，二勇什么都看不到。赵挺弋也看不到。巨大的庙宇被黑暗填充着，什么隐藏在后面。不知道。二勇跪在沙滩上，在跪拜什么似的，还磕了头。

二勇从雨中站起来说，回吧。两人走在巷子里，几只猫发出撕心裂肺的令人惊悸的叫声。到了二勇家门口，二勇打开门锁，发现林南燕不在家里。她是从窗户爬出去的。窗户的玻璃碎了一地。赵挺弋又跟着二勇转身在巷子里四处喊着林南燕的名字，寻找林南燕……又遇到黑暗中撕心裂肺叫唤的猫，二勇捡了块石头，投到黑暗中。叫声戛然而止。黑灯瞎火的，林南燕掉进一条臭水沟里，在里面扑腾着，他们才找到。把林南燕从臭水沟里拉上来，湿漉漉的林南燕揪着二勇的衣服问，你把小南带到什么地方去了？你还我的小南，你还我的小南……林南燕对着二勇又抓又挠的，直到二勇把她抱在怀里，她才安静下来。越挺戈说，二勇，林南燕找到了，我也回去了。二勇说，谢谢你陪我。赵挺弋说，说这些干什么？好好的。二勇嗯了一声。赵挺弋看着二勇把林南燕扛在肩膀上，林南燕两腿还在蹬着，喊叫着，我要找到我的小南，我要找到我的小南……二勇喊着，林南燕，别闹啦，小南去了一个好地方，比这个世界好很多的地方……赵挺弋盯着他们离去的背影，心情怅然。他抬眼望了望夜空，星光黯淡。他的眼睛适应了好一会儿。从那之后，林南燕的精神就不好了，疯疯癫癫的，只要在大街上看到小女孩就冲上去喊着，小南……小南……

小南的幼儿园闯进去一个疯子，杀害了三个小孩，其中就有小南……二勇和林南燕的女儿。后来，抓到那个疯子，是轧钢厂小集体分流出去的工人。赵挺弋沉默不语。那几年下岗分流，先把大集体小集体的工人清理出去……

这时候，二勇的手机响了。是一个女人的声音。二勇说，你先回去吧，今晚不接你了。我给我妈买了吃的，你给她洗洗睡吧。女人说，看你微信上，挺子回来了吗？二勇说，是呀，我现在和他从机场往回赶呢？雪大，走不快。好了，开车呢，回去说。二勇撂了手机对赵挺弋说，你猜谁？赵挺弋摇摇头说，猜不出。二勇说，你认识的。赵挺弋问，是我们班的吗？二勇说，是呀。赵挺弋说，我班总共才五个女生，后来剩下四个了，其中一个叫尹秀的被开除了。二勇说，就是被开除的尹秀。赵挺弋说，你们在一起啦？二勇说，搭伙，相互取暖吧！赵挺弋说，咋搭伙呢？二勇说，林南燕在康宁医院，我也不能……我也是男人，有生理需要是不？只有尹秀这样的……她现在离婚，带个孩子，我们经济各自独立……只是在一起取暖，有时候，她帮我照顾一下我妈……才在一起两年多，她在舞厅陪舞，坐我的出租车，我认出她来，从她被技校开除后就没见过……后来，我每晚在她从舞厅出来，我都等在舞厅门口，就在一起啦……当年轧钢厂技校的事情，责任完全不在她，而是那个体育老师性侵她，导致她大了肚子，被学校开除……那个体育老师被调离学校，到轧钢厂下面的一个车间工会工作……我和尹秀说，整死那个杂种操的算了。尹秀拦着我不让我去，说，整死那人，我们也不能活。我们要好好地活着，都是命啊！尹秀说完，眼泪就噼里啪啦地落下来，扑在我的怀里哭了。尹秀说，二勇，你对我好点儿，这个世上再大的苦，也不是苦。我说，嗯。我就那样抱着尹秀，然后，你能想到吧……尹秀说我身体里藏着一把刀子，能杀人……我躺在床上抽着烟，嘿嘿地笑……

赵挺弋沉默。他当然知道陪舞是个什么概念，他还在望城的时候，轧钢厂门口的舞厅里就乱七八糟的，整顿之后，也没好哪去。从原来的从事色情服务到现在的软色情。十块钱，女人陪着跳三支舞曲，其中一支舞曲是在黑灯下进行的，手就是黑灯世界里的眼睛，可以看到女人身上的一切地方，也可以到达一切地方。他听进去过的工人说过，但自己一次没去过。赵挺弋的心里面钝痛着。是啊，一个女人不到万不得已是不会去陪舞的。

二勇问，咋不吭声了呢？赵挺弋说，累了。哈哈。他笑了。二勇问，你在外面咋样？钱好挣不？赵挺弋说，将够吃饭吧。所有的城市都差不多。二勇叹了口气，点支烟，目光注视着前面雪花纷飞的道路。也许是烟熏的，眼睛眯着，但目光灼灼，要把车外的雪花点燃似的。操，这鬼天气，出租车的活又不好干了，二勇随口骂着。二勇说，不怕你笑话，有时候活着累的时候他妈的真想杀人啊！要不是有我妈，还有林南燕，我他妈的可能早就黑社会了……这也要感谢她们……你还记得刘文定吗？也是开吊车的，上班的时候都带着砍刀，咋咋呼呼的，只要来电话就出去帮老大砍人……后来，那个老大倒台了，现在他还在轧钢厂上班，人也老实了……

四

赵挺弋不吭声，眼前除了车灯所及的光亮，窗外的树木。荒草。岩石。山峦……还有他和二勇谈论的那些人物也在黑暗中影影绰绰的，令人看不清晰。他突然很想余薇，很想的那种，身体不禁发热……

那时候，他在北京海淀区的一个地下室里，那就是一个狗窝样的地方，每天五十块钱。赵挺弋靠偶尔给人当枪手写写剧本什么的活着。两人在网上聊得很投机，半年后，说见见，余薇就从武汉过来，那时候余薇刚大学毕业，留校。余薇来的那天，赵挺弋发烧，没去机场接她。她拉着行李箱出现在地下室门口的时候，赵挺弋看着她的行李箱，开玩笑说，这是要来过日子啊？余薇说，过日子咋的？她模仿赵挺弋的东北口音说，不欢迎吗？还是我不配？赵挺弋满脸病容，余薇问，咋啦？赵挺弋说，感冒发烧。余薇伸出手在他的额头上试了试，连忙拿开说，烫死啦，吃药了吗？赵挺弋说，挺几天就好了。余薇说，这样会死人的，我可不想给你送终。有药吗？赵挺弋说，没有。余薇说，你把行李箱拿进去，我去买药。过了一会儿，余薇买药回来，让赵挺弋去床上躺着，她开始烧水，给赵挺弋吃药。她还买了个体温计，说，吃过药后，量量。赵挺弋躺在凌乱的床上，看着余薇像一个保洁员似的，开始收拾屋子，把一些盒饭的空盒和垃圾收拾出去，把一些脏衣服收到一起，问，有洗衣机吗？赵挺弋说，没，放那儿吧，你走后，我拿去洗衣店。余薇把脏衣服和臭袜子放到盆里，出去买了洗衣粉，开始给赵挺弋洗衣服。赵挺弋说，这还真的是要过日子啦？余薇说，便宜你，你还没明媒正娶呢！赵挺弋说，好，会明媒正娶的。只是我没能力养活你，像你这样的姑娘会嫁给我这样的傻×？余薇说，谁让你养活了，到时候，说不定还要我养你呢。赵挺弋沉默，心情沉重。从余薇的话里，他听出来她不是在开玩笑的。赵挺弋说，有件事情一直瞒着你的，我不是单身，家里还有……但那已经名存实亡了……余薇不吭声，坐在马扎上搓洗着衣服。很长时间，余薇都没说话。赵挺弋问，你生气了吗？余薇说，你是我什么人啊？我生你气。我值得跟你生气吗？跟一个骗子生气吗？她故作镇静地噘着嘴唇，吹着手上的洗衣粉泡泡。很多泡泡包裹着她染了黑色指甲油的手，有的破碎了，有的飞了起来，在潮湿阴暗的地下室里飘浮着，随之破碎。洗完衣服，余薇把衣服晾在一根绳子上，擦干手，从随身的背包里拿出来一管护手霜，抹在手上，两手在一起摩挲着。也许是染了黑色指甲油的原因，那手真白啊，真嫩啊！地下室里充满了护手霜的香味。这地下室里有了女人就是不一样，都变得温暖很多。赵挺弋说，从到了，就没歇着，坐下来歇息一会儿吧。余薇站在地上看着他简陋的书架上的近百本书。从里面拿出一本他新买的《七杀简史》翻看。赵挺弋盯着她牛仔裤包裹得圆润的屁股出神了一下。余薇说，什么时候你也能写出这样一部能当枕头的小说就好了。赵挺弋说，还没看，只是翻了翻，这样的小说在中国根本不能出版。余薇说，出版并不重要，关键是你写出来。我也说厚度，比如《2666》《自由》《到大地尽头》《地下世界》……这些小说。赵挺弋嗯了一声说，我根本没有那么辽阔的内心和视野。余薇说，我相信你。那一刻赵挺弋突然有些感动。余薇拿着那本沉重的《七杀简史》转过身来，说，量量体温。赵挺弋拿着体温计竟然不知道放什么地方。他恍惚记得有人把它放到肛门里，他拿着体温计不知所措。余薇好像看出他的无知，说，夹在腋窝下面。赵挺弋说，哦。他笨拙地把体温计夹在腋下。余薇拿着书在简陋的写字台前坐下，看了眼落满烟灰和咖啡渍的电脑，问，这就是你干活的家伙吗？赵挺弋说，是的。你看看，你看看，都什么样啦？烟灰。咖啡渍。还有这白色的……不会是你打手枪的精液吧？赵挺弋脸红了，没吭声，心虚了。是啊，他确实那样做过，对着电脑里下载的毛片……她放下书，从兜里掏出纸巾，给他擦拭着电脑屏幕和键盘。那几个染了黑色指甲油的指头，像几只眼睛，在键盘上跳动着。等她擦完电脑，转过身来说，看看体温计。赵挺弋从腋下拿出来体温计，看了看，不知道看哪儿。他说看不懂。余薇说，真笨啊。她走过来，拿过体温计，两人的手碰到一起，赵挺弋像被电了一下。余薇看着体温计内的水银柱说，学着点儿，一个人要懂得这些日常的小事，就看这个水银柱对着的刻度。她细长的睫毛包着她的眼睛，盯着体温计，说，没事儿，37度，正常啦。赵挺弋说，你来就好了。你就是大夫啊，你就是药啊。余薇说，切，嘴这么甜，在网上哄过多少妹子啊？赵挺弋紧张地说，没，真没，只和你聊。余薇撇着嘴，一脸不信任的表情。余薇把体温计装起来说，起来吧，陪我吃个饭，总不能我来看你一次，连个饭都不陪我吃吧？再说，我像个保姆似的，你总得表示一下吧？赵挺弋说，怎么表示？亲亲吗？余薇说，亲你个鬼。之前在网上聊的时候，聊着聊着，就亲亲（一个表情包，是两颗红色的樱桃），在聊天结束后，也要亲亲的，甚至还要抱抱的。这来到现实中，反倒变得冷漠了吗？还是……余薇盯着电脑说，我有一个简单的请求，可以吗？赵挺弋问，什么？只要我能办到的，赴汤蹈火，上刀山下火海。余薇说，别贫，很简单的，把你电脑里下载的那些毛片删了。赵挺弋愣住了，怔在那里，心想，她怎么知道的呢？她又没打开我的电脑。余薇问，难吗？赵挺弋说，不难，马上。赵挺弋从床上起来，坐在电脑前把硬盘里下载的东西都删了。他说，都删了。余薇说，都删了吗？他说，都删了，冲天发誓，撒谎我不得好死。余薇说，你个泼猴儿，闭嘴。两人出去吃饭……回来的时候，已经午夜，两人喝了酒，开始亲吻，做爱……直到，筋疲力尽地躺在床上睡去。

那之后，余薇又来北京。两次。

二勇来了个急刹车，还是溜出去两米多远。赵挺弋被晃动得很不舒服，连忙问，怎么了？二勇说，前面又有车出事了。看来这雪夜的高速公路真他妈的是通向阴间的路。他们没有下车，只见前面两辆车撞到一起，在落雪中悄无声息的，令人恐惧。赵挺弋说，不会，都死了吧？二勇说，不知道。赵挺弋说，下去看看吗？万一能帮上什么忙呢？二勇说，如果真他妈的都死了，我们下去也没用，等着殡仪馆的车来吧。赵挺弋说，万一没……说不定还有救……二勇说，你要当好人，你下去吧，我不去……赵挺弋下车，冷风一下子紧紧抱住他，透骨了都。他低着头，顶着风靠近那两辆被雪覆盖的车。雪覆盖的车，看上去像白色的灵车。他用手掌刮开车窗上的雪，往里面看，驾驶室内没人。没人。他走到另一辆车窗前，同样刮开玻璃上的雪，也没人。人呢？他心里面问了一句。他回到二勇车内，说，没人。看来是人没事，都跑了。二勇没吭声。赵挺弋说，可这荒郊野外的，人能跑哪儿去呢？二勇说，自有他们跑的地方吧？总不会蒸发吧，总不会是鬼吧？赵挺弋说，说得怪吓人的。

赵挺弋感到歉意，要不是自己给二勇打电话让他来接自己也不会这样。

二勇坐在那里恶狠狠地抽烟，要把整支烟吃进嘴里似的。

他们两人坐在车内焦躁，惶恐，如果给他们把枪的话，他们会对风雪中的黑夜射击……

尽头——地狱？

赵挺弋的脑海里再一次蹦出来这个意象。

过了一会儿，二勇开始倒车说，倒回去找一个高速口下道，走老道回去。赵挺弋说，好。他知道，这也许是最好的办法。如果在高速上再这样下去，两个人会崩溃，会疯掉的。车倒着走了一段路，二勇找了个开阔的地方掉头，逆行，还好，没有别的车辆，这样逆行了二十多分钟，找到最近的一个高速口，下了高速。雪小了，看上去。老道上的车辆很少，可以看到隐约的车辙。他们陷入白茫茫山野的寂静之中。二勇摇开车窗说，终于不用那么紧张了，可以喘口气啦。你还有烟吗？我的抽没了。赵挺弋拿出烟给二勇点上。尹秀又来电话问二勇，咋还没回来？二勇说，高速上不敢走了，老有撞车的，再走说不定小命就报销了，我们下高速拐到老道上来了，快了，一个小时应该可以到了。尹秀说，注意安全。二勇说，我妈睡了吗？尹秀说，睡了。二勇撂了手机。赵挺弋说，还挺关心你的啊，挺爱你的啊。二勇傻笑说，都是苦命人，凑到一起瞎取暖呗。

赵挺弋在心里面羡慕着。余薇这个时候睡了吧？他不忍心发信息去打扰。这么想，他同样感到甜蜜。即将到达的望城却让他心里忌惮并厌恶，是啊，这次回来一切都可以了结了。是的，了结。

这么想的时候，左晓丽来电话了，问，回来了吗？赵挺弋闷闷地说，回来了。左晓丽问，回家吗？赵挺弋说，不回去了，明天民政局门口见。左晓丽嗯了一声，问，住哪儿呢？赵挺弋说，路上，快到了。左晓丽说，好，明天见。对了，家里你的那些东西咋办？赵挺弋说，随便。左晓丽说，那我都卖给收废品的啦，还有你的那些书。赵挺弋说，书给我留着，其他的你处理吧。我会尽快给那些书找个地方。左晓丽说，好。赵挺弋大概有几千本藏书，其中有一部分是老古的。老古死后，老古媳妇把老古的那些书卖给了收废品的，被赵挺弋从废品收购站买回来。

此刻的赵挺弋竟然有了一种回来奔丧的感觉。

二勇边开边说，我的决策英明吧，看看这老道上多好，不那么让人心悬到嗓子开车。赵挺弋点了点头，没吭声。他想，之前那个天不怕地不怕，杀气腾腾的二勇，心里还是怕，怕什么？他赵挺弋说不好。人性是一个复杂的东西，写作这么多年，他仍搞不懂，在某种环境里，人瞬间就会屈服，甚至会软弱。如果自己没有离开的话，会变成什么样子呢？也许会像老古那样，决绝地……他在心里没有责备二勇的意思，甚至羡慕起二勇来。是他想多了。这么多年他都处于一种紧张敏感的状态之中，身上的每一根汗毛都竖立着感受着时代的气息。他憎恨这样的敏感，如果不自我调节好，更多的结局是沉沦或自戕。还好，遇上了余薇，让他看到生存意味之外的可能。但他心里还是觉得与近在咫尺的二勇有了隔阂。

莽莽山野之中，一条白色的雪路横陈，仿佛从天上延伸下来的。他们的车是那么渺小，渺小得犹如一只甲壳虫。

五

雪停了，但风裹挟着雪，肆虐着。赵挺弋看着窗外，偶尔能看到山野人家的灯光，橘黄色，像散开的胆汁。风敲打着车窗玻璃，他恍惚听见有人在喊，挺子，挺子，是你吗？他身体一怔，看着窗外，什么都没有。二勇看上去很高兴，因为快要到家了。二勇问，走了几年，回去想吃点啥？我请客。赵挺弋说，想不起吃啥。二勇说，你回来一趟，我总得请你吃一顿吧？赵挺弋说，你跟我还客气吗？二勇说，要不就让尹秀炒几个菜，她的手艺比饭店的厨师还好。赵挺弋根本没有食欲，他只想找家旅店，冲个澡，睡一觉，早上起来去民政局和左晓丽把手续办了，然后就逃离……二勇说，到底咋的？你说话啊？赵挺弋说，随便。二勇说，随便啥意思啊？靠。我在机场发的微信，你还记得吧？很多技校的同学都想找你聚聚呢！赵挺弋说，还是算啦，我不喜欢热闹。二勇说，你变了。赵挺弋说，没变，之前，在这里的时候，你看过我喜欢聚会吗？二勇说，你独啊！上技校的时候，你知道背后人们叫你什么吗？"独行侠"。你不稀罕跟我们这些人在一起。赵挺弋说，你这么说，就没意思了，每个人有每个人的活法。二勇说，不说了，就按我说的办，我给尹秀打电话让他炒几个菜，买瓶酒，就家里解决了。赵挺弋沉默。二勇给尹秀打电话让她准备些酒菜。赵挺弋耳边再次响起那个声音，是你吗？挺子，你回来了吗？他开始怀疑自己的耳朵出了问题。这荒野之外，天寒地冻的，怎么会有人喊他？一定是耳朵出了问题，他想，小手指伸进耳洞里抠了抠，除了耳屎，什么都没有。

这样二勇又开了二十多分钟，行驶仍旧很慢。也许是着凉了，赵挺弋说，我下去撒泡尿。二勇把车停下来，停了几下，才停下来。赵挺弋下车，对着雪地开始撒尿，他眼睛望着茫茫雪野，距离百米远的一个山坡，他转身对着二勇说，那边的那个山坡是不是就是鸽子洞公墓？二勇在车内大声问，你说啥？赵挺弋说，我问你前面路边的那个山坡是不是就是鸽子洞公墓，公墓下面就是太子河。我们现在是在滨河路上吗？二勇说，是的。你要干吗？赵挺弋系上裤子说，那里距离城里没几步远吧？二勇说，到了鸽子洞公墓差不多就到城里了，能有五千米左右，就是城里了。怎么了？赵挺弋回到车内，说，到鸽子洞公墓你停一下，我要去看看老古。二勇说，这冰天雪地的，你去干什么啊？你记着老古，老古还不一定记得你呢！赵挺弋说，他记不记得我没关系，我还记得他这个师傅。下次什么时候回来，都不知道，我还是想去看看。二勇说，你去吧，我不去，你看马路上有车跑，雪看上去不厚，那山上的雪足可以没过膝盖的。你看我还穿的一双单鞋。赵挺弋说，开车吧，鸽子洞公墓下面，你给我停一下，我下去。你先回去，我下山后，给你打电话。二勇说，你到底要干吗？赵挺弋说，不干嘛，就是去看看，离开几年啦，再说这也顺路，不去看看，这心里面总觉得……二勇说，什么天啊？你不知道吗？就算老古还记得你，这样的天气，你不去看他，他也不会挑你的。再说了，都这个点儿了，你不害怕吗？赵挺弋说，有什么怕的，人总是要死的。二勇说，真拿你没办法，既然你回来一趟不容易，你想去，就去吧，随便你。我在这望城待着，清明节、鬼节什么的，我再去，总算没白做师徒一场。赵挺弋说，那辛苦你了。二勇说，靠。挺子，你变了。真他妈的变了。赵挺弋说，变了吗？我没觉得。对了，你还记得那时候老古因为和班长吵架被"流放"到厂房外面的钢材库开龙门吊，我们在二班吃饭后，看着老古的女人给他送饭，你还淘气弄了个望远镜，看他们都在半空中的驾驶室里干什么？我们看到他们在里面做爱……你看完后，把望远镜给我，让我看，你在旁边开始打手枪……二勇说，那时候，我们多年轻啊，哪受得了老古他们那样刺激啊……赵挺弋说，是啊，我也受不了啊，放下望远镜跟着一起……也是冬天吧？二勇说，嗯，打完手枪，手和那啥都他妈的冰凉……冰凉的……后来，我们还是被老古给发现了，他下夜班的时候，领我们去那女人开的歌厅……给我们叫了两个小姐……你那时候胆小，羞涩，倒是我……赵挺弋说，老古是我们懵懂时期的启蒙人……二勇哈哈笑起来。赵挺弋没笑，他笑不出来。

想到那天刚下过雪，他们下三班洗完澡，从澡堂子出来，站在门口抽烟，有人说，咋没看见老古呢？他咋没回来？有人说，能有啥事？一定是上夜班前，没闲着，干干活，累了，现在车里睡着了，还没醒。有人说，他那车也该有人接班啦。有人对赵挺弋说，你去看看你师傅，别出啥事。刚洗完澡，身上确实有些疲惫，毕竟干一宿活了……但他还是去了，沿着厂房外面的那条路向钢材库走去。那条路几乎看不见了，都被雪淹没了，赵挺弋就是凭着感觉那是一条路，深一脚浅一脚地走着，只要到达钢材库，看到那台龙门吊。走了十几分钟，远远看见那台龙门吊就像是一个巨大的骨架立在雪地之上。他恍惚看见什么吊在吊车走桥下面，他揉了揉眼睛，开始奔跑起来……当他看到老古悬挂在那里的时候，他整个人都蒙了……只见老古脖子上绑了根电线，另一头绑在吊车走桥的护栏上，悬挂在那里……因为龙门吊是在露天，老古的身体悬挂在那里，好像还摆动着……赵挺弋呼喊着，救命啊……救命啊……他的声音在雪地上炸裂开来……这里距离厂房还有很远的距离，他的呼喊声并没有人听见……他开始往回跑，往澡堂子这边跑，看到人就喊，老古死了……老古死了……人们跟着赵挺弋向钢材库跑去……老古悬挂在半空像一个布偶似的……雪落在老古身上，但仍能看清楚老古的轮廓……看上去已经吊下来很长时间了……没人敢动，等着领导来。他们都僵在雪地里，仰头看着挂在那里的老古，像看电影似的……背景是天空和雪地，还有被风刮起来的雪，在地上打着旋儿……老古身上蓝色劳动服在雪地的映衬下，蓝莹莹的，都有些他妈的鲜艳了……

二勇开车到鸽子洞公墓道口停下来。赵挺弋拿着背包下车，说，那我去了。二勇说，用不用我在这里等你啊？赵挺弋说，不用，你先回去，省得尹秀担心，我上去待一会儿就走回去。你家还在原来的楚河巷住吧？二勇说，拆迁啦，现在我住在程家小区。赵挺弋说，那我走过去更近了。你开车走吧。二勇叹了口气，摇了摇头说，真拿你没办法。那你去吧，替我给老古带声好，我开车先回去了，在家里等你。赵挺弋说，好。二勇开车走了。赵挺弋把羽绒服的帽子戴在头上，扣紧脖领子上的纽扣，望了眼山上的坟墓，墓碑林立，但已看不见上山的路，都被雪掩盖了。他目测了一下距离，不到两千米吧，不是海拔，是行走的距离。他踏着雪，向山上走去。雪真像二勇说的那样，踩下去能有半米多深，没过膝盖了。随着坡度越来越大，他走得艰难起来，两手不时抓着露出雪面的灌木，向上爬着。脚底下踩到一块岩石，整个人又滑下去两米多，爬起来，继续向山上爬去。是冲动吗，还是别的什么？他也不知道。山风吹着雪，落在他的脸上，他用手抹一把，继续。二十多分钟后，他终于爬到了墓群边缘，站在那里喘着气。风吹着灌木发出的声音口哨般尖锐，像是在通报有人来了似的。赵挺弋站在山上看着下面的河流，河面已经封冻，看上去像一条道路，他耳朵里听见冰面裂开的声音。他喘了会儿气，开始寻找着老古的墓碑。他已经忘记当年老古墓碑的位置。在坟墓中穿行着，他悚然起来。他害怕了。他嘴里呼喊着，老古，老古，我来看你了，你徒弟挺子来看你啦。刚才我在车上听到呼喊我的声音，是你吧？除了你还会有谁呼喊我呢？现在，我来看你了。他在心里面这样喃喃给自己壮胆。那风好像报完信之后，就歇了。墓地变得沉寂下来，那些冰冷的墓碑像一张张面孔，坟包已经被雪掩埋，要不是墓碑，可能真不知道谁是谁。赵挺弋用手机上的手电照着墓碑上的名字。范中华之墓。李吉学之墓。姚天海父亲大人之墓。海麦荣母亲大人之墓……这一个个找过去，直到照见古瀚宇之墓。老古的墓地距离墓群有四五米的距离，看上去茕茕孑立在那里。赵挺弋呼出的哈气在羽绒服帽子上结了白霜。他说，终于找到你了，老古。他长长出了口气。他伸手在老古的石碑上拍了拍说，老古，我回来看你啦。你还好吧？他用脚清理着墓碑前的积雪，露出一块冻土来。他感到冷，爬上山来身上都出汗了，内衣湿透了，现在停下来，汗凉了，内衣也跟着凉了，在吸着他的体温。他点了支烟，给老古也点上，放到墓碑上，想想那些墓碑都在眼睁睁地看着，他说，没几支了，我还要暖暖身子呢，下次来的吧。对不住啦。他把点燃的烟放在老古的墓碑上说，老古，来，抽烟。只见烟，刚放到墓碑上，就看到猩红的烟头，哧哧地燃着，像一个贪婪的烟鬼，在裹吸着。他说，老古，慢点儿，别呛着。他看了看烟盒里，悄声说，我这儿还有五支，都留给你。眼看着墓碑上的烟烧完了，赵挺弋又点了一支放上去。他觉得身上越来越冷，四处看了看，目光落在那些灌木上，他折了些灌木树枝，堆放在老古墓前，说，我们生点儿火来暖暖。灌木树枝是湿的，刚开始点不着，他用火机烧了一会儿，炿了很多烟，把他都呛出眼泪了，就这样烘了一会儿，从烟雾里漫漶的树枝间，蹿出来几缕小火苗。竟然点燃了，还有些潮湿的树枝发出劈啪炸响的声音。火苗由小变大，蹿跳起来。他又折了些灌木树枝，投到火焰之中。他摸了一把脸上，被烟雾呛出的眼泪都凉了，他抹了一把。一大团红色的火就像是这公墓的心脏似的，在跳动。火越烧越旺，散发出灼人的热度，旁边的雪都被热度融化了。他手放在火焰旁边烤着火，身体也跟着暖和起来。蹲在那里瞅着老古的墓碑，他突然不知道说什么了。没话了。在老古活着的时候，他们更多的时候谈论那些他们喜欢的书，还有电影。老古常常向他推荐看过的电影，还有书。现在说什么呢？他不知道。蹲在火堆前，他沉默着。火光跳动照在墓碑上，仿若出现了老古的那张脸。赵挺弋蹲在那里望着山下封冻的冰河，冰面镜子般泛着光亮，冰裂声不绝于耳。老古当年经鉴定为自杀，至于自杀的原因，没人知道，成了一个谜。在那台吊车的记录本上找到老古写的几句话：把我轧钢厂的公墓卖了，随便换一个地方，我受够了。另：给我立一块碑。

老古的老婆知道信后带着亲属们来厂里又哭又闹的，还在吊车下面烧纸，以为厂里可以赔些钱，但自杀，轧钢厂是不会给一分钱的，最后，也只是给了丧葬费和老古这些年交的养老保险金，加一起几万块钱。老古的弟弟当时在干个体，开了一家服装厂，给他在鸽子洞公墓买了块地方。死结束了老古二十五年的轧钢厂生活，他解脱了，真的解脱了，解脱那年，老古四十五岁。老古死后，那台龙门吊没人愿意去开，赵挺弋主动申请去开。他喜欢那种独处，不干活的时候，自己可以在驾驶室里看看书，也偷着戴上耳机听音乐。偶尔，他也想象老古把电线缠绕在脖子上跳下去的那一幕……心生悲凉。那野外的吊车驾驶室就像是他的巢穴，他在孵化着一个逃离的梦。灌木树枝着得差不多了，他又去折了一些，抱回来，放上去。先伛出一股呛人的浓烟，然后才是火苗，他有些热了。盯着火苗，他不禁想起老古在一个冬天的夜晚喊他和二勇过去。原来，老古抓了条流浪狗在空地上烤了，还带了酒，二勇和老古喝酒吃着狗肉，他没吃，从小时候那条狗死后，他就不吃狗肉了，也厌恶那些吃狗肉的人。他拿了本书独自爬到吊车上，看着下面老古和二勇有说有笑的。

这时候，二勇打来电话问，你还在山上吗？赵挺弋说，再待一会儿，就回去。二勇说，快点儿，尹秀把酒菜都准备好了，就等你过来。赵挺弋说，好。

可以说，赵挺弋并没有什么食欲。他仍蹲在火堆旁，仿佛看到很多只手伸过来烤火……他说，冷就都过来烤烤吧。本来无意说出来的一句话，把他吓了一跳，他还是站起来，只见火堆周围空荡荡的……空荡荡的……那些墓碑仍旧竖立在那些地方。他和老古是惺惺相惜的那种关系，不仅仅是师徒关系。老古也从来没把他当徒弟看，更像是兄弟。老古认为如果有能逃出轧钢厂的机会或者人际关系，说白了就是后门，就尽快逃离，而不是待在这里，像囚徒一样。这是老古第一天就跟他说过的。赵挺弋告诉老古说，没有。老古叹了口气，说，那就学吧，总算是可以谋生的手段。但你要记住，这只是生存而已，一个人如果只是为了生存而没有精神生活的话，那么他就是半个人……不亚于一具行尸走肉……其实，大街上的那些人多是行尸走肉……赵挺弋站在老古的身后，嗯了一声。其实，赵挺弋有时候很不喜欢老古这样看问题的极端方式，但他没说什么。

……这次回来是和左晓丽离婚的，我结婚的时候，你就说过我们过不长的，我还说你是乌鸦嘴，看来你是对的，你不愧是老江湖，老油条。办完离婚手续后，以后什么时候再回来看你都是未知了，你要保重。在那个世界别像活着的时候那样，要合群啊！其实，这样说你，我又何尝不是一个不合群的人呢？在这个人的世界，在这个人的世界里苟活着……被时代裹挟着，奴役着……能怎么样？也许文字才是我可以喘口气的地方吧？这几年，来自精神和肉身的那种无力感让我随时都可能崩溃似的……你曾经说过，如果活着只是活着，你不能忍受……所以你选择了你的道路，而我可能有我的道路，老古。几年来，我从来没有这样跟人说过话，只有现在，跟你说这些话。向死而生真的是一条道路吗？我不知道，但我要用我的方式，活着，是的，活着……像石头下面一颗不死的种子。哎，看我说了这么多严肃的事情，不说这些。对了，忘了告诉你，我又认识了一个女孩，叫余薇，在大学里教书。也许有机会的话，我们会离开这个国家，移民到国外去……这只是我们的梦想……不要责备我……老古……就是你活的时候不也建议我逃离吗？这次回来，也没带什么礼物给你，要不是高速公路上不好走，风雪阻挡，我们也不会走这条老道，我也不会想起来看看你，既然路过这里不来看你，我也说不过去……你是师傅，同时你也是兄长，只是你离开的方式，如此决绝，是我不能理解和不敢去实践的……我上飞机前随手拿了本书，是戏剧剧本《怀疑》，里面有三个剧本，分别是《怀疑：一则寓言》《安娜在热带》《求证》，是普利策奖的戏剧。记得，你曾说过，戏剧才是文学里最高的艺术形式。近年，我也阅读了很多戏剧剧本，也同意你说的话。高级。是的，戏剧高级。我就把这本书烧给你吧，留个念想。我特别喜欢《怀疑：一则寓言》作者的这段话，我念给你听：是怀疑改变着世界。当一个人感到疑虑时，当他踌躇时……正是他成长之时。当你无言灵魂的震撼力冲破了思想的樊篱时，生命出现了。而怀疑恰恰是重新进入现实的一个契机。

说得多好啊！你会赞成吧？老古。

现在我就一页页烧给你。烧给你。忘了告诉你，你之前的那些藏书，被我买回来，在我那儿，你放心好了……

赵挺弋说得想哭，但他控制着，没哭。他开始撕下书页，投入火焰中，盯着书页在火焰的舔舐下变成纸灰，黑色的，飘起来，又落下来。他再投进火焰中一页，就这样，直到把一本书烧完。赵挺弋跪在地上，膝盖的裤子被雪浸湿了，他给老古磕了三个头，站起来说，老古，我下山了，你保重，如果你在天有灵的话，请你保佑我……赵挺弋上前，在墓碑上抱了一下，很结实地抱着，好像要把那墓碑搂进自己的身体里。他松开坚硬的墓碑，最后，点了支烟，给老古，看着那支烟很快被吸尽之后，他转身开始下山。整个人都变得充实了很多，那内心的虚空也被丰盈荡开，散尽。他深一脚，浅一脚地蹚着雪，回望了一眼老古的墓碑，仿佛看见老古欣慰的笑脸。山下是冰河的碎裂声，在黑暗中炸开，星空为之颤抖……到了山下，他回头，看了看，那些脚印，早已经被风吹起来的雪，淹没了。一个个墓碑，像一扇扇高窗，高悬于山上……他的眼睛湿了，有眼泪涌出来，他哭出了声音……

在冰河的碎裂声中，他沿着滨河路朝着望城走去，突然，他从栏杆跳过去，来到冰面上，脚落在冰面上，碎裂声更大了，更大了，从冰下面传来，他在冰面上行走，冰面很厚，他整个人随着冰裂声要碎掉似的，他号啕大哭起来……冰面不是路，下面的河水也不是路……上帝分开水，呈现的是否就是一条路呢？他和这个世界的路在什么地方？世上本没有路，真的，走的人多了就有路吗？那路是他的路吗？

那一刻，赵挺弋想起当年在北京因为一场大火，他被驱赶出地下室，战战兢兢地，在寒风中，拿着手机，手指在上面寻找余薇的号码，给余薇打电话……

余薇说，来吧，到我身边来……

余薇说，我正看陀思妥耶夫斯基的《卡拉佐夫兄弟》，看到一段话很好，我朗诵给你听。

余薇开始朗诵："你们四下里看看上帝的恩赐：晴朗的天，纯洁的空气，柔和的小草，鸟儿，美丽而无邪的大自然，但是我们，唯有我们不敬神，愚蠢，不明白生命就是天堂，因为只要我们愿意明白，天堂会立即美丽地出现在我们面前，我们就将互相拥抱，放声痛哭……"

赵挺弋把手机从耳边拿开，放大了声音，企图让世界上的人们听见……芸芸众生也许会在余薇朗诵的文字中看见一条道路……

……来自天空。

（原载《安徽文学》2019年第1期）

敬 告

由于编选时间仓促、工作量大，未及与所选作者——取得联系，请见谅。

现仍有部分作者地址不详，为及时奉上稿酬和样书，请有关作者与责任编辑赵维宁联系。

地址：沈阳市和平区十一纬路25号

邮编：110003

电话：024-23284306

E-mail：249972579@qq.com

微信号：zhaoweining10

辽宁人民出版社

2020年1月